Es gibt was Bessres in der Welt

Die Sternseherin Lise

Ich sehe oft um Mitternacht,
Wenn ich mein Werk getan
Und niemand mehr im Hause wacht,
Die Stern' am Himmel an.

Sie gehn da, hin und her zerstreut
Als Lämmer auf der Flur;
In Rudeln auch und aufgereiht
Wie Perlen an der Schnur;

Und funkeln alle weit und breit,
Und funkeln rein und schön;
Ich seh' die große Herrlichkeit
Und kann mich satt nicht sehn …

Dann saget unterm Himmelszelt
Mein Herz mir in der Brust:
»Es gibt 'was Bessres in der Welt
Als all ihr Schmerz und Lust.«

Ich werf' mich auf mein Lager hin
Und liege lange wach
Und suche es in meinem Sinn;
Und sehne mich darnach.

Es gibt was Bessres in der Welt

Ein
Matthias Claudius-Buch
von

Hans Jürgen Schultz

Kreuz Verlag

Für Johannes

Matthias Claudius
Gemälde von Friederike Leisching

Huldigung für den Wandsbecker Boten

Von
Hans Jürgen Schultz

Ein unvorhergesehener Mensch

Auf seinen empfindsamen Reisen *Nach Rußland und anderswohin* hat es Wolfgang Koeppen auch nach Reinfeld in Holstein, einem Flecken bei Lübeck, verschlagen. Hier, notierte er, »ist Matthias Claudius geboren, in dem Pfarrhaus aus moosverwachsenen Backsteinen, unter den hohen Linden, in ihrem Sommerduft, am Ufer der träumenden Teiche, und der Mond steht wie 1740 über der Gemeinde. Wie ist die Welt so stille und in der Dämmrung Hülle so traulich und so hold, als eine stille Kammer, wo ihr des Tages Jammer verschlafen und vergessen sollt! Der Mond ist aufgegangen. Reinfeld war ein Ort, zu verschlafen und zu vergessen. Matthias Claudius studierte in Jena Theologie, verwarf die Gottesgelahrtheit, hielt sich an die Rechtswissenschaft, entwurzelte, lebte, ein zorniger junger Mann, in Kopenhagen, wandelte, ein Gescheiterter, ein Träumender, in Reinfeld am Ufer der Teiche, gab unter dem Namen Asmus in Wandsbek eine poetische Zeitung heraus, enttäuschte als Redakteur in Darmstadt, ließ des Asmus, des Wandsbeker Boten omnia sua secum portans erscheinen, sah die Schullehrer sich des Werkes bemächtigen, wurde strenger Revisor einer Bank und starb als grämlicher Pietist ...«

Geburtsort und -jahr stimmen. Ansonsten wenig. Gleich der erste Satz verfehlt den Ge-

genstand. Das Haus, in dem Matthias aufwuchs, wurde schon zu seinen Lebzeiten durch ein neues ersetzt. Und auch das jetzige Pastorat, das um 1792 auf den Fundamenten des früheren errichtet wurde, ist nicht moosverwachsen, sondern ein paar Kletterpflanzen übergrünen teilweise die Backsteinfüllung des Fachwerkbaus. Aber lassen wir das. Nicht an kleinlichen Richtigstellungen liegt mir, sondern allein an dem Hinweis, daß man in der Beurteilung des Wandsbecker Boten rasch bei der Hand zu sein pflegt. Ob Lob oder Tadel: beides läßt in seinem Fall nicht lang auf sich warten.

Einen Anfang macht Goethe. Er nennt Claudius »einen Narren, der voller Einfaltsprätentionen steckt«, einen »Fußboten«, der »Evangelist werden möchte«, dem jedoch alles zuwider sein muß, »was die Tiefen der Natur näher aufschließt«. Herders Bemühungen, seine beiden so verschiedenen Freunde durch Gespräche einander nahezubringen, bleiben fruchtlos. Sie haben sich nichts zu sagen. Sie treffen und sie trennen sich als zwei Fremde. Immer wieder soll Goethe für Claudius eingenommen werden. »Das ist ein Teufelskerl, dieser Holsteiner. Hut ab, ihr Kritiker!« ruft ihm Johann Heinrich Merck zu. Und Wieland meldet er, Claudius sei »ein trefflicher, sehr selbständiger Mensch – sagen Sie Goethe – so ungefähr wie Klopstock im Äußern; nur mehr poetische Laune und Leichtigkeit ...« Aber der Weimarer kann dem Wandsbecker wohl nicht vergessen, daß er in seiner

Christoph Martin Wieland, 1733-1813

Zeitung einer Rezension der »Leiden des jungen Werthers« ein Epigramm beigefügt hat, das, unter der Überschrift »Fritze«, eine despektierliche Transformation des besungenen Weltschmerzes in die Banalität und Infantilität tagtäglichen Verhaltens darstellt:

»Nun mag ich auch nicht länger leben,
verhaßt ist mir des Tages Licht;
denn sie hat Franze Kuchen gegeben,
mir aber nicht.«

Neben mancherlei Abschätzigkeit erfährt Claudius jedoch überwiegend Zustimmung und Zuneigung. Obwohl er anonym oder mit

Decknamen publiziert, spricht sich rasch herum, wer der Verfasser ist, wo und wie er lebt, was er treibt. Er übt eine auffällige Anziehungskraft aus. Klopstock und Hamann, Gerstenberg und Gleim, die Jacobis und die Stolbergs, Voß und insbesondere Herder würdigen und fördern diesen Sonderling nach Kräften. »Der Mond ist aufgegangen« wird als einziges zeitgenössisches deutsches Beispiel in die Anthologie »Stimmen der Völker in Liedern« aufgenommen und mit der Fußnote versehen: »Von Claudius. Das Lied ist nicht der Zahl wegen hergesetzt, sondern einen Wink zu geben, welches Inhalts die besten Volkslieder sein und bleiben werden ...« Das ist eine ebenso stille wie hohe Ehrung. Schiller ist prompt nicht einverstanden. Er ist noch weiter als Goethe von Claudius entfernt. Er will ihn in der Abhandlung über naive und sentimentalische Dichtung abkanzeln. Aber Herder streicht ihm die Passage. Leider. Denn so bleibt offen, wer durch dies Dokument am Ende wirklich dekuvriert worden wäre.

Wilhelm von Humboldt (dessen Leistung als Sprachforscher unbestritten ist, dessen Dichtungen freilich nur spärlich imponieren) zögert überhaupt nicht: er tituliert Claudius kurz und bündig als »eine völlige Null«. Andere Literatoren bleiben zwiespältig, bescheinigen ihm immerhin Originalität, Mutterwitz, Echtheit sowie ein paar wohlgeratene Gedichte. Für die Mitte entscheidet sich Hugo von Hofmannsthal. Er wählt einen Claudiustext für sein »Deutsches Lesebuch« aus, kann ihn indes nicht allen Beiträgen in seiner Sammlung gleichstellen und entschuldigt sich quasi für die paar Botenzeilen – »ganz gering sind auch sie nicht: wie vermöchten sie sonst, sich nach hundertfünfzig Jahren in der Gesellschaft der Großen zu behaupten«. Der unerbittliche Karl Kraus dagegen traut sich, Claudius eindeutigen Rang zuzugestehen. Öffentlich liest er seine größten Gedichte vor und druckt sie – so das durchaus nicht patriotische, sondern pazifistische »Kriegslied« – just im Jahr 1917 in der »Fackel« ab.

Ausgerechnet an Claudius also scheiden sich die Geister. Viele seiner Leser waren anfangs und sind bis heute irritiert, unsicher. Er selber nicht. Er war, er ist einfach vorhanden. Er gehört nicht zu denen, die ihre Zeit prägen. Dafür vergeht er auch nicht mit ihr. Die Geschmäcker, die Stile, die Ideen und die Idole um ihn herum wechseln rapide. Was heut modern ist, beginnt morgen zu modern. Claudius guckt zu, hält auf Distanz, ist weder verführbar noch verfügbar, leistet sich vielmehr – zum Verdruß seiner teilweise allzu begeisterungswilligen Freunde – unziemliche Zwischenrufe wie: »Wo Hohlheit ist, es aufzufangen, da fährt's mit Ungestüm hinein ...« Hat der Kaiser keine Kleider an, so sieht er's und sagt es. Er kann beim besten Willen nicht zugeben, daß ein gravierender Unterschied darin bestehen soll, »ob jemand auf einen Schnurrbart oder auf eine Metaphysik eingebildet und ein Narr ist«. In aller Ruhe und ohne

Friedrich Gottlieb Klopstock, 1724–1803

den Ehrgeiz, es je mit ihnen aufnehmen zu wollen, überdauert er die meisten seiner schriftstellernden Zeitgenossen. Er repräsentiert nichts, er ist er, ein Außenseiter, ein Gegenüber, kein Mitläufer, eher ein Korrektiv. So wenig er zu den Illustren, die dem deutschen Geistesleben ab Mitte des 18. Jahrhunderts seinen Glanz verleihen, zählt und paßt, so bemerkenswert ist die Unbefangenheit, mit der er sich unter ihnen bewegt. Obwohl keiner von ihnen, ist er aus ihrem Kreis nicht wegzudenken. Man kann ihn nicht besser charakterisieren als Werner Kraft, der ihn in einem magistralen Aufsatz von seinen mit Lorbeer geschmückten Kollegen unterscheidet, indem er ihn als den »unvorhergesehenen Menschen« beschreibt, »der von seinem Daseinsrecht, auch wenn es Größere als ihn gäbe, einen selbstverständlichen Gebrauch macht«. Claudius erscheint ungerufen in der Literaturgeschichte. Er ist ein Unikum. Was er bewerkstelligt hat, ist keinem Rezeptbuch zu entnehmen: es ist ohne Vorbild und nicht nachzuahmen. So richtig weiß man nichts mit ihm anzufangen. Und sich trotzdem seiner nicht mehr zu entledigen. Oder weswegen ist Koeppen nach Reinfeld gereist? Um die Ortschaft in Augenschein zu nehmen? Oder wegen der Karpfen?

Man ist nur einmal in der Welt

Die Prominenz des Asmus ist eigen-artiger Natur. Manch einer sagt seine Gedichte her, ohne ihren Autor zu kennen. In Seminaren oder Nachschlagewerken eher beiläufig erwähnt oder als atypisch hingestellt, ist der Bote nach wie vor unterwegs, anbietend, nicht anbiedernd. Oft abgewiesen, gern belächelt, macht er unverdrossen seine Runde, verweilt zum Gruß und zieht weiter. Kaum meint einer, ihn hinter sich zu haben, mit ihm fertig zu sein – schon taucht er wieder vor ihm auf, ein scheinbar anderer als eben, Rollen und Namen tauschend, stets einfallsreich in seiner Vorliebe für Verstellung, Verkleidung und Verschlüsselung. In der Tarnung, in der Maskierung sucht und findet er die Identität seiner Aussagen. Er sagt dasselbe, indem er es immer anders sagt. Weder seine eigene noch eine neue Botschaft will er ausrichten, sondern nur – als Gevatter, als Nachbar – mit allerlei billets, bonmots und Schnurrpfeifereien (so lauten seine Selbstbezeichnungen) daran erinnern, daß »die Wahrheit sich nicht nach uns richtet, sondern daß wir uns nach ihr richten müssen«. Ob Poesie oder Prosa, ob Kritik oder Scherz, ob Persiflage oder Erbauung, ob Essay oder Glosse, ob espritiös oder biedermännisch, ob hintersinnig oder vordergründig, ob unüberbietbar und treffsicher oder unbeholfen und stümperhaft – nirgends begegnet uns l'art pour l'art bei Claudius, niemals die in seiner Epoche bevorzugt und mit Routine produzierten »Galanteriewaren«, sondern lauter Bekundungen eines Menschen, der »keinen Kurzweil in der Sache« versteht und der stets vor Augen hat, daß man »nur einmal in der Welt« ist, und »ist nicht darin, ihr nach dem Sinn zu reden und Häckerlinge zu schneiden«. Daß dieser Ernst, diese Unbestechlichkeit, diese Nüchternheit der Penetranz entraten können, hängt damit zusammen, daß sie ihre Entsprechung in seinem Humor haben. Der hält bis zur letzten Stunde vor. Claudius verdankt ihn nämlich der Einsicht in die Vorläufigkeit der Dinge. Er hat ihn der Skepsis abgewonnen. Er ist ganz und gar von dieser Welt, der Humor.

Friedrich Leopold Stolberg sagt Claudius nach, er habe »immer Mondschein im Herzen«. Zeugnisse in dieser Richtung haben wir in Hülle und Fülle. Aber wer hat die andere, die dunkle Seite seines Wesens wahrgenommen? »Wir kommen mit Angst und Geschrei in die Welt und fahren mit Herzeleid wieder in die Grube ...« Diese Erkenntnis wird wieder und wieder in Worte gefaßt. Zeit seines Lebens ist Claudius dem Anblick der Hinfälligkeit, der Morbosität des Seienden ausgesetzt, und zu beschönigen ist seine Sache nicht. Alle Kreatur ist in der Endlichkeit solidarisch. Nirgends wird die Sprache dieses norddeutschen Dichters so kargkräftig, so unausweichlich und unaustauschbar wie in der Benennung dieses Sachverhalts. Er ist nicht (wie unterstellt wird) im Pietismus zuhause, sondern in den poetischen Büchern des Alten Testaments, beim Psalter, bei den Sprüchen, beim Prediger Salomo mit seinem »Alles ist eitel«.

Arthur Schopenhauer, nach dessen erstaunlicher Einschätzung Claudius »den wesentlich pessimistischen Geist des Christentums an den Tag legt«, hat in dem vielleicht kennzeichnendsten Stück Lyrik, in den eine Summa unserer Existenz beschreibenden Versen »Der Mensch«, die Kulmination seines Schaffens erblickt und dazu angemerkt: wenn »in einem Gedicht von einiger Länge nur zwei Reime beständig abwechselnd wiederkehren, wird, durch große Anhäufung, ihre vereinte Wirkung fühlbar, wodurch dann eine seltsame melancholische Monotonie entsteht, welche besondern Stimmungen angemessen seyn kann: mir ist nur ein Beispiel dieser Art bekannt, nämlich das schöne Gedicht von Klaudius ...« Schopenhauer – wie Claudius der Illusion und dem »Palliativ« abhold – zitierte den Wandsbecker Boten regelmäßig aus dem Gedächtnis. Und in seinem Arbeitszimmer hingen Konterfeis von Kant und Claudius in einem Rahmen. Beide wären verblüfft gewesen wegen dieser Gesellung, zumal Claudius, der Freund Hamanns, des heftigsten Widersachers Kant'scher Philosophie. Und dennoch: Schopenhauer stellte eine Synthese her und bestätigte aufs neue, daß das claudianische opus nicht zu vereinnahmen, nicht mit Sicherheit einzufangen und einzuordnen ist, sondern überraschend und eigenwillig fort- und *über sich hinauswirkt.*

Sämtliche Anstrengungen, Claudius zu kategorisieren, mißglücken. Sein Zweifel an den Parolen der Aufklärung hindert ihn nicht daran, etwa im Streit zwischen Goeze und Alberti für die Toleranz Partei zu nehmen. Trotz seines Eintretens für Ordnung, Vaterland und Obrigkeit sympathisiert er mit den Jakobinern. Immerhin schreibt er:

»Gut sein, gut sein – ist viel getan,
erobern ist nur wenig;
der König sei der bessre Mann,
sonst sei der bessre König . . .«

Urban Roedl sieht in ihm den »konservativen Revolutionär«. Das Paradox hat in Matthias Claudius seine Richtigkeit. Er steht zu Lessing *und* zu Hamann. Die Antipoden schließen sich nicht aus. Er hat von beiden viel und ist doch ganz anders als sie. In der »Nachricht von meiner Audienz beim Kaiser von Japan« geht Claudius der Überlegung nach, in welchem Schubfach Lessing denn wohl angemessen unterzubringen wäre. Nach Meinung des Chans gehört er auf die Bank der Philosophen. Doch Claudius gibt zu bedenken, ob nicht zu raten wäre, ihn auf »seinen eigenen Stuhl zu setzen. Die gewöhnlichen Bänke passen nicht für ihn, oder vielmehr: er paßt nicht für die Bänke und sitzt sie alle nieder.« Nicht viel anders ist es mit

Claudius. Sein Platz ist allenfalls – zwischen den Stühlen.

Er ist einer jener Menschen, die mehr sind, als sie sind. Und es kann geschehen, daß der, der mit ihm umgeht, unversehens auch ein wenig mehr wird, als er ist. Wie viele seiner Besucher es erfahren haben, ebenso mögen es seine Leser erfahren: sie gehen anders von ihm weg, als sie zu ihm gekommen sind. Freunde berichten, seine Stimme zu hören, seine Gesten zu sehen, wenn sie im Asmus blättern. Wer sich dem Schriftsteller Claudius nähert, nähert sich unweigerlich dem Menschen Claudius. Von einer »Distinktion« zwischen beiden mag er nichts wissen. Und so ist er, wie wohl kein anderer Autor, völlig zugegen in seinem »Büchl«. Diese Übereinstimmung ist es, die seinen Reiz begründet. Kaum einem weiteren Dichter will der vielbelesene Historiker Barthold Niebuhr »den Anspruch einer zärtlicheren Liebe« einräumen; solange wir »seine Werke, die er selbst waren«, haben, kann auch er uns nicht abhanden kommen – so notiert, als er hört, daß Matthias Claudius gestorben ist.

Poet unter Journalisten

Nach besonderem Talent, nach beruflicher Ambition, nach Lebensplan, Zielstrebigkeit, Karriere und Prestige gefragt, hätte Claudius geantwortet: Die laute Lache über den, der das bei mir vermutet ... Wer jedoch – wie Koeppen und andere – meint, er sei ein Gescheiterter, übersieht, welchen Notwendigkeiten er folgte, wenn er sich einer Laufbahn mit ihren Zwängen entzog und widersetzte. »Ich habe wirklich großen Trieb, unabhängig zu sein –« klärte Claudius den um sein Ein- und Auskommen besorgten väterlichen Freund Gleim auf. Das war's. »Er fühlte wohl«, so hören wir von einem seiner Bekannten, der selber ganz anders war, ein hoher Regierungsbeamter, »daß ohne Freiheit für ihn kein Leben sei.« Er war keinesfalls willens, sich um des Arrivierens willen preiszugeben, zu entfremden. Er hatte einen beharrlichen Mut zu sich selbst. Er wußte gut über sich Bescheid, über das, was er wollte und nicht wollte, sowie über das, was er nicht konnte und konnte. Er wollte nichts anderes sein und werden als – Matthias Claudius. Seine »Freiheit« ließ er sich etwas kosten. Konsequent und kompromißlos lebte er zwar »nicht auf Rosen«, jeden Tag mit Unterhaltssorgen für sich und die Seinen, doch als das pure Gegenstück zu einem Opportunisten.

Mit gehöriger Schulbildung im Rucksack, zudem mit einer Kladde voller Ratschläge vom Vater ausgestattet, zieht Claudius mit seinem Bruder Josias nach Jena. Das entscheidende Erlebnis dieser Zeit ist nicht das Studium, sondern der Tod des »geliebtesten Bruders«. Eben zwanzig Jahre alt, muß er nach damaligem Brauch am offenen Grab vor dem Rector magnificus, den

Professoren und Studenten den Trauersermon halten. Hinter wohlgesetzten Worten verbirgt er seine Verzweiflung. Bräche die ars rhetorica nicht doch am Ende zusammen und machte der ganzen Erschütterung Platz, so hätte der zuweilen geäußerte Verdacht, er habe die Leichenrede nicht selber formuliert, sondern bei einem Skribenten in Auftrag gegeben, seine Berechtigung. Dies ist Claudius' erste und letzte Predigt. Sie beginnt deklamatorisch, sie schließt häretisch. Theologie ist nichts für ihn. Er gibt sie auf, nimmt den Kummer in Kauf, den er dem Vater mit der Absage bereitet.

In den Rechts- und Kameralwissenschaften bringt er es immerhin zum Baccalaureus. Dann verläßt er die Universität, kehrt ins Elternhaus zurück und hält mäßig engagiert Ausschau nach einer Gelegenheit zu bescheidenem Broterwerb. Lieb wäre ihm eine Stelle als Hofmeister in Plön oder als Landvogt irgendwo an der dänischen Grenze oder als Verwalter eines Spitals, »am besten im Wald gelegen«, oder als Secretarius in Kopenhagen – wohin er sich tatsächlich begibt, um bei einem Grafen Holstein zu arbeiten und, vor allem, die Bekanntschaft Klopstocks und der ihn umgebenden fortschrittlichen Geister zu machen. Doch nach einem Jahr ist er wieder in Reinfeld. Er ist glücklos bei der weiteren Suche. In Lübeck bewirbt er sich als Organist. Freunde im Magistrat versichern ihm, der Posten sei ihm gewiß; aber wie die andern Kandidaten müsse er pro forma etwas vorspielen. Als er feststellt, daß sein Konkurrent ihm überlegen ist, bedankt er sich und zieht sein Gesuch zurück. Pro forma? Das ist nichts für Claudius.

So liegt er dem Vater etliche Jahre auf der Tasche. Nur brieflich hält er Kontakt nach außen. Allenthalben bemüht man sich für ihn. In einem der zahlreichen Empfehlungsschreiben, die ihm zuliebe verschickt werden, wird ihm Eifer und Tüchtigkeit »in einer jeden Art von Wissenschaft, auf die er sich verlegt«, quittiert, allerdings mit der in Lob versteckten leisen Einschränkung, daß »sein Herz sein Genie und seinen Fleiß noch übertrifft«. Es ist aber nicht die Zeit, in der das »Herz« eines empfindlichen und beunruhigten Jünglings Mitspracherecht beim Denken beanspruchen darf. Claudius fühlt sich wie gelähmt, ohne Impuls und Courage, ohne Lust auch an der Poesie, nur hin und wieder entstehen ein paar Verse, Konstrukte zumeist, Fremdlaute, Sprache aus zweiter Hand. Der künftige Dichter wird nur schüchtern erkennbar. Dem verehrten Gerstenberg zeigt er eines seiner Produkte, ein kleines Lied zur Geburt der ersten Tochter seiner Schwester, und fügt den vielsagenden Kommentar hinzu: »Das sind in einem Jahr fast alle Reime, die ich gemacht habe, und vielleicht habe ich's klug gemacht, daß ich's dabei habe bewenden lassen – hätte ich sonst noch was machen sollen, so hätte es von Grab und Totengräbern, von Bahren und von Beinhäusern, von Einöden, darin hie und da Alpen von Menschenschädeln trauern, sein müssen, denn das ist itzo mein Feld.«

Plötzlich – Matthias ist mittlerweile achtundzwanzig Jahre alt – treffen wir ihn in Hamburg, der reichen, der vornehmen, der freien Hanse- und Weltstadt, in der nicht Herzöge und Fürsten, sondern Kaufleute Hof halten und Literaten, Musiker, Philosophen, Theologen, Lehrer wie Schüler, in Scharen anlocken. Claudius lernt Lessing kennen, gleich auch Philipp Emanuel Bach, und mit ihnen viele Menschen, die Sympathie für ihn verspüren und über Einflüsse verfügen. Der Reinfelder Einzelgänger gerät in die Gesellschaft. Er ist unterhaltsam, für Anregungen überaus empfänglich, also gern gesehen. Und da passiert das Unerwartete: er »verirrt sich« (so drückt sich der Biograph Urban Roedl aus) in einen Beruf!

Claudius wird Redaktor bei den »Adreß-, Comptoir-Nachrichten«. Der Anfänger schreibt zunächst wenig. Ihm fällt die Aufgabe zu, Meldungen über Handel, Schiffahrt, Börse, Lotterie, Wetter und lokale Neuigkeiten zu sammeln, zu ordnen und zum Druck zu befördern. Kein gerade abwechslungsreiches Geschäft. Aber unter seiner Hand ändert sich die Sachlage rasch. Den dürren Informationen verpaßt er durch winzige Pointen und Anspielungen eine manchmal drollige, manchmal befremdende, manchmal blitzartig erhellende Wende, die den Leser aufmerken läßt, die ihn verblüfft, die ihn betrifft.

Ich schreibe, so erklärt der junge Journalist dem geneigten publico, »nicht bloß die Nachrichten so hin«, sondern »tue gemeiniglich etwas von meinem Eigenen hinzu, eine Exklamation oder Lügenstrafung, oder was Satirisches . . .« Das kann sich dann so ausnehmen: »Vorgestern fand man in einem der neuen Häuser, die nahe bei Marybone gebaut wurden, einen Mann in sehr lumpichter Kleidung; tot; der vermutlich vor Kälte und Hunger gestorben war. O hätte ich ihm den Abend vorher; einen Schilling gegeben.« Stöbert man in den Jahrgängen 1768 bis 1770, so begegnet einem zunehmend die Handschrift des Poeten unter den Journalisten. Nackten Fakten und faden Daten wird ein I-Tüpfelchen aufgedrückt, kaum merklich, nebenbei und doch unübersehbar. Der blanken Mitteilung, daß in Frankfurt an der Oder der bekannte Professor der Theologie Töllner im Alter von fünfzig Jahren gestorben ist, hängt Claudius den Nachsatz an: » . . . da er doch hundert hätte werden sollen.« Und bald gelingt es ihm, einen poetischen Winkel in den Adreß-, Comptoir-Nachrichten zu etablieren. Buch-, Musik- und Theaterberichte erscheinen, sogar Gedichte, darunter so anmutige wie das »Wiegenlied, bei Mondschein zu singen« oder »Phidile« (nach der Horazischen rustica Phidile genannt), die später Bestandteile des Asmus werden und bereits deutliche Anzeichen dafür bieten, daß sich ausgerechnet in der lärmigen Redaktionsstube ein Dichter (der vielleicht still-

Das Schloss zu Wandsbeck

ste von allen) entpuppt. Die Formalismen, die er sich in seinen anakreontischen Anfängen, den »Tändeleyen«, angewöhnt hat, werden nun undenkbar, halten nicht mehr stand, sind nicht zu vermitteln. Und eben dies trägt die journalistische Arbeit dem Poeten Matthias Claudius ein: eine dringliche Intention zur Vermittlung. Er schreibt nicht an und für sich, sondern an und für andere.

Draußen vor Hamburg, im dänischen Wandsbeck, anderthalb Fußstunden vom Jungfernstieg entfernt, erscheint ein übles Klatschblatt namens »Der Wandsbecker Merkur«. Graf Schimmelmann, der das Dorf mit Gut und Schloß und Kirche und dem ausgiebigen Gehölz erworben hat, ist ein nobel denkender Mann, der auf

Reformen aus ist. Der »Merkur« ist seinen Plänen im Weg. Er wendet sich gegen diese chronique scandaleuse und regt, zusammen mit dem hamburgischen Senat, die Gründung einer neuen Zeitung an. Sie soll, ähnlich wie die damals aufblühenden »Moralischen Wochenschriften«, bürgerliche Bildung und demokratische Gesinnung pflegen. Als Verleger bewirbt sich der bekannte Drucker, Buchhändler, Übersetzer, Musiker und Freimaurer Johann Joachim Bode. Er hat auch schon einen Redakteur an der Hand, der ihn für die Erziehung der Gefühle und des Geschmacks bestens geeignet dünkt: Matthias Claudius. Der greift sofort zu. Von den Lesern der Adreß-, Comptoir-Nachrichten verabschiedet er sich, indem er sie und sich fragt, mit was er sie denn eigentlich habe unterhalten sollen und wollen – mit Artikeln über Krieg, über Liebe, über Genie? Er weiß es nicht recht. Also mit nichts? »Ja doch, mit nichts, meinetwegen, das ist so gerade das Fach, darin ich am stärksten bin.« Diese Kombination von Treuherzigkeit und Ironie ist claudianisch. Mit seinem understatement unterläuft er die eitle, die wichtigtuerische Attitüde seines Berufsstands. In Spanien, so fügt er seinem Valet hinzu, gibt es einen Fluß, der irgendwo in der Erde verschwindet, um an ganz anderer Stelle wieder zum Vorschein zu kommen. Die Leser, die bald darauf – nämlich zu Neujahr 1771 – die erste Ausgabe des »Wandsbecker Boten« zu sehen bekommen, wissen, was gemeint war.

Die Zeitung ist auf schlechtem Löschpapier gedruckt, umfaßt vier Quartseiten, wird viermal die Woche ausgeliefert und hat eine Auflage von vierhundert Stück. Der politische Teil nimmt drei Seiten ein: news von nah und fern stehen unvermittelt nebeneinander, nur Meldungen, keine Meinungen. Das Material ist, das fällt auf, reichhaltiger als bei vergleichbaren Organen jener Zeit. Neugierig aber wird man erst, wenn der Blick auf die letzte Seite fällt. »Unterm Strich« sind die »Gelehrten Sachen« zu lesen, also das, was bald »Feuilleton« heißen wird. Hier ist Claudius ganz in seinem Element. Er ist einer der Protagonisten des Feuilletons. Was er da einrückt, ist schwer oder gar nicht auf einen Nenner zu bringen. Es ist vorwiegend philosophisch-literarische Kleinkunst: kunterbunt vermengte Prosastücke, Konzert- und Theaterbesprechungen, manchmal polemische, gelegentlich poetische Beiträge. Sie stammen überwiegend von ihm selber. Aber auch die dichtende Elite ist in der Dorfzeitung vertreten: Klopstock, Lessing, Herder, Gerstenberg, Goethe, Voß. So gewinnt sie weit über Wandsbeck hinaus Ansehen. Bode wirbt tüchtig, weil er Spaß hat an dem Experiment. Er wendet sich an den einflußreichen Kollegen und Kritiker Nicolai in Berlin: »Ich habe die Ehre, mein hochgeehrter Herr Vetter, Ihnen ein paar Exemplare von den ersten Blättern unserer neuen Zeitung zuzuschicken, die ich Sie ergebenst bitte, Ihren Freunden bekannt zu machen und, wenn es Ihr kritisches Gewissen erlaubt, zu empfehlen. Ich hoffe, daß Sie das letztere umdesto eher können werden, da Sie aus dem Versuche der gelehrten Artikel finden werden, daß eine Art von Confederation unter uns gar leicht und natürlich sein wird. Herrn Moses Mendelssohn bitte ich ein Exemplar zuzustellen. Wenn Sie etwas anzuzeigen haben, so bitte ich solches mit oder ohne Recension, wie Sie es am tunlichsten finden, einzusenden, und Sie können sich auf mich verlassen ...«

Es ergibt sich, daß der Bote alsbald in Göttingen oder in Weimar oder in Darmstadt oder in Bückeburg gelesen und gepriesen wird – nur in Wandsbeck bleibt die erhoffte Resonanz aus. Auch der Rettungsversuch, den Titel auszuweiten in »Der Deutsche, sonst Wandsbecker Bote«, verschlägt nichts. Fünf Jahrgänge werden schlecht und recht durchgestanden. Dann wittert Claudius, daß es nun wohl »nicht mehr weit bis zum Amen« ist. Bode ist enttäuscht, ist unzufrieden mit seinem allzu eigenwilligen Redakteur. Dessen Stellungnahmen zu Bühne und Politik, zu Theologie und Aufklärung, zu Patriotismus und Familie, zu Revolution und sonstigem Weltgeschehen sind ihm zu unberechenbar. So geht eines der originellsten Kapitel deutscher Zeitungsgeschichte zu Ende. Im Sommer 1775 tritt Claudius von der Redaktion zurück. Er muß sich wieder umsehen. Die Freunde werden um Hilfe angegangen, vor allem Herder: »Mit dem Wandsbecker Boten will's nicht recht fort, und ich glaube, daß er's nicht mehr lange aushält. Bode wäre wohl auch nicht gescheit, wenn er ihn zu seinem Schaden noch lange fortsetzte. Wenn Sie etwas für mich auftreiben, so lassen Sie es mich bald wissen. Überhaupt lassen Sie mich doch etwas von sich wissen, oder ich schreibe Ihnen alle Woche 7 Briefe auf den Hals. Ich mache Ihnen meine Verbeugung und trete ganz in die Ecke ...«

Homme de Wandsbeck

Eine Episode? Nein. Die Zeitung verschwindet, der Name bleibt. Der Wandsbecker Bote, das ist nun Matthias Claudius selber. Nicht mehr periodisch, sondern nach eigenem Rhythmus und Gutdünken, also nur bei Gelegenheit, sparsam und mit erheblichen Pausen meldet er sich zu Wort: in acht bescheidenen Bänden, die er über einen Zeitraum von siebenunddreißig Jahren verstreut, ist alles zusammengefaßt, was er veröffentlicht wissen möchte.

Im übrigen: wer kennte schon Wandsbeck, gäbe es diesen Boten nicht? Dorf und Dichter sind unzertrennlich. Bis dahin unruhig und auf der Suche – in Wandsbeck findet sich Matthias. Er verläßt es selten und ungern, nur ein paar Reisen, elf unglückliche Monate Darmstadt, dann wieder Wandsbeck, insgesamt annähernd ein halbes Jahrhundert. Um die fernen Freunde zu sehen, muß er sich auch nicht auf den Weg machen: sie kommen zu ihm. Ein gastfreundlicheres Haus läßt sich nicht vorstellen. Wo es an Mitteln fehlt, springt die Phantasie ein. Feste über Feste werden gefeiert. Außerdem wird jeder Besucher Augenzeuge einer seltenen Liebesgeschichte: wer diese Ehe und die sukzessive heranwachsende Familie glücklich nennt, sagt kein Wort zu viel. Alle Welt – selbst Humboldt – rühmt Rebeckas Schönheit, Charme und Klugheit. Und die Kunst, auf die Matthias sich versteht: Plaudereien im Handumdrehen in kleine Symposien zu verwandeln, versetzt einen weitgereisten Gast dermaßen in Entzücken, daß er das Dichterhäuschen als »die Akademie unserer Gelehrtenrepublik« bezeichnet. Langeweile gibt's nicht unter diesem Wandsbecker Dach, auch keine Abgeschiedenheit, kein Schrebergartendasein. Vielmehr empfängt uns ein Geist, in dem Freundschaft gedeiht, eine Offenheit, die zugleich Innigkeit ist, eine Geselligkeit ohne Gesellschaftlichkeit. Es geht im wahrsten Sinne zwang-los zu, ganz wider die Etikette der Zeit. Ein Freund Klopstocks, A. M. Sprickmann, erzählt im Überschwang, was wir aus etlichen anderen Schilderungen genauso erfahren:

»An seinem Hause hat Claudius einen artigen Garten. In der Tiefe desselben hat er selbst ein hohes Gerüste gebaut, von dem man die Gegend umher übersehen kann; unten ist es mit Stauden und kleinen Bäumen zu einer Laube angepflanzt. Da lagen wir denn oft oben auf dem Gerüst und tranken Kaffee vom Boden –

Anna Rebecka Claudius geborene Behn, 1754–1832
Gemälde von Friederike Leisching

und dann vollends die Nächte, wenn wir so im Gehölze im Mondschein herumgingen, des Frierens nicht achteten, und er dann anfing, über die Zukunft mit der ganzen Zuversicht eines edlen Herzens zu philosophieren. Das ist Sokrates, meine Freunde, ganz Sokrates – wenn man das jetzt noch sein kann ... Feiertage waren es für mich, wenn er nach Hamburg hereinkam ... Dann kam er daher, Kaffee und Zucker und Fische und was er sonst in der Haushaltung brauchte, in einem Tuche am Arm; denn das holt und trägt er immer selbst. Oft gingen wir des Abends vor Torschließen nachhaus, und dann kam uns das liebe Weib mit ihrem Mädchen entgegen – er hat (bis dato) zwei Kinder, das älteste ist ungefähr drittehalb Jahr alt, bei dem ist er beinah Kindermagd. Oft habe ich ihn gefunden, daß er auf der Straße sich mit dem Mädel im Grase herumwälzte, indes le beau monde von Hamburg daneben spazierte und sich über ihn skandalisierte ...«

Ja, das ist Claudius, meine Freunde! Und was den Vergleich mit Sokrates betrifft, so ließe er sich ausspinnen. Weil ihr »omnia« *nichts* ist, sind sie so frei. Beide verweigern sich der Bindung durch Beruf, beide überlassen sich dem genius loci, beiden ist die »Weisheit des Nichtwissens« und somit die Gabe des Fragenkönnens eigen, die Hochschätzung des Gesprächs, weil in ihm die Fragmente der Welt sich suchen. Wenn Claudius zwischendrin an sein Schreibpult tritt (am liebsten mit einem der Kinder zwischen den Beinen oder auf der Schulter), so wird er kein anderer. Er bleibt der »ungelehrte« Asmus, der nicht mehr sein will als der, mit dem er spricht oder dem er schreibt. Was hier geschieht, ist Unter-Haltung.

So sind denn auch die Ansprüche, die der Bote für sein »Gewerbe« geltend macht, bescheiden. Er hat nicht mehr im Sinn, als die Leute »am Ärmel zu zupfen«. Einen Freund definiert er einmal als jemand, »der uns hilft, unsere Narrheit loszuwerden«. So ein Freund ist er. In der Ausübung dieser Freundschaft ist er sehr erfinderisch. Da »die Existenz die erste aller Eigenschaften« ist, kann es nicht wundernehmen, daß Claudius allen Überhöhungen abgeneigt ist. Jeglichem Pathos, jeglicher Pose gegenüber zeigt er sich kolossal unbeeindruckt. Er verschreibt sich dem Tag, dem Alltag. In diesem Sinn bleibt er Journalist, bleibt sein Asmus ein Journal. Er hat wirkliches Leben in Buchstaben übertragen. Sein Werk ist Literatur gewordener Alltag. Er vermeidet den Umweg der Abstraktion selbst da, wo ihm die feinsten dichterischen Gebilde gelingen. Er schreibt, wie er spricht, und er lebt, wie er denkt. Er lobt und liebt den Augenblick; er gehört und gehorcht der Gegenwart, weil er weiß, daß das, was mehr als sie sein könnte, nicht anders als in ihr präsent ist. Was immer er aufzeichnet, es läßt sich durchweg ziemlich genau orten und datieren. Es hat seinen biographischen Platz. Es entspringt bestimmten Veranlassungen. Claudius schreibt aus dem Stegreif. Was er zu Papier bringt, ist ihm zuvor »über den Weg gelaufen«. Daher die Vielgestaltigkeit. Er wechselt zwischen Brief und Betrachtung, zwischen Fabel und Gedicht, zwischen Denkspruch und Flugblatt – aber alles ist geeint und gemeint als »Einfassung und Spielewerk, das als ein Blumenkranz um den ›Becher kalten Wassers‹ gewunden ist, daß er desto freundlicher ins Auge falle«. Hinter den zahlreichen Stilmitteln, derer er sich bedient, tritt schließlich immer der eine und selbe Bote in Erscheinung, der seinen Lesern rasch etwas bekanntzugeben hat: eine Begebenheit aus dem häuslichen Umkreis, eine Anregung für einen Feier-Abend bei Schnee, ein Lied über den Reif auf Bäumen, eine Mahnung zu politischer Nüchternheit, eine Epistel über das Gewissen.

Nichts genügt sich selbst, alles ist adressiert, will ankommen, möchte beherzigt werden, drängt zum Leser, verwickelt ihn ins Gespräch. Sprache ist mündlich, sie entsteht in Rede und Gegenrede. »Wider das Schreiben und den Schreibgeist« hat Claudius »Skrupel«. Dennoch gelingt es ihm wie nur wenigen, vieles von der Ursprünglichkeit und Spontaneität der Sprache in die Schrift einzuführen, zu inkarnieren. Das Plattdeutsche, das daheim gang und gäbe ist, steht Pate und tönt allenthalben durch. Sogar in der Lyrik. Sie wirkt gesprochen. Das schafft Nähe. Für ihn trifft es zu, wenn er sagt: »Es spinnt sich zwischen Schriftsteller und Leser, wenn sie es gut miteinander meinen, eine Art

Liebe und Anhänglichkeit an.« Es ist, als käme er zu Besuch und stünde unter der Haustür, wenn er sich so vernehmen läßt: »Ich habe noch verschiedene Neuigkeiten; aber sie mögen warten. Ich kann's nicht helfen, ich muß heute zuguterletzt in diesem Jahre noch ein bißchen mit meinen lieben Lesern plaudern. Wir sprechen uns freilich wohl morgen wieder, aber so jung kommen wir nicht mehr zusammen, und es ist doch heute das letzte Mal in diesem Jahr, und das ist mir so rührsam. Ich bin darin ein närrischer Kerl: wenn ich durch'n Wald gehe und komme an den letzten Baum, so muß ich einen Augenblick stille stehen, als ob ich dem Baum etwas zu sagen hätte. Meine Mutter muß sich wohl an einer Turmglocke versehen haben oder an unseres Küsters Clavicord, das tönte auch gleich, wenn man nur laut: ›Guten Morgen, Herr Dietrich!‹ sagte. Kurz und gut: also ich muß heute noch ein bißchen plaudern, und da wünsche ich denn zuerst, in diesem Jahr recht vergnügt und wohl gelebt zu haben, und ob ich das gleich nur so hersage, so meine ich's doch recht von Herzen ...«

Um noch direkter werden zu können, denkt sich Claudius den Partner aus, den Vetter Andres, fingiert Dialoge und Dispute mit ihm, und im Lauf der Zeit werden die Korrespondenzen so vertraut, als wäre dies Visavis aus Fleisch und Blut. In der Zwiesprache zwischen Asmus und Andres ist, wie von ungefähr, auch der Leser vorhanden. Andres ist der Andre, der Mit-

Dorfstrasse in Wandsbeck

mensch. Im Du gewahrt Claudius sein Ich. So gesehen ist die Lektüre des Wandsbecker Boten Teilnahme an der Selbstausfaltung eines Menschenlebens.

Der Asmus ist kein Musen-, sondern ein Lebensalmanach. Kaleidoskopisch purzeln Themen und Formen durcheinander. Poesie löst Prosa ab, das Firmament wird ebenso beobachtet wie der Streit zwischen Lessing und Goeze. Die Gaudia domestica kommen neben den erschütterten und erschütternden Protest gegen Friedrich den Großen zu stehen: »'s ist leider Krieg – und ich begehre nicht schuld daran zu sein!« Dem Motetto auf den ersten Zahn, der Alexander heißen soll, folgt ein Gespräch über

Wohnhaus von Matthias Claudius

Orthodoxie und Religionsverbesserung. Und dann wieder: die Elegie am Grabe seines Vaters, die Verse an Christiane, der Sermon an die Mädchen über Schönheit und Unschuld oder die Erleuchtung: »Man will bemerken, daß die Stummen / nicht deutlich sprechen, sondern brummen.«

Vollkommene Dichtung inmitten eines Magazins von Kleinkram, auch von Belanglosigkeiten? Sie müssen beisammen bleiben, ihr Autor hat es so gewollt, sein Werk ist die Summe von Bruchstücken, sie bedingen, sie ergänzen sich. Im übrigen: was mag schon groß heißen, was nicht? Claudius hat es gern dort gesucht, wo andere es nicht vermuten. Er hat Maßstäbe relativiert. Das Selbstverständliche kann das Wunderbare sein, das Beiläufige wichtig. Einen »micromegas« nennt ihn Hamann, einen, der im kleinen groß ist.

In einem Lied auf den Rheinwein huldigt Claudius dessen freundlicher Wirkung. »Und wüßten wir, wo jemand traurig läge, wir gäben ihm den Wein« – das ist die letzte Zeile. Der Güte dieses Rezepts soll beileibe nicht widersprochen werden. Aber vielleicht darf man es erweitern durch den Hinweis, daß es Bücher gibt, denen ein gleichermaßen wohltuender Effekt nachzurühmen ist. Zu ihnen zähle ich den Wandsbecker Boten. Und was den Vergleich mit dem Wein betrifft, so hat Claudius selber ihn verschuldet, indem er es vermocht hat, die von ihm gern erwähnte Regel aus dem Makkabäerbuch mit seinem Asmus aufs anschaulichste zu demonstrieren: »Alle Zeit Wein oder Wasser trinken, das ist nicht lustig. Aber zuweilen Wein, zuweilen Wasser trinken, das ist lustig. Also ist's auch lustig, so man mancherlei lieset.«

Ach, es ist so dunkel

Daß Claudius seinen Asmus dem »Freund Hain« widmet und seinen Lesern den Anblick des Skeletts gleich vorn in der Titelei zumutet, hat von Anfang an zu Kopfzerbrechen geführt. Über Herkunft und Schreibweise (Hain mit a statt mit e) ist vielfach gerätselt worden. Da es in

Hamburg einen Medicus mit dem Namen Anton Hein gab, der vielleicht vorzustellen wäre als der »Herr Bruder«, den zu kennen Claudius »die Ehr'« hat, wie er uns in seiner Dedikation mitteilt, hat man hier auch schwarzen Humor am Werke sehen wollen, der die Affinität von ärztlicher Behandlung zum Begräbnis aufs Korn genommen hat. Keine der Deutungen mag ganz abwegig, keine aber auch ganz zutreffend sein. Immerhin hat Claudius, sonst Meister der mehrdeutigen Anspielung, in diesem Fall die Spekulationen zurückgewiesen: da »ist ganz und gar nichts auszulegen – das versteh' ich selber nicht«. Gewiß ist nur, daß jeder, der zum Wandsbecker Boten will, am Freund Hain vorbei muß: er mag sich dabei denken, was er mag.

Eine Lehre vom Tod kennt Claudius nicht. Sein Verhältnis zu ihm ist ambivalent. Also wieder bestätigt sich die Geradlinigkeit, auf die man ihn fixiert hat, bei näherem Hinsehen nicht. Oft widerspricht, ja widerlegt er sich selbst. Jedenfalls hat er nach dem tief beunruhigenden Jenaer Erlebnis des Todes seines Bruders den Sensenmann nicht mehr aus dem Auge gelassen. Nach etlichen Schwankungen, auch gegensätzlichen Stimmungen und Äußerungen hat er sich, so sehe ich's, mit der Zeit gefestigt, vielleicht sogar ein wenig arrangiert, eben »Freundschaft« probiert. Und doch: die Todesschwärmerei der Hainbundgenossen, diesen Gefährten seiner Jugend, auch des Novalis Todesminne oder die mystische Einheit mit dem Tode bei

Rainer Maria Rilke – das finden wir bei Claudius nicht. Seinen Schrecken hat der Tod nie verloren. Aber die ars vivendi, die Kunst zu leben, schloß für ihn die ars moriendi, die Kunst zu sterben, ein. Das Leben war für ihn ohne den Tod nicht zu haben: also hatte man ihn in Rechnung zu stellen. Matthias Claudius hat den Tod zum Lehrmeister des Lebens ernannt: »Der Tod ist'n eigner Mann. Er streift den Dingen dieser Welt die Regenbogenhaut ab und schließt das Auge zu Tränen, das Herz zur Nüchternheit auf. Man kann sich von ihm freilich auch verblüffen lassen und des Dinges zu viel tun, und gewöhnlich ist das der Fall, wenn man bis dahin zu wenig getan hat. Aber er ist'n eigner Mann und ein guter Professor Moralium! Und es ist ein großer Gewinn, alles, was man tut, wie vor seinem Katheder und vor seinen Augen zu tun.«

Neun Jahre alt war Matthias, als die Mutter ihm eine Bibel schenkte, auf deren letzte Seite sie eingetragen hatte: »Was du tust, bedenke das Ende, so wirst du nimmer Übles tun.« Dies einem Kind? Es blieb nicht bei den Worten. Das Bewußtsein von der Grenze war bei den Claudiern immer zugegen. Man hat den Tod nicht umgangen, sondern ist mit ihm umgegangen. Man hat sich von ihm nicht verschüchtern, sondern ernüchtern lassen. Matthias hat ihn bald kennengelernt und nie wieder vergessen. Die beharrliche und lebenslange Einbeziehung des Todes in das Leben fing so an: 1751 kam eine Seuche über Reinfeld, wo Vater Claudius Pastor war. Verstört und weinend mußte Matthias ansehen, wie sie das zweijährige Schwesterchen Lucia Magdalena, tags darauf den noch nicht sechsjährigen Bruder Lorenz und zwei Monate später den achtjährigen Friedrich Karl wegriß.

Von da an durchzieht der Tod die Biographie des Matthias Claudius wie ein cantus firmus. Auf Schritt und Tritt ist ihm der Schnitter in den Weg getreten. Sein erster Sohn, Matthias, starb gleich nach der Geburt: »Er lebte nur einige Stunden und ging, nachdem er sich hier sattgeweint hatte, wieder heim.« Ein weiteres Kind, nochmals Matthias genannt, blieb bloß zwei Jahre. Christiane, die zweitälteste Tochter, erlag mit Zwanzig einem Nervenfieber. Claudius' Briefe sind voll Traurigkeit in dieser Zeit. Im Nachdenken über den Tod schreibt er für den Vetter Andres eine Auslegung der Geschichte vom Jüngling zu Nain. Da unterläuft es ihm, daß er in zwei kleinen Sätzen von sich selbst spricht: »Du weißt, Andres, wenn man ein Kind schwerkrank hat, das man gern behalten will, wie man da geht und die Hände ringt und immer hofft, auch wenn man nicht mehr kann und sollte. Man hofft noch und hört nicht auf, solange die Kranke noch lebendig und im Bette ist . . .« Inmitten eines Briefkollegs über den Tod eines jungen Mannes also ist – bestimmt unvermerkt – »*die* Kranke« (das ist Christiane) in den Text geraten. Christianes gedenkt Claudius auch mit dem liedhaft einfachen Gedicht, dessen

Überschrift ihr Name ist und das in »Des Knaben Wunderhorn« Einlaß gefunden hat.

Schwer trifft Claudius der Verlust des Vaters, dem »ich so viel zu danken habe und nichts habe vergelten können«. Die Elegie, die Claudius sogleich in seiner Zeitung druckt, ist so etwas wie ein poetischer Nachruf, ein Inserat aus Lyrik. Der Journalist und der Dichter sind eben identisch. Daß »Friede sei um diesen Grabstein her«, so lautet der Wunsch des Gedichts, das mit den wenigen Worten endet, die in dieser Situation übrigbleiben: »Ach, sie haben einen guten Mann begraben – *und mir war er mehr.*« Dieses unauffällige und doch frappierende Umblättern vom Mitteilen zum Mitleiden ist kennzeichnend für Claudius.

Auch der Tod der Mutter, sieben Jahre nach dem des Vaters, geht ihm zu Herzen. An ihrem Sterbelager überlegt er sich, was alles die Menschen erdacht und erfunden haben und was alles er selber geschrieben und gelesen hat! Doch nun steht er rat- und sprachlos da, will der Fortgehenden »noch so gern was zu Liebe tun«, erreicht sie aber nicht, sie liegt am Abhang und soll »hinunter«, er kann nicht einmal sehen, wo sie hinfällt – und »war doch meine Mutter und *hatte mich immer so liebgehabt . . .*« Wieder, wie am Grab des Vaters, diese Quintole, dies gleichermaßen bescheidene wie vielsagende Gebilde aus fünf Worten. O Vetter, rät dann Claudius seinem Andres, »wenn Dir ein Mensch vorkommt, der sich so viel dünkt und so groß und breit dasteht, wend' Dich um und habe Mitleiden mit ihm. Wir sind nicht groß . . .«

Vom Tod ist so die Rede, daß dadurch der Blick geschärft wird für die Maße unseres Lebens: wir sind nicht groß. Und alle, die sich anders einschätzen, die Starken, sind mitleiderregend. Claudius stellt Werte auf den Kopf. Dabei hilft ihm der Tod. Immerzu faßt Claudius mitten im Sein den Gedanken des Nichtseins. Dazu veranlaßt ihn nicht Todessehnsucht, sondern Wahrheitsliebe. Er besucht oft Friedhöfe – aber nicht, weil er zum Lamento neigt, sondern um seinen Wirklichkeitssinn zu schulen und jede unumgängliche Ent-Täuschung tapfer auszuhalten; denn »'s ist mit dem menschlichen Herzen wie mit'm Meer. Da gibt's von Zeit zu Zeit Windstillen, und dann müssen die Schiffleute zu Anker liegen. Ich hasse nun aber das zu Ankerliegen und nehme bei solchen Umständen alle Gelegenheit wahr, wieder flott zu werden und einen frischen Kühlwind in meine Segel zu treiben, und so pfleg' ich denn 'neinzugehen, wenn so'ne Gottesackertür offensteht; da sind Grabhügel und Kreuze mit Grabschriften und schönen Sprüchen dran, und so gibt ein Gedanke den andern und 's Herz fängt einem wieder an zu pulsieren und *zu sich selbst zu kommen.*«

Fünfundsiebzig wird Claudius. Seine Zeit rundet sich. Er lebt sich aus, er erschöpft sich. Es ist schwer, das heute zu verstehen: aber er hat im Leben den Tod geübt, im Tod das Leben ge-

Haus des Schwiegersohns Friedrich Perthes
Hamburg, Jungfernstieg 22, in dem Claudius starb

sucht. Der Mensch verliert, so meint er, wiederum sokratisch, ohnedies »im Tod nur, was er nicht hatte«.

In den letzten Monaten des Jahres 1814 wird er krank. Er mag Wandsbeck nicht verlassen. Aber sein Arzt ersucht ihn, nach Hamburg hineinzuziehen, um tagtäglich um ihn sein zu können. Alle sind bewegt, da der homme de Wandsbeck aus seinem geliebten alten Haus tritt. Auch er ist sehr ernst, wenngleich, wie immer, zu Späßen aufgelegt. Als er in Hamburg ankommt und Clemens, sein kleiner Enkel, ihm die Stiefel auszieht, brummt er: »Min lewe Jung, antrekken deist du se mi nich wedder.« Im Haus des Schwiegersohns Friedrich Perthes wird Claudius das schöne Wohnzimmer eingeräumt. Durch die hohe gläserne Balkontür kann er die Aussicht auf Alster und Lombardsbrücke genießen. Der Jungfernstieg ist mit vielen Bäumen bestanden; auf dem Wasser sieht man Schwäne und Möwen, Kähne und sich spiegelnde Wolken; die Geräusche des Stadtlebens dringen herauf. In sich gekehrt, ruht Claudius in seinem Bett, liest dies und das, notiert dies und das. Abends begibt er sich für eine Weile in den Lehnstuhl am Ofen, der Winter wird kalt. Caroline, die älteste Tochter, fragt, warum er so still sei, ob er Schmerzen habe oder was sonst ihn bedrücke. Er: »Min lewe Line, dat Starwen is schwer, es is nix Lichtes.« Doch mit der Zeit wird er leutseliger, heiterer. Nach anfänglicher Mattheit und Müdigkeit, berichtet Caroline, ist der Kranke nun »so ruhig und freundlich, ja man möchte sagen vergnüglich, daß ich aus Freude darüber den Schmerz, der in mir ist, nicht zu Worte kommen lasse«. Er wird ganz der Großpapa; häufiger, als es dem Arzt recht ist, sitzen die Enkel um ihn herum und lassen sich Schnurren erzählen. Einmal ruft er die Kinder aus dem Schlaf, um ihnen zu eröffnen: »De Dag is nich lang nog to danken, ick möt schier de Nacht mit to Hülp nehmen.«

Froh über jede Stunde, die er noch hat, wartet Claudius gelassen auf den Tod, »der ihm die Schmachtriemen lösen« soll. Zu leiden hat er wenig, zu denken und zu danken viel. Bis zum 21. Januar 1815. In der Frühe sagt Matthias zu

Rebecka, er werde heut zwischen zwei und drei Uhr sterben. Er ist sich dieses Zeitpunkts gewiß. Deswegen erkundigt er sich immer wieder verwundert: »Noch nich twee?« Er will die Kinder sehen, die großen wie die kleinen, möglichst alle. Viele kommen. Stundenlang ist Agnes Perthes, die Enkelin, bei ihm. Caroline schickt das Kind hinaus. Es schleicht sich jedoch immer wieder in die Nähe des Großvaters, den es liebhat und der im Begriff ist, unwiederbringlich wegzugehen. »Jungfer Agnese« hat ihre Erinnerung an die letzten Stunden aufgeschrieben, minutiös: es ist ein geduldiges Abwarten und ein liebevolles Abschiednehmen. Seine Bebelmus, so nennt er Rebecka, »küßt und streichelt er«, erwähnt in einem fort die Namen der abwesenden Kinder, bittet einmal darum, die Vorhänge seines Bettes zuzuziehen, weil er allein sein und sich konzentrieren möchte, um womöglich eines Ein- und Durchblicks in die Wirklichkeit jenseits des Todes teilhaftig zu werden.

Auch von Caroline besitzen wir eine genaue Sterbechronik: »Mein Vater«, erzählt sie, »hatte sich immer gesehnt, hatte immer gehofft, ich möchte sagen in jedem Augenblick seines Lebens sich vorbereitet auf eine nähere oder lieber auf eine bewußte und wissende Mitteilung Gottes, die ihm diesen dunklen und für ihn sehr grauenvollen und gefürchteten Schritt erleichtern und heller machen sollte. Er sagte mir noch den Tag, ehe er starb, daß man Erfahrungen hätte, nach welchen dem Menschen kurz vor

Caroline Perthes geborene Claudius, 1744–1821

dem Sterben lichte Blicke in jenes Leben zuteil würden. Er hat darauf gewartet bis ans Ende, und sie sind ihm nach unser aller Überzeugung nicht geworden. Er blieb aber im tiefen Grunde der Seele vollkommen ruhig, freundlich und ergeben und fühlte das Losreißen des Lebens, das ihm sehr schwer und sauer wurde und über sechs Stunden währte, von Stufe zu Stufe, sagte uns, wie weit es sei, schon einige Minuten bevor wir es an seinem Körper wahrnehmen konnten, und rief zuletzt: Nun ist es aus!, wendete seine Augen, die er schon mehrere Minuten groß offen immer nach dem Himmel gerichtet hatte, noch einmal nach der Seite hin, wo meine Mutter stand, schloß sie und war tot. Es läßt sich hiervon wenig mitteilen, am wenigsten schriftlich. Er ist aber gewißlich wie ein großer Mensch gestorben, und ich möchte es jedem, der ernstlich über sich und seinen Zustand nachdenkt, gönnen, an diesem Sterbebette gewesen zu sein. Schwer ist dieser Schritt, aber größer, als man begreifen kann, ist es, ihn in dieser Weise zu tun.«

Auf den »lichten Blick«, auf den Wink von drüben, hat Claudius also vergeblich gewartet. Der Tod ist verschlossen, ungesellig, schweigsam, gibt keine Geheimnisse preis, überläßt den Sterbenden ganz sich selbst. Sein Leben lang habe er auf diese Stunde studiert, erklärt Claudius zuguterletzt, und nun sie da sei, wisse er doch nicht, wie alles enden werde. Menschen sind bei ihm, ja; aber er entrückt ihnen und sie ihm. Der Tod holt ihn unerbittlich. Und der Sterbende ergibt sich ohne Wehr. Ein frommer Hingang gewiß, aber auch ein illusionsloser, ein diesseitiger, ohne das Signal von woanders, auf das er sich – mit claudianischer Mischung aus Zweifel und Neugier – eingerichtet hatte.

Der Trost, den Claudius sein Leben lang für andere bereithielt, wird ihm selber verweigert. Das kleinegroße Gedicht mit seinem »Ach, es ist so dunkel in des Todes Kammer« wird volle Realität. Ihm ist nichts hinzuzufügen. Außer dem knappen Kommentar von Karl Kraus: » . . . niemals noch hat ›die Stunde‹ so geschlagen, niemals noch währte ein Atemzug so die Ewigkeit wie in den vier Zeilen von Claudius ›Der Tod‹.«

Prosa und Lyrik

Billets, Bonmots und Schnurrpfeifereien

»Sämmtliche Werke des Wandsbecker Bothen« erschienen in acht Bänden: Teil I und II 1775, Teil III 1778, Teil IV 1783, Teil V 1790, Teil VI 1798, Teil VII 1803 und Teil VIII 1812. Claudius hatte verschiedene Verleger: Bode, Bohn und Perthes in Hamburg und Löwe in Breslau. Der letzte Band, eine »Zugabe«, wurde auf Kosten des Verfassers hergestellt. Gegen diverse »Herren Nachdrucker«, die sein »Büchel« ungefragt – teilweise oder ganz – reproduzierten und in Umlauf brachten, hat er sich verwahrt: »Es ist das einzige, was ich verlege, und es muß beisammen bleiben.«

Teil I und II der Werke enthalten fast ausschließlich Beiträge, die Claudius für die Zeitung, deren Redakteur er von 1771 bis 1775 war, geschrieben hatte. »Der Wandsbecker Bothe« ging ein; seinen Namen aber machte sich Claudius zu eigen: aus dem Schriftleiter war ein Schriftsteller geworden. Seine in den späteren Bänden zusammengetragenen Texte wurden ebenfalls großenteils zuerst in Zeitungen und Zeitschriften veröffentlicht: in der Hamburger Neuen Zeitung, im Göttinger Musen-Almanach, im Vaterländischen Museum etc. Bei der Edition seiner Werke war der Autor zugleich sein Herausgeber. Und so zufällig, kunterbunt oder kraus den Leser der albumartige Aufbau des »Asmus« (so nennt Claudius sein opus) anmuten mag – dem Sammelsurium liegt ein Plan zugrunde, es soll lustig und listig zugehen bei der Lektüre, kurios, frappierend, unterhaltsam, zum Nachdenken oder zum Schmunzeln einladend.

Das Urteil über die kunstvolle Kunstlosigkeit

des »Asmus« war von Anfang an zwiespältig. Er sei »fürs Herz geschrieben«, meinte Voß. Bürger bekannte genüßlich: »Er ist mir ein rechter Fraß gewesen.« Der Schwabe Schubart sang ein Loblied in der »Deutschen Chronik«. Andere Rezensenten monierten den »Stil eines ganz gemeinen Mannes«, beanstandeten seine Unsitte, sich schlechter auszudrücken, als er könnte, »nur um was besonderes zu haben«, und hielten die »plebeje und unverständliche« Botensprache für illiterarisch. Nicolais »Allgemeine deutsche Bibliothek« applaudierte zunächst dem Humor, dem Witz, der geglückten Verbindung von Geist und Gemüt im »Asmus«, gestand seinem Autor zu, daß er »sicherlich den Namen eines Originals« verdiene, schränkte dann freilich ein, der Verstand müßte bei so viel Intuition auf die Dauer wohl unterliegen: »Denn wo ist der Mann, der sich rühmen kann, seinen Empfindungen sicher trauen zu können? Willkommen sei uns immer die kältere Überlegung, willkommen die deutlichen Begriffe.« Unter Berufung auf Lessing distanzierte sich der Kritiker von dem der Mystik und Swedenborg zuneigenden Claudius. Dieses erste Echo auf den »Asmus« nahm alle spätere Rezeption vorweg: Der Wandsbecker Bote hatte und hat kein einhelliges Publikum. Weder er noch seine Leser sind auf einen Nenner zu bringen. Die Überraschung, vielleicht sogar die Irritation gehört zu ihm und seinen Schriften.

Die vorliegende Auswahl ist von zwei Intentionen bestimmt: dem Respekt vor dem Original und dem Wunsch nach Vergegenwärtigung. Die Texte wurden nicht systematisiert, sondern nach ihrer ursprünglichen Abfolge angeordnet. Von geringfügigen Änderungen in den Überschriften und von behutsamer Angleichung an heutige Schreibweise abgesehen, sind alle Eigentümlichkeiten des Wandsbecker Boten gewahrt worden. Trotzdem ist jede Auslese ein Eingriff. Und wie die früheren, so müssen auch die heutigen »Herren Nachdrukker« sich zur Rede stellen lassen und ihre Absicht erklären. Die Absicht ist: dem Leser unserer Zeit nicht einen gefälligen, aber den fälligen »Asmus« ins Haus zu bringen. Bevorzugt wurden also die Stücke, die aus sich heraus, ohne Erläuterung und Vermittlung, auch nach zwei Jahrhunderten noch präsent sind.

Ein Bote kommt, man geht nicht zu ihm. Er bringt seine Botschaft, man holt sie nicht bei ihm ab. Er ist ohne Gepäck unterwegs: »Asmus omnia sua secum portans.« Nur das trägt er bei sich, was die Menschen, die er besucht, etwas angeht. Asmus ist eine Kurzform von Erasmus: das ist der Liebenswerte, der Gerngesehene, der Willkommene.

Ihm dedizier' ich mein Buch, und Er soll als Schutzheiliger und Hausgott vorn an der Haustüre des Buchs stehen.

Ich hab die Ehr', Ihren Herrn Bruder zu kennen, und er ist mein guter Freund und Gönner. Hätt' auch wohl noch andre Adresse an Sie; ich denk' aber, man geht am besten grade zu. Sie sind nicht für Adressen, und pflegen ja nicht viele Komplimente zu machen.

's soll Leute geben, heißen starke Geister, die sich in ihrem Leben den Hain nichts anfechten lassen, und hinter seinem Rücken wohl gar über ihn und seine dünnen Beine spotten. Bin nicht starker Geist; 's läuft mir, die Wahrheit zu sagen, jedesmal kalt über 'n Rücken, wenn ich Sie ansehe. Und doch will ich glauben, daß Sie 'n guter Mann sind, wenn man Sie genug kennt; und doch ist's mir, als hätt' ich eine Art Heimweh und Mut zu Dir, Du alter Ruprecht Pförtner! daß Du auch einmal kommen wirst, meinen Schmachtriemen aufzulösen und mich auf bess're Zeiten sicher an Ort und Stelle zur Ruhe hinzulegen.

Ich hab da 'n Büchel geschrieben, und bring's Ihnen her. Sind Gedichte und Prosa. Weiß nicht, ob Sie 'n Liebhaber von Gedichten sind; sollt's aber kaum denken, da Sie überhaupt keinen Spaß verstehen, und die Zeiten vorbei sein sollen, wo Gedichte mehr waren. Einiges im Büchel soll Ihnen, hoff' ich, nicht ganz mißfallen; das meiste ist Einfassung und kleines Spielewerk: machen Sie 'mit, was Sie wollen. Die Hand, lieber Hain! und wenn Ihr 'nmal kommt, fallt mir und meinen Freunden nicht hart.

Die Alten soll'n ihn anders gebildet haben: als 'n Jäger im Mantel der Nacht, und die Griechen: als 'n »Jüngling, der in ruhiger Stellung mit gesenktem trüben Blicke die Fackel des Lebens neben dem Leichname auslöscht«. Ist 'n schönes Bild und erinnert einen so tröstlich an Hain seine Familie und namentlich an seinen Bruder: wenn man sich da so den Tag über müde und matt gelaufen hat und kommt nun den Abend endlich so weit, daß man's Licht auslöschen will – hat man doch nun die Nacht vor sich, wo man ausruhen kann! und wenn's denn gar den andern Morgen Feiertag ist!! 's ist das wirklich ein gutes Bild vom Hain; bin aber doch lieber beim Knochenmann geblieben. So steht er in unsrer Kirch', und so hab' ich 'n mir immer von klein auf vorgestellt, daß er auf'm Kirchhof über die Gräber hinschreite, wenn eins von uns Kindern 's Abends zusammenschauern tat, und die Mutter denn sagte: der Tod sei übers Grab gegangen. Er ist auch so, dünkt mich, recht schön, und wenn man ihn lange ansieht, wird er zuletzt ganz freundlich aussehen ...

Kuckuck

Wir Vögel singen nicht egal;
Der singet laut, der andre leise,
Kauz nicht wie ich, ich nicht wie Nachtigall,
Ein jeder hat so seine Weise.

Am Karfreitagmorgen

Bin vorige Nacht unterwegen gewesen. Etwas kalt schien einem der Mond auf den Leib, sonst war er aber so hell und schön, daß ich recht meine Freude d'ran hatt' und mich an ihm nicht konnte satt sehen. Heut' Nacht vor tausend acht hundert Jahren schienst du gewiß nicht so, dacht' ich bei mir selbst; denn es war doch wohl nicht möglich, daß Menschen im Angesicht eines so freundlichen sanften Monds einem gerechten unschuldigen Mann Leid tun konnten! –

Was ich wohl mag

Ich mag wohl Begraben mit ansehn, wenn so ein rotgeweintes Auge noch einmal in die Gruft hinab blickt oder einer sich so kurz umwendet und so bleich und starr sieht und nicht zum Weinen kommen kann. 's pflegt mir denn wohl selbst nicht richtig in 'n Augen zu werden, aber eigentlich bin ich doch fröhlich. Und warum sollt ich auch nicht fröhlich sein; liegt er doch nun und hat Ruhe! und ich bin darin 'n närrischer Kerl, wenn ich Weizen säen sehe, so denk' ich schon an die Stoppeln und den Erntetanz. Die Leut' fürchten sich so vor einem Toten, weiß nicht warum. Es ist ein rührender heiliger schöner Anblick, einer Leiche ins Gesicht zu sehen; aber sie muß ohne Flitterstaat sein. Die stille blasse Todesgestalt ist ihr Schmuck, und die Spuren der Verwesung ihr Halsgeschmeide und das erste Hahnengeschrei zur Auferstehung.

Der Schwarze in der Zuckerplantage

Weit von meinem Vaterlande
  Muß ich hier verschmachten und vergehn,
Ohne Trost, in Müh' und Schande;
  Ohhh die weißen Männer!! klug und schön!
Und ich hab' den Männern ohn' Erbarmen
  Nichts getan.
Du im Himmel! hilf mir armen
  Schwarzen Mann!

Von meinem akademischen Leben und Wandel

Bin auch auf Unverstädten gewesen, und hab' auch studiert. Ne, studiert hab' ich nicht, aber auf Unverstädten bin ich gewesen, und weiß von allem Bescheid. Ich ward von ohngefähr mit einigen Studenten bekannt, und die haben mir die ganze Unverstädt gewiesen und mich allenthalben mit hingenommen, auch ins Kollegium. Da sitzen die Herren Studenten alle neben 'nander auf Bänken wie in der Kirch', und am Fenster steht eine Hittsche, darauf sitzt 'n Professor oder so etwas, und führt über dies und das allerlei Reden, und das heißen sie denn dozieren. Das auf der Hittschen saß, als ich d'rin war, das war'n Magister, und hatt' eine große krause Paruque auf'm Kopf, und die Studenten sagten, daß seine Gelehrsamkeit noch viel größer und krauser und er unter der Hand ein so kapitaler Freigeist sei als irgendeiner in Frankreich und England. Mochte wohl was d'ran sein, denn 's ging ihm vom Maule weg, als wenn's aus 'm Mostschlauch gekommen wär'; und demonstrieren konnt' er wie der Wind. Wenn er etwas vornahm, so fing er nur so eben 'n bischen an, und eh man sich umsah, da war's demonstriert. So demonstriert' er z. Ex., daß 'n Student 'n Student und kein Rhinozeros sei. Denn, sagte er, 'n Student ist entweder 'n Student oder 'n Rhinozeros; nun ist aber 'n Student kein Rhinozeros, denn sonst müßt 'n Rhinozeros auch 'n Student sein; 'n Rhinozeros ist aber kein Student, also ist 'n Student 'n Student. Man sollte denken, das verstünd' sich von selbst, aber unsereins weiß das nicht besser. Er sagte, das Ding, »daß 'n Student kein Rhinozeros, sondern 'n Student wäre«, sei eine Hauptstütze der ganzen Philosophie, und die Magisters könnten den Rücken nicht fest genug gegenstemmen, daß sie nicht umkippe.

Weil man auf einem Fuß nicht gehen kann, so hat die Philosophie auch den andern, und darin war die Rede von mehr als Einem Etwas, und das Eine Etwas, sagte der Magister, sei für jedermann: zum anderen Etwas gehör' aber eine feinere Nas', und das sei nur für ihn und seine Kollegen. Als wenn eine Spinn' einen Faden spinnt, da sei der Faden für jedermann und jedermann für den Faden, aber im Hinterteil der Spinne sei sein bescheiden Teil, nämlich das andre Etwas, das der zureichende Grund von dem ersten Etwas ist, und einen solchen zureichenden Grund müss' ein jedes Etwas haben, doch brauche der nicht immer im Hinterteil zu sein. Ich hätt' auch mit diesem Axioma, wie der Magister 's nannte, übel zu Fall kommen können. Daran hängt alles in der Welt, sagt' er, und, wenn einer 's umstößt, so geht alles über und d'runter.

Denn kam er auf die Gelehrsamkeit und die Gelehrten zu sprechen und zog bei der Gelegenheit gegen die Ungelahrten los. Alle Hagel, wie fegt' er sie! Dem ungelahrten Pöbel setzen sich die Vorurteile von Alp, Leichdörnern, Religion etc. wie Fliegen auf die Nase und stechen ihn; aber ihm, dem Magister, dürfe keine kommen, und käm' ihm eine, schnaps schlüg' er sie mit der Klappe der Philosophie sich auf der Nasen tot. Ob und was Gott sei, lehr' allein die Philosophie, und ohne sie könne man keinen Gedanken von Gott haben u. s. w. Dies nun sagt' der Magister wohl aber nur so. Mir kann kein

Mensch mit Grund der Wahrheit nachsagen, daß ich 'n Philosoph sei, aber ich gehe niemals durch 'n Wald, daß mir nicht einfiele, wer doch die Bäume wohl wachsen mache, und denn ahndet mich so von ferne und leise etwas von einem Unbekannten, und ich wollte wetten, daß ich denn an Gott denke, so ehrerbietig und freudig schauert mich dabei.

Weiter sprach er von Berg und Tal, von Sonn' und Mond, als wenn er sie hätte machen helfen. Mir fiel dabei der Ysop ein, der an der Wand wächst; aber die Wahrheit zu sagen, 's kam mir doch nicht vor, als wenn der Magister so weise war als Salomo. Mich dünkt, wer 'was recht's weiß, muß, muß – säh' ich nur 'nmal einen, ich wollt 'n wohl kennen, malen wollt' ich 'n auch wohl, mit dem hellen heitern ruhigen Auge, mit dem stillen großen Bewußtsein etc. Breit muß sich ein solcher nicht machen können, am allerwenigsten andre verachten und fegen. O! Eigendünkel und Stolz ist eine feindselige Leidenschaft; Gras und Blumen können in der Nachbarschaft nicht gedeihen.

Bei dem Grabe Anselmos

Daß ich dich verloren habe,
Daß du nicht mehr bist,
Ach! daß hier in diesem Grabe
Mein Anselmo ist,

Das ist mein Schmerz! das ist mein Schmerz!!!
Seht, wir liebten uns, wir beide,
Und, so lang' ich bin, kommt Freude
Niemals wieder in mein Herz.

Brief an Andres

Gott zum Gruß! Mein lieber Andres, wenn Er Sich noch wohl befindet, ist's mir lieb. Was mich anlangt, so befind' ich mich itzo in Wandsbeck.

Er wird's auch wohl vom Herrn Rektor gehört haben, daß der Kalendermacher und Sterngucker Tychobrahe zu seiner Zeit in Wandsbeck den Sternenlauf betrachtet hat, und daß dieser Tychobrahe eine Nase von Gold, Silber und Wachs hatte, weil ihm von ohngefähr 'n Edelmann zu nächtlicher Weile eine von Fleisch abduellierte; ich tu' Ihm zu wissen, daß ich keine Nase von Gold, Silber und Wachs hab', und daß ich folglich hier auch den Sternenlauf nicht betrachte. Übrigens ist mir in Ermangelung eines bessern zu Ohren gekommen, daß Ihm Seine Gertrud abgestorben ist. Da Er weiß, daß ich nicht ungerührt bleibe, wenn 'n Hund stirbt, den ich zum erstenmal sehe, so kann Er Sich leicht vorstellen, wie mir bei der Nachricht von diesem Todesfall geworden sein mag. Die selige Gertrud hatt' ihre Nücken, aber 's reute sie doch gleich, und sie hatt' auch viel Gutes und hätte wohl länger leben mögen, doch sie ist nun kaput, und Er muß Sich zufrieden geben. Andres! unter 'm Mond ist viel Mühe des Lebens, Er muß Sich zufrieden geben – ich sitze mit Tränen in den Augen und nag' an der Feder, daß unter 'm Mond so viel Mühe des Lebens ist, und daß einen jedweden seine eigne Nücken so unglücklich machen müsse!

An – als Ihm die – starb

Der Säemann säet den Samen,
Die Erd' empfängt ihn, und über ein kleines
Keimet die Blume herauf –

Du liebtest sie. Was auch dies Leben
Sonst für Gewinn hat, war klein Dir geachtet.
Und sie entschlummerte Dir!

Was weinest Du neben dem Grabe,
Und hebst die Hände zur Wolke des Todes
Und der Verwesung empor?

Wie Gras auf dem Felde sind Menschen
Dahin, wie Blätter! Nur wenige Tage
Gehn wir verkleidet einher!

Der Adler besuchet die Erde,
Doch säumt nicht, schüttelt vom Flügel den Staub und
Kehrt zur Sonne zurück!

Mein lieber Andres,

Ich habe das Leichdornpflaster erhalten, die Würzpillen aber nicht, arbeite auch itzo an einem Buch, das ich dem Druck übergeben will. Er glaubt nicht, Andres, wie einem so wohl ist, wenn man was schreibt, das gedruckt werden soll, und ich wollt' Ihm die Freude auch 'nmal gönnen. Er könnte etwa das Rezept zu dem Pflaster herausgeben, etwas vom Ursprung der Leichdörner herraisonnieren und am Ende einige *Errata* hinzutun. Sieht Er, 's kommt bei einer Schrift auf den Inhalt eben nicht groß an, wenn nur Schwarz auf Weiß ist; einige loben's doch, und am Ende läßt sich von Leichdörnern und Pflaster schon was schreiben. Ich besinne mich, daß es Ihm in der Schule immer so schwer ward, die *Commata* und *Puncta* recht zu setzen. Sieht Er, Andres, wo der Verstand halb aus ist, setzt er ein *Comma*; wo er ganz aus ist, ein *Punctum*, und wo gar keiner ist, kann Er setzen, was Er will, wie Er auch in vielen Schriften findet, die herauskommen. Was Er Seinem Buch für einen Titel geben will, das muß Er wissen: meins heißt: *Secum portans*, und ich kann Ihm nichts weiter davon sagen, als daß es Anfang und Ende hat.

Sein

Diener

Im Junius

Aber die Lenzgestalt der Natur ist doch wunderschön; wenn der Dornstrauch blüht und die Erde mit Gras und Blumen pranget! So 'n heller Dezembertag ist auch wohl schön und dankenswert, wenn Berg und Tal in Schnee gekleidet sind und uns Boten in der Morgenstunde der Bart bereift; aber die Lenzgestalt der Natur ist doch wunderschön! Und der Wald hat Blätter, und der Vogel singt, und die Saat schießt Ähren, und dort hängt die Wolke mit dem Bogen vom Himmel, und der fruchtbare Regen rauscht herab –

Wach auf mein Herz und singe
Dem Schöpfer aller Dinge –

's ist, als ob Er vorüber wandle, und die Natur habe Sein Kommen von ferne gefühlt und stehe bescheiden am Weg in ihrem Feierkleid und frohlocke!

Ein sonderlicher Casus von harten Talern und Waldhorn

Musik! O ja, Musik ist eine herrliche Sach'; auch die heiligen Engel im Himmel sind Freunde davon, ich habe sie mehr als einmal auf Schildereien blasen sehen. Und die Musik ist lieblich zu hören und hat wirklich Gewalt aufs Herz. Ich habe wohl hundertmal wieder dran gedacht, wie sie mich 'nmal erweicht hat, als Paul mir meine harten Taler gestohlen hatte. Der Paul,

Dieb der! Hatt' ihm so oft aus der Not geholfen, und stahl mir doch meine harten Taler; meine Mutter hatte sie mir noch auf ihrem Todbette gegeben. Die Mütter haben's denn so an sich, daß sie harte Taler haben, und meine hatte von jeher viel von mir gehalten: ich hab' ihr auch mein Tage nichts in 'n Weg gelegt, und als sie merkte, daß sie schwach ward, rief sie mich ans Bett und gab mir neun Stück harte Taler, zwei Tage eh sie starb, nun Gott habe sie selig, sie war eine gute Frau – aber wieder auf die Musik zu kommen, so wollt' ich erzählen, wie sie mich 'nmal erweicht hat, denn ich war recht ärgerlich über meine Taler und über den untreuen, undankbaren Kerl. Wo ist Paul? »in den Wald gangen«; ich nach, blickte wild durch Busch und Baum und wollt' ihn schlagen, wo ich 'n träfe, und das Blut kochte mir in den Adern – da fingen in der Ferne des gnädigen Herrn seine Jäger an zu blasen. So hatt's mir niemals noch gedäucht; ich hörte, stand still und sah um mich. Ich war grad' an dem Schmerlenbach, und Pferd' und Küh' und Schafe standen am Ufer und tranken alle aus dem Bach, und die Jäger bliesen. – »Harte Taler hin, harte Taler her! will Paul nicht schlagen,« und ich vergab ihm in meinem Herzen am Schmerlenbach, wo ich stand, und ging wieder zu Hause. Wenn aber das nicht von ohngefähr so gekommen wär' und die Musik 's wirklich getan hätte, da wär sie ja Gottesgab', und man sollte sie zu so 'was brauchen. Aus dem ewigen Quinkelieren wird so nicht viel.

Phidile

Ich war erst sechzehn Sommer alt,
Unschuldig und nichts weiter,
Und kannte nichts als unsern Wald,
Als Blumen, Gras und Kräuter.

Da kam ein fremder Jüngling her;
Ich hatt' ihn nicht verschrieben,
Und wußte nicht wohin noch her;
Der kam und sprach von Lieben.

Er hatte schönes langes Haar
Um seinen Nacken wehen;
Und einen Nacken, als das war,
Hab' ich noch nie gesehen.

Sein Auge, himmelblau und klar!
Schien freundlich was zu flehen;
So blau und freundlich, als das war,
Hab' ich noch keins gesehen.

Und sein Gesicht, wie Milch und Blut!
Ich hab's nie so gesehen;
Auch, was er sagte, war sehr gut,
Nur konnt' ich's nicht verstehen.

Er ging mir allenthalben nach,
Und drückte mir die Hände
Und sagte immer O und Ach,
Und küßte sie behende.

Ich sah ihn einmal freundlich an
Und fragte, was er meinte;
Da fiel der junge schöne Mann
Mir um den Hals und weinte.

Das hatte niemand noch getan;
Doch war's mir nicht zuwider,
Und meine beiden Augen sahn
In meinen Busen nieder.

Ich sagt' ihm nicht ein einzig Wort,
Als ob ich's übel nähme,
Kein einzig's, und – er flohe fort;
Wenn er doch wieder käme!

Die Mutter bei der Wiege

Schlaf, süßer Knabe, süß und mild!
Du deines Vaters Ebenbild!
Das bist du; zwar dein Vater spricht,
Du habest seine Nase nicht.

Nur eben itzo war er hier
Und sah dir ins Gesicht
Und sprach: Viel hat er zwar von mir,
Doch meine Nase nicht.

Mich dünkt es selbst, sie ist zu klein,
Doch muß es seine Nase sein;
Denn wenn's nicht seine Nase wär',
Wo hätt'st du denn die Nase her?

Schlaf, Knabe, was dein Vater spricht,
Spricht er wohl nur im Scherz;
Hab' immer seine Nase nicht,
Und habe nur sein Herz!

Die Leiden des jungen Werthers

Weiß nicht, ob 's 'n Geschicht' oder 'n Gedicht ist; aber ganz natürlich geht's her, und weiß einem die Tränen recht aus 'm Kopf herauszuholen. Ja, die Lieb ist 'n eigen Ding; läßt sich's nicht mit ihr spielen wie mit einem Vogel. Ich kenne sie, wie sie durch Leib und Leben geht und in jeder Ader zuckt und stört und mit 'm Kopf und der Vernunft kurzweilt. Der arme Werther! Er hat sonst so feine Einfälle und Gedanken. Wenn er doch eine Reise nach Pareis oder Pecking getan hätte! So aber wollt' er nicht weg von Feuer und Bratspieß und wendet sich so lange dran herum, bis er kaput ist. Und das ist eben das Unglück, daß einer bei so viel Geschick und Gaben so schwach sein kann, und darum sollen sie unter der Linde an der Kirchhofmauer neben seinem Grabhügel eine Grasbank machen, daß man sich drauf hinsetze und den Kopf in die Hand lege und über die menschliche Schwachheit weine. – Aber, wenn du ausgeweinet hast, sanfter guter Jüngling! wenn du ausgeweinet hast; so hebe den Kopf fröhlich auf, und stemme die Hand in die Seite! denn es gibt Tugend, die, wie die Liebe, auch durch Leib und Leben geht und in jeder Ader zuckt und stört. Sie soll, dem Vernehmen nach, nur mit viel Ernst und Streben errungen werden und deswegen nicht sehr bekannt und beliebt sein; aber wer sie hat, dem soll sie auch dafür reichlich lohnen, bei Sonnenschein und Frost und Regen, und wenn Freund Hain mit der Hippe kommt.

Fritze

Nun mag ich auch nicht länger leben,
Verhaßt ist mir des Tages Licht;
Denn sie hat Franze Kuchen gegeben,
Mir aber nicht.

Ein Lied

Ich bin vergnügt, im Siegeston
Verkünd' es mein Gedicht,
Und mancher Mann mit seiner Kron'
Und Szepter ist es nicht.
Und wär' er's auch; nun, immerhin!
Mag er's! so ist er, was ich bin.

Des Sultans Pracht, des Mogols Geld,
Des Glück, wie hieß er doch,
Der, als er Herr war von der Welt,
Zum Mond hinauf sah noch? –
Ich wünsche nichs von alle dem,
Zu lächeln drob fällt mir bequem.

Zufrieden sein, das ist mein Spruch!
Was hülf' mir Geld und Ehr'?
Das, was ich hab', ist mir genug,
Wer klug ist, wünscht nicht sehr;
Denn was man wünschet, wenn man's hat,
So ist man darum doch nicht satt.

Und Geld und Ehr' ist obendrauf
Ein sehr zerbrechlich Glas.
Der Dinge wunderbarer Lauf
(Erfahrung lehret das)
Verändert wenig oft in viel
Und setzt dem reichen Mann sein Ziel.

Recht tun und edel sein und gut,
Ist mehr als Geld und Ehr';
Da hat man immer guten Mut
Und Freunde um sich her,
Und man ist stolz und mit sich eins,
Scheut kein Geschöpf und fürchtet keins.

Ich bin vergnügt, im Siegeston
Verkünd' es mein Gedicht,
Und mancher Mann mit einer Kron'
Und Szepter ist es nicht.
Und wär' er's auch; nun, immerhin!
Mag er's! so ist er, was ich bin.

Aus dem Englischen

Es legte Adam sich im Paradiese schlafen;
Da ward aus ihm das Weib geschaffen.
Du armer Vater Adam, du!
Dein erster Schlaf war deine letzte Ruh'.

Ein Brief an den Mond

Stille glänzende Freundin, ich habe Sie lange heimlich geliebt; als ich noch Knabe war, pflegt' ich schon in den Wald zu laufen und halbverstohlen hinter 'n Bäumen nach Ihnen umzublikken, wenn Sie mit bloßer Brust oder im Neglige einer zerrissenen Nachtwolke vorübergingen. Einst abends fragte ich, was Sie immer so unruhig am Himmel wären, und warum Sie nicht bei uns blieben. »Sie hatte, ach!« hub meine Mutter an und setzte mich freundlich auf ihren Schoß, »sie hatte einen kleinen lieben Knaben, der hieß Endymion, den hat sie verloren und sucht ihn nun allenthalben und kann den Knaben nicht wieder finden« – und mir trat eine Träne ins Auge. O, Madam! mir ist seitdem oft eine ins Auge getreten. – –

Sie scheinen ein weiches schwermütiges Herz zu haben. Der Himmel über Ihnen ist Tag und Nacht voll Jubel und Freudengeschrei, daß seine Schwellen davon erbeben, aber ich habe Sie nie in der fröhlichen Gesellschaft des Himmels gesehn. Sie gehen immer, allein und traurig, um unsre Erde herum, wie ein Mädchen um das

Begräbnis ihres Geliebten, als wenn das Rauschen von erstickten Seufzern des Elendes und der Laut vom Händeringen und das Geräusch der Verwesung Ihnen süßer wären als der Päan des Orions und das hohe Allegro von der Harfe des Siebengestirns. Sanftes sympathetisches Mädchen! Erlauben Sie, daß ich meinen Gramschleier einen Augenblick vom Gesicht tue, Ihre Hand zu küssen; erlauben Sie, daß ich Sie zur Vertrauten meiner wehmütigen Kummerempfindung und melancholischen Schwärmereien mache und in Ihren keuschen Schoß weine. Und Jupiter breite ein dünnes Rosengewölk über die Szene! der Leser aber denke sich dies Gemälde, von etlichen Liebesgöttern gehalten, als ein *Cul de Lampe* unter dem Vorbericht dieses sonderbaren Briefwechsels.

Das unschuldige Mädchen

Meine Mutter sagt' mir:
»Deine Lippen gab dir
Zum Sprechen, Tochter, die Natur,
Und zum Sprechen brauch' sie nur.«
  Warum sind sie so rot?
O, ich konnte ja auch
  mit weißen Lippen sprechen
  Und warum gebot
Meine Mutter: nur zum Sprechen?
Wer zeigt mir armen Mädchen an,
Was mein Mund mehr als sprechen kann?

Fuchs und Pferd

Einst wurden Fuchs und Pferd,
Warum, das weiß ich nicht,
auch hat es mich verdrossen,
Denn mir sind beide Tiere wert,
In einen Käficht eingeschlossen.
Das Pferd fing weidlich an zu treten
Für Ungeduld und trat
Den armen Rein'ke Fuchs,
der nichts an Füßen hat.
»Das nun hätt' ich mir wohl verbeten,
Tret' Er mich nicht, Herr Pferd! ich will
Ihn auch nicht treten.«

An eine Quelle

Du kleine, grünumwachs'ne Quelle,
An der ich Daphne jüngst gesehn!
Dein Wasser war so still! so helle!
Und Daphnes Bild darin, so schön!
O, wenn sie sich noch 'mal am Ufer sehen läßt,
So halte du ihr schönes Bild doch fest;
Ich schleiche heimlich denn
mit nassen Augen hin,
Dem Bilde meine Not zu klagen;
Denn, wenn ich bei ihr selber bin,
Denn, ach! denn kann ich ihr nichts sagen.

Ein Wiegenlied, bei Mondschein zu singen

So schlafe nun, du Kleine!
  Was weinest du?
Sanft ist im Mondenscheine
  Und süß die Ruh'.

Auch kommt der Schlaf geschwinder
  Und sonder Müh';
Der Mond freut sich der Kinder
  Und liebet sie.

Er liebt zwar auch die Knaben,
  Doch Mädchen mehr,
Gießt freundlich schöne Gaben
  Von oben her

Auf sie aus, wenn sie saugen,
  Recht wunderbar;
Schenkt ihnen blaue Augen
  Und blondes Haar.

Alt ist er wie ein Rabe,
  Sieht manches Land;
Mein Vater hat als Knabe
  Ihn schon gekannt.

Und bald nach ihren Wochen
  Hat Mutter 'mal
Mit ihm von mir gesprochen:
  Sie saß im Tal.

In einer Abendstunde,
  Den Busen bloß,
Ich lag mit offnem Munde
  In ihrem Schoß.

Sie sah mich an, für Freude
  Ein Tränchen lief,
Der Mond beschien uns beide,
  Ich lag und schlief;

Da sprach sie: »Mond, o! scheine,
  Ich hab' sie lieb,
Schein Glück für meine Kleine!«
  Ihr Auge blieb

Noch lang am Monde kleben
  Und flehte mehr.
Der Mond fing an zu beben,
  Als hörte er.

Und denkt nun immer wieder
  An diesen Blick,
Und scheint von hoch hernieder
  Mit lauter Glück.

Er schien mir unterm Kranze
  Ins Brautgesicht,
Und bei dem Ehrentanze;
  Du warst noch nicht.

'n fröhlichs Neujahr, 'n fröhlichs Neujahr für mein liebes Vaterland, das Land der alten Redlichkeit und Treue! 'n fröhlichs Neujahr, für Freunde und Feinde, Christen und Türken, Hottentotten und Kannibalen! für alle Menschen, über die Gott seine Sonne aufgehen und regnen lässet! und für die armen Mohrensklaven, die den ganzen Tag in der heißen Sonne arbeiten müssen! 's ist ein gar herrlicher Tag, der Neujahrstag! ich kann's sonst wohl leiden, daß einer 'n bißchen patriotisch ist und andern Nationen nicht hofiert. Bös muß man freilich von keiner Nation sprechen; die Klugen halten sich allenthalben stille, und wer wollte um der lauten Herren willen 'n ganzes Volk lästern? wie gesagt, ich kann's sonst wohl leiden, daß einer so'n bißchen patriotisch ist, aber Neujahrstag ist mein Patriotismus mausetot, und 's ist mir an dem Tage, als wenn wir alle Brüder wären und Einer unser Vater, der im Himmel ist, als wären alle Güter der Welt Wasser, das Gott für alle geschaffen hat, wie ich 'mal habe sagen hören u.s.w.

Ich pflege mich denn wohl alle Neujahrsmorgen auf einen Stein am Weg hinzusetzen, mit meinem Stab vor mir im Sand zu scharren und an dies und jen's zu denken. Nicht an meine Leser; sie sind mir aller Ehren wert, aber Neujahrsmorgen auf dem Stein am Wege denk' ich nicht an sie, sondern ich sitze da und denke dran, daß ich in dem vergangnen Jahr die Sonne so oft hab' aufgehn sehen und den Mond, daß ich so viele Blumen und Regenbogen gesehn, und so oft aus der Luft Odem geschöpft und aus dem Bach getrunken habe; und denn mag ich nicht aufsehn, und nehm' mit beiden Händen meine Mütz' ab und guck' h'nein.

So denk' ich auch an meine Bekannte, die in dem Jahr starben, und daß sie nun mit Sokrates, Numa und andern Männern sprechen können, von denen ich so viel Gutes gehört habe, und mit Johann Huß; und denn ist's, als wenn sich rund um mich Gräber auftun, und Schatten mit kahlen Glatzen und langen grauen Bärten heraus steigen und 'n Staub aus 'm Bart schütteln. Das muß nun wohl der ewige Jäger tun, der übern Zwölften sein Tun so hat. Die alten frommen Langbärte wollen wohl schlafen, aber Euerm Andenken und der Asch' in Euren Gräbern ein fröhlichs fröhlichs Neujahr!

Hinz und Kunz

Kunz. Wie viel sind Ärzte in Paris?
Ich glaube, sind wohl hundert gar.

Hinz. Sind mehr noch, Nachbar, ganz gewiß!
Denkt nur, die Totenliste von Paris
Ist zwanzigtausend alle Jahr.

Hochgeehrter, Hochgelahrter Herr Vetter!

Marschierte neulich mit ein'm Kamraden durch 'n Dorf neben der Kirch' hin; die Tür zum Gottesacker stand offen, und wir gingen h'nein. 's ist mit dem menschlichen Herzen wie mit 'm Meer. Da gibt's von Zeit zu Zeit Windstillen, und denn müssen die Schiffleute zu Anker liegen. Ich hasse nun aber das zu Anker liegen und nehme bei solchen Umständen alle Gelegenheit wahr, wieder flott zu werden und einen frischen Kühlwind in meine Segel zu treiben, und so pfleg' ich denn h'nein zu gehn, wenn so 'ne Gottsackertür offen steht; da sind Grabhügel und Kreuze mit Grabschriften und schönen Sprüchen dran, und so gibt ein Gedank' den andern; und 's Herz fängt ein'm wieder an zu pulsieren und zu sich selbst zu kommen.

Was ich meinem Hochgeehrten Herrn Vetter eigentlich erzählen wollt', ist noch nicht gewesen, sondern kommt nun erst und betrifft die Sprüch' an den Kreuzen. Ich kannte sie nämlich alle schon und wußte sie auswendig, aber hier an 'n Kreuzen leuchteten sie mir ganz anders ein, noch eins so kräftig, und als wenn sie mit feurigen Buchstaben geschrieben wären. Weiß nicht, mir wackelte eine Trän' im Aug', ob's darum so schien, oder wie's war. So viel hab' ich aber draus gemerkt, daß man nicht immer und von jeher aufgelegt ist, einen Spruch zu verstehen, und auch wohl nicht zu übersetzen.

Ersuche den Herrn Vetter um seine Gedanken und verbleibe allstets etc.

Der Tod und das Mädchen

Das Mädchen.
Vorüber! Ach, vorüber!
Geh, wilder Knochenmann!
Ich bin noch jung, geh Lieber!
Und rühre mich nicht an.

Der Tod.
Gib deine Hand, du schön und zart Gebild!
Bin Freund, und komme nicht, zu strafen.
Sei gutes Muts! ich bin nicht wild,
Sollst sanft in meinen Armen schlafen!

Hinz und Kunz

H. Bist auch für die Philosophei?
K. Was ist sie denn? so sag's dabei.
H. Sie ist die Lehr', daß Hinz nicht Kunz,
und Kunz nicht Hitze sei.
K. Bin nicht für die Philosophei.

Emilia Galotti, ein Trauerspiel von Gotthold Ephraim Lessing

Wollt's wohl machen wie der Maler Conti; er lehnte anfangs das Gemälde der Emilia verwandt gegen einen Stuhl, aber die Leser haben wohl nicht so viel Geduld als der Prinz, will's also lieber gleich umwenden, daß sie die runden hervorliegenden Figuren sehn, den rauhen biedern Odoardo den feinen guten Appiani, den Engel Emilia, den schönen frechen infamen Sünder Angelo und den noch infamern Filou und Hofschranzen Marinelli. »Der Künstler scheint mit dem Auge gemalt zu haben, weil so wenig auf dem langen Wege aus dem Auge durch den Arm in den Pinsel verloren gegangen ist; alles wie aus dem Spiegel gestohlen; das Stück soll nicht aufgehangen werden, soll bei der Hand bleiben, nicht wahr?«

Das erste also, was ich von diesem Trauerspiel zu sagen habe, ist, daß es mir gefallen hat. Das heißt nun wohl eben nicht viel gesagt, aber es ist auch nie meine Sache gewesen, viel zu sagen; und wer da sagte, daß es ihm nicht gefallen habe, der hat doch noch weniger gesagt. Freilich wenn ich verstünde, was zu einem guten Trauerspiel gehört, so könnt' ich's alles weitläufig mit Gründen belegen und sagen so und so und dies und das und darum. So aber kann ich nur schlechthin sagen, was mir sonderlich gefallen hat, und das will ich frei tun, damit mich der

Maler Conti nicht ins Kloster schicke. Sonderlich denn hat mir gefallen der Stolz des Malers Conti in seinem Gespräch mit 'm Prinzen, sonderlich, daß Camillo Rota das Todesurteil doch wohl nicht mitgenommen hatte, sonderlich der Morgenbesuch des alten Odoardo, sonderlich Pirro und Angelo, sonderlich Odoardo und Claudia, sonderlich, daß Emilia nichts vor dem Grafen Appiani auf dem Herzen behalten wollte, sonderlich die melancholische Schwärmerei des Grafen Appiani, sonderlich sein Gespräch mit dem Hofschranzen, sonderlich Angelo und Marinelli, sonderlich Emilia, sonderlich Marinelli und Claudia, sonderlich Orsina und Marinelli, sonderlich Odoardo und Orsina, sonderlich Marinelli, der Prinz und Odoardo, sonderlich das ganze Stück von der »Kunst, die nach Brot geht« bis zu Odoardos schönem »Zieh hin«. Der Schuß im 1. Auftritt des 3. Akts hat mich recht erschreckt; ich war mir auf hundert Meile noch keinen Schuß vermuten. Auch die Orsina hat mich ein paarmal recht surpreniert; der Henker erwarte so viel Geist, Entschlossenheit und feste Wut von einer solchen Nickel; 's ist gar ein verteufeltes Weib, aber meisterhaft wie die andern.

Ein Ding hab ich nicht recht in Kopf bringen können, wie nämlich die Emilia sozusagen bei der Leiche ihres Appiani an ihre Verführung durch einen andern Mann und an ihr warmes Blut denken konnte. Mich dünkt, ich hätt' an ihrer Stelle nackt durch 'n Heer der wollüstig-

Gotthold Ephraim Lessing, 1729–1781
Gemälde von Anton Graff

sten Teufel gehen wollen, und keiner hätt' es wagen sollen, mich anzurühren. Doch das kommt mir wohl nur so vor, und ich hab's bloß gesagt, damit ich mich ganz ledig sagte. Wollt's auch für viel nicht mit Herrn Lessing verderben. Er fackelt nicht; zwar er gäb' sich auch mit 'm schlichten Boten wohl nicht ab, er ist's so mit Geheimden Räten gewohnt.

Brief an Andres, die Illumination betreffend

Wir haben hier heut Nacht Illumination gehabt, mein lieber Andres. Sieht Er, da hängen denn Lampen in allen Hecken und Bäumen, und sind solche Bogen und Säulen mit Lampen und so 'n S. Michael, der nach dem Lindwurm stößt, und die Gartenhäuser sind voll Lampen, über und über, und dicht am Wasser sind Lampen, daß man die Fische kann spielen sehen, und gehn so viel Leut' aus Hamburg im Garten hin und her, sieht Er, und das heißt denn Illumination und ist recht kuriös zu sehen und kostet viel Öl. Ja, Andres, wir beide hätten unser Lebelang daran zu brennen gehabt, aber damit wär' keine Illumination geworden, Andres, und wer 'n Öl denn so hat, sieht Er, der läßt 'n denn so brennen.

Dergleichen Illuminations nun sind nur für große Herren und Potentaten, doch kann unser einer 's auch sehen, und Er hätt's auch sehen können, wenn Er nicht immer am unrechten

Ort wär'. Ich hätt' 's Ihm wohl vorher melden können, aber ich dachte, 's wäre auch noch Zeit, wenn Er's nur nachher erführe. 's ist hier ein Prinz gewesen und eine Prinzessin, sieht Er, und darum hat's der gnädige Herr auch so schön gemacht und die Kanonen auch lösen lassen. Wollte doch, daß ich's Ihm vorher geschrieben hätte, so hätt' Er die Kanonen auch hören können. Doch, wenn Er leben soll, hat Er ja wohl noch Gelegenheit, Kanonen zu hören. Ich will's Ihm sonst auch schreiben, wenn wieder Illumination ist.

Sapperment, Andres, das waren 'n mal viele Lampen! Auch stand der Mond am Himmel und schien – für den Prinzen und für uns alle. Leb' Er wohl. etc.

Hinz und Kunz

H. Mein Junge da, das ist ein Junge, der!
Kein Kuchen ist so rund wie er,
Und hat dir, hör, vor hunderttausend Knaben
Ganz sonderbare Gaben.
Was meinst du wohl, er buchstabiert schon frisch;
Und sähst du ihn beim Abendsegen,
Da sieht er aus, als wär' ihm groß daran gelegen,
Und kneipt indes die andern unterm Tisch!
Nun, Kunz, was hältst du ihn?

K. Bei meiner Seel', es steckt ein Pfarrer drin!

Bei dem Grabe meines Vaters

Friede sei um diesen Grabstein her!
  Sanfter Friede Gottes! Ach, sie haben
Einen guten Mann begraben,
  Und mir war er mehr;

Träufte mir von Segen, dieser Mann,
  Wie ein milder Stern aus bessern Welten!
Und ich kann's ihm nicht vergelten,
  Was er mir getan.

Er entschlief; sie gruben ihn hier ein.
  Leiser, süßer Trost, von Gott gegeben,
Und ein Ahnden von dem ew'gen Leben
  Düft' um sein Gebein!

Bis ihn Jesus Christus, groß und hehr!
  Freundlich wird erwecken – ach, sie haben
Einen guten Mann begraben,
  Und mir war er mehr.

Morgenlied eines Bauersmanns

Da kömmt die liebe Sonne wieder,
  Da kömmt sie wieder her!
Sie schlummert nicht und wird nicht müder
  Und läuft doch immer sehr.

Sie ist ein sonderliches Wesen;
  Wenn 's morgens auf sie geht,

Freut sich der Mensch und ist genesen
  Wie beim Altargerät.

Von ihr kommt Segen und Gedeihen,
  Sie macht die Saat so grün,
Sie macht das weite Feld sich neuen
  Und meine Bäume blühn.

Und meine Kinder spielen drunter,
  Und tanzen ihren Reih'n,
Sind frisch und rund und rot und munter,
  Und das macht all ihr Schein.

Was hab ich dir getan, du Sonne!
  Daß mir das widerfährt?
Bringst jeden Tag mir neue Wonne,
  Und bin's fürwahr nicht wert.

Du hast nicht menschliche Gebärde,
  Du issest nicht wie wir;
Sonst holt' ich gleich von meiner Herde
  Ein Lamm und brächt' es dir.

Und stünd' und schmeichelte von ferne:
  »Iß und erquicke dich,
Iß, liebe Sonn', ich geb' es gerne,
  Und willst du mehr, so sprich.«

Gott in dem blauen Himmel oben,
  Gott denn belohn' es dir!
Ich aber will im Herzen loben
  Von deiner Güt und Zier.

Und weil wir ihn nicht sehen können,
Will ich wahrnehmen sein
Und an dem edlen Werk erkennen,
Wie freundlich er muß sein!

O! bist mir denn willkommen heute,
Bist willkomm, schöner Held!
Und segn' uns arme Bauersleute
Und unser Haus und Feld.

Bring unserm König heut' auch Freude
Und seiner Frau dazu,
Segn' ihn und tu ihm nichts zuleide
Und mach ihn mild wie du!

Abendlied eines Bauersmanns

Das schöne große Tag-Gestirne
Vollendet seinen Lauf;
Komm, wisch den Schweiß mir von der Stirne,
Lieb Weib, und denn tisch auf!

Kannst hier nur auf der Erde decken,
Hier unterm Apfelbaum;
Da pflegt es abends gut zu schmecken,
Und ist am besten Raum.

Und rufe flugs die kleinen Gäste,
Denn hör, mich hungert's sehr;
Bring auch den kleinsten aus dem Neste,
Wenn er nicht schläft, mit her.

Dem König bringt man viel zu Tische;
Er, wie die Rede geht,
Hat alle Tage Fleisch und Fische
Und Panzen und Pastet;

Und ist ein eigner Mann erlesen,
Von andrer Arbeit frei,
Der ordert ihm sein Tafelwesen
Und präsidiert dabei.

Gott laß ihm alles wohl gedeihen!
Er hat auch viel zu tun
Und muß sich Tag und Nacht kasteien,
Daß wir in Frieden ruhn.

Und haben wir nicht Herrenfutter;
So haben wir doch Brot
Und schöne, frische reine Butter
Und Milch, was denn für Not?

Das ist genug für Bauersleute,
Wir danken Gott dafür,
Und halten offne Tafel heute
Vor allen Sternen hier.

Es präsidiert bei unserm Mahle
Der Mond, so silberrein!
Und kuckt von oben in die Schale
Und tut den Segen h'nein.

Nun Kinder esset, eßt mit Freuden,
Und Gott gesegn' es euch!
Sieh, Mond! ich bin wohl zu beneiden,
Bin glücklich und bin reich!

»Er schuf sie ein Männlein und Fräulein«

Ich hab' immer gedacht, daß der Spruch nicht umsonst in der Bibel stehe, und ich denk' es noch. Er soll wohl unter andern zu verstehen geben, wenn so 'n Fräulein uns mit ihren Taubenaugen überlistet, daß wir uns des *ceteris paribus* nicht schämen dürfen, denn Gott hat das Fräulein mit den Taubenaugen erschaffen. Ihn jammerte des Menschen, daß er so im Schweiß seines Angesichts dahin ging, bis er wieder zur Erde würde, davon er genommen war, und gedachte ihm wohl zu tun – da wandelten die zarten Lispel vom Himmel herab, da schlug die Liebe die Flügel, und seine Engel tanzten zum Klange des ersten Flügelschlags. Aber der Feind kam auch hier bei der Nacht und säete giftige häßliche Drachen und Ungeheuer mit Pumphosen und goldenen Klauen. Die kamen und verheerten die schönen Jünglinge und Mädchen im Lande, und die heilige Liebe des Fräuleins floh und verbarg sich in den Felsklüften und auf den Scheidebergen, und selig ist, wer sie findet!

Brief an Andres, von wegen einer gewissen Vermutung

Es ist mir angenehm, aus Jost seinem Frachtzettel zu vermerken, daß Du willens bist, Dich wieder zu verheiraten. Glück zu! lieber Andres.

Das Heiraten kommt mir vor wie 'n Zuckerboltje oder -bohne; schmeckt anfangs süßlicht, und die Leute meinen denn: es werde ewig so fortgehen. Aber das bißchen Zucker ist bald abgeleckt, sieht Er, und denn kommt inwendig bei den meisten 'n Stück *Assa foetida* oder Rhabarber, und denn lassen sie 's Maul hängen. Bei dir nun soll's nicht so sein! Du sollst, wenn Du mit dem Zucker fertig bist, eine wohlschmekkende kräftige Wurzel finden, die Dir Dein Lebelang wohltut! Wie ich Dich kenne und Deine Wirtschaft mit der seligen Gertrud angesehen habe, bin ich auch überzeugt, es werde so gehen, Du müßtest denn gar an einen Höllbesen geraten sein, und der gibt es nicht viele. Die Weiber sind geschmeidige gute Geschöpfe, und wenn Du von einer hörst, die ihrem Manne krumme Sprünge macht, kannst Du allemal zehn gegen eins wetten, daß er sich gegen sie nicht betrage, wie's einem christlichen Ehemann wohl zusteht.

Schreib's mir ja vorher, wenn die Hochzeit ist; denn wir wollen selbst kommen, und ich will Dir auch einen Hochzeitsbrief schreiben und Dir darin eins auf meiner Harfe singen und spielen. Heißt so viel, ich will Dir aus alter Liebe 'n Carmen suchen, denn das begreifst Du wohl, daß man in einem Briefe nicht singen noch auf der Harfe spielen kann, und pflegt man dergleichen poetische Redensarten zu nennen, die in Prosa immer am unrechten Orte stehen.

Leb wohl, lieber Andres, und grüße Deine Braut von meinetwegen, und schick mir ihren Schattenriß, wenn's auch nur mit einer Kohle gemacht ist, ich will's Dir zu Lieb aufhängen, und Du kannst Dich dadurch insinuieren; denn sie haben's gerne, daß man ihren Schatten nehme. Noch einmal leb wohl, Herr Bräutigam, Gott gebe Dir eine gute Frau, und schreibe bald oder ich verharre etc.

Johann Kaspar Lavaters Physiognomische Fragmente zur Beförderung der Menschenkenntnis und Menschenliebe

Das ist'n Buch wie mir in meiner Praxis noch keins vorgekommen ist. Was da für Gesichter darin stehen! groß und klein! ehrenfest und ehrenlos! sauer und süß! schief und krumm u.s.w.! und so viele Schnabels und Nasen und Münde, die gar an kein Gesicht sitzen, sondern so in freier Luft schweben! Einige Gesichter sind rabenschwarz, das müssen wohl Afrikaner sein u.s.w.

So viel ich verstanden habe, sieht Herr Lavater den Kopf eines Menschen und sonderlich das Gesicht als eine Tafel an, darauf die Natur in ihrer Sprache geschrieben hat: »allhier logierte *in dubio* ein hochtrabender Geselle! ein Pinsel! ein unruhiger Gast! ein Poet! 'n Wilddieb! 'n

JOHANN KASPAR LAVATER, 1741–1801
AQUARELL VON J. H. LIPS

Rezensent! ein großer mutiger Mann! eine kleine freundliche Seele! etc. etc.«

Es wäre sehr naiv von der Natur, wenn sie so jedwedem Menschen seine Kundschaft an die Nase gehängt hätte, und wenn irgend einer die Kundschaften lesen könnte, mit dem möchte der Henker in Gesellschaft gehen. Darum schämen sich auch einige Leute wohl so, schlagen die Augen nieder und mögen einen nicht grade ansehen.

Da die Herren Kollegen verschiedentlich über dies Buch geperoriert haben; so werde ich wohl nicht schweigen, denn das müßte schlecht sein, wenn ich nicht noch weniger von der ganzen Sache verstünde als einer von ihnen: und dazu hab' ich das Buch nur zweimal einen halben Tag bei einem vornehmen Gönner gelesen und bin also absonderlich zu einem *Judex competens* qualifiziert, werde auch nicht ermangeln, die Sache zu ventilieren *pro* und *contra*, vernünftig und unvernünftig, langsichtig und kurzsichtig, nach Exempeln und nach dem Generalbaß u.s.w., wie's das Metier mit sich bringt. Vorher will ich nur noch geschwind erzählen, wie's mir mit den Gesichtern in dem Buch gegangen ist. Bei 'n paar von den Gesichtern sah ich den guten frommen Engel, der hinter der Haut steht, klar und deutlich, und aus 'n paar andern kuckte mich der – leibhaftig an. Bei den meisten war's aber so: wenn ich 'n Gesicht angesehen habe, ohne den Text zu lesen, so hab' ich nicht gewußt, was darin wäre und was ich davon sagen sollte; sobald ich aber Lavaters schönen Text dazu gelesen hatte, hab' ich 's alles darin gefunden, und es hat mich oft recht gewundert, wie ich das alles so aus dem Gesicht sehen könnte. Doch zur Sache.

Die Physiognomik ist eine Wissenschaft von

Gesichtern; Gesichter sind *Concreta*, denn sie hängen *generaliter* mit der wirklichen Natur zusammen und sitzen *specialiter* fest am Menschen; es wäre also die Frage: ob der berühmte Handgriff »*Abstractio*« und die »*Methodus analytica*« hier nicht zu *applizieren* wäre, daß man nämlich auf die Erfahrung Acht gäbe: ob der Buchstabe i allemal, wenn er vorkommt, den Tüttel habe, und ob der Tüttel, wenn er vorkommt, niemals über einem andern Buchstaben stehe; denn so hätte man heraus, daß der Tüttel und der Buchstabe Zwillingsbrüder wären, und wo Kastor sich betreten ließe, Pollux nicht weit sei. Zum Exempel, es sollen hundert Herren sein, die alle sehr schnell zu Fuß sind und davon Proben und Beweis gegeben haben; und diese hundert Herren hätten alle eine Warze vorne auf der Nase. Ich sage nicht, daß die Herren, die eine Warze vorne auf der Nase haben, Feigememmen sind; sie sollen's nur des Exempels wegen sein, und man soll nicht einen Renommisten mit einer Warze vorne auf der Nase gefunden haben, und ich wüßte das. Nun *ponamus*, mir käme ein Kerl ins Haus, der mich einen hungrigen Poeten und Tellerlecker titulierte und mir *s.v.* ins Gesicht spuckte. Ich wollte mich nicht gerne schlagen, wüßte auch nicht, wie's ablaufen könnte, und stünde und dächte dem Dinge weiter nach; in dem würde ich einer Warze auf seiner Nase gewahr! da würde ich mich denn nicht länger halten können und herzhaft mit meinem *point d' honneur* auf ihn losgehen, und ich käme sicherlich ungeschlagen davon. Dieser Weg wäre sozusagen die Heerstraße in diesem Felde; es möchte wohl langsam Fortkommen darauf sein, aber so sicher als auf den andern Heerstraßen.

Doch die Menschen haben verschiedene Gaben, und daß ich aus jedem Gesicht nicht sehen kann, beweist nichts weiter, als daß ich nicht daraus sehen kann, und darum kann's doch vielleicht ein anderer.

Ist denn aber überall etwas daraus zu sehen? Und schnürt diese Lehre nicht der Freiheit des Menschen den Hals zu? Denn wenn einer notwendig 'n Schurk ist, der z.E. ein großes Maul hat; so muß er 'n Schurk leben und sterben, 's Maul wird sich nicht zusammen ziehen.

Hierauf würde ich antworten: umgekehrt, so wird 'n Schuh daraus. Ein Mensch ist kein Schurke, wenn er 'n großes Maul hat, sondern wenn er 'n Schurke ist, so hat er 'n großes Maul. Er wird freilich mit dem großen Maul auch wohl 'n Schurke bleiben, aber er kann's doch eben so gut auch nicht bleiben, als wenn er gar kein Maul, sondern statt dessen etwa einen Schnabel hätte oder gar rund zugewachsen wäre. Und wenn er sich bessert, warum sollte sich auch sein großes Maul nicht zusammenziehen können? Zieht sich doch eine dicke Stange Eisen, die Meister Schmidt geglüht hat, in der Kälte wieder zusammen, und so hart und dumm ist doch kein Maul als eine Stange Eisen. Aber 's mag meinetwegen groß bleiben, und die Physiognomen mögen den Eigentümer für einen

Schurken halten. Wenn er ein ehrlicher Mann geworden ist, desto besser für ihn, denn es muß eine Lust sein, wenn man so die Herren Kunstverständige zum Narren haben kann. Und dazu würde ich mir die Physiognomik dienen lassen, und die Physiognomen, die in solchem Fall nicht von ganzem Herzen gerne Narren sein wollten, die hole der Kuckuck! Das sind Taschenspieler, und wage es keiner von ihnen mich scharf anzusehen, sonderlich wenn er eine Warze auf der Nase hat. Ein Physiognom, und so stelle ich mir auch den Raphael Lavater vor, ist 'n Mann, der in allen Menschengehäusen den unsterblichen Fremdling lieb hat, der sich freut, wenn er in irgend einem Gehäuse, Strohdach oder Marmor, einen Gentleman antrifft, mit dem er Brüderschaft machen kann, und gerne beitragen möchte, die Leibeigenen frei zu machen, wenn er nur ihre Umstände wüßte. Der unsterbliche Fremdling im Menschen ist aber inwendig im Hause, und man kann ihn nicht sehen. Da laurt nun der Physiognom am Fenster, ob er nicht am Widerschein, am Schatten oder sonst an gewissen Zeichen ausspionieren könne, was da für ein Herr logierte, damit er und andre Menschen eine Freude oder Gelegenheit hätten, dem Herrn einen Liebesdienst zu tun. Mag er bei seiner Entreprise parteiisch sein, übertreiben, tausendmal neben der Wahrheit hinfahren und mehr Unkraut als Weizen sammeln; er bleibt auch mit Unkraut in der Hand ein edler Mann, und denn ist noch immer die Frage erst, ob alles wirklich

Unkraut ist, was du nach deinem Linneus Unkraut nennst. Das *a. b. c.* und *a b – ab* der Natur ist mir übrigens nicht unwahrscheinlicher als das *a. b. c.* und *a b – ab* in meiner Fibel. Der Maulwurf wirft anders auf als der Erdkrebs; der König Salomo baut sich ein anderes Haus als Johann Hutmacher, und diese müssen es erst durch den dritten Mann tun lassen; so kann ja der innerliche Baumeister, denn da sein muß doch einer, aus seinem weichen Mörtel selbst wohl sein Haus und sonderlich sein Kabinet nach Stand und Würden bauen! und die härtesten Knochen sind weicher Mörtel gewesen.

Ich ließe mir doch mehr *a. b. c's* und *a b ab's* gefallen als an der Nase des Menschen. Was der liebe Gott anfangs alles für Weltkräfte erschaffen und wie er sie gegen einander geordnet hat, das ist alles vor unsern Augen verborgen, und ich wäre sehr geneigt, die ganze sichtbare Welt als eine Glocke anzusehen, die wir davon läuten hören, ohne recht zu wissen, in welchem Turm sie ist. Die Natur hat, wie in den Apotheken, ihre *simplicia* und *composita* in verschiedene Büchsen getan, und die äußere Form der Büchse ist das Schild, was sie darüber ausgehängt hat. Der muß wohl sehr glücklich sein und ein seltener Heiliger, der sie alle versteht, aber der ein großer Hans ohne Sorgen und Veit auf allen Gassen, der sich um keins bekümmert.

Ich hätte mir eher des Himmels Einfall vermutet, als daß Du eine Astrologie schreiben würdest. Du hast zwar von jeher mit den Sternen Dein Fest gehabt und pflegtest es immer als eine besondre göttliche Wohltat anzusehen, wenn 's Abends der Himmel helle und so recht voll Sternen war; aber das, glaubt' ich, stecke so in Dir, sei Rührung und Freude über den großen herrlichen Anblick, weiter aber denkest Du nichts, und von Deinen Projekten und Deiner *Astrologia puriore* und *sublimiore* ist mir niemals 'n Wörtlein in den Sinn gekommen. Du hast aber recht, Andres, ich habe dem Dinge nachgedacht, und die Astrologie fängt an, mir einzuleuchten.

Wenn alle Sandkörner auf der Erde Augen wären, so würden alle die Augen jedweden Stern über sich am Himmel sehen, und also fließen beständig aus jedwedem Stern Strahlen auf jedes Sandkorn der ganzen Erdveste herab: nun ist es aber allerdings sehr unwahrscheinlich, daß eine so große Menge einer Materie, die so schnell so weit herkommen kann und aus so schönen unvergänglichen Körpern kommt, ohne alle Wirkung sein sollte. Mich dünkt, der bloße Eindruck in einer heitern Nacht lehrt's einen auch schon, daß die mit so unbeschreiblicher Freundlichkeit leuchtenden Sterne nicht kalte müßige Zuschauer sind, sondern Angehörige der Erde und Freunde vom Hause.

Was Du aus den Sternen sehen willst und was Du von ihren Kräften und Einflüssen vorbringst, das sind vor mir lauter böhm'sche Dörfer, kommt mir aber alles doch sehr gründlich vor, und ich wünsche mir von Herzen Deine andächtige fromme Empfindung, mit der Du von den Sternen sprichst und darin alle Deine Ideen schwimmen wie Blumen im Morgentau und wie die Inseln im Meer. Die Himmelslichter sind doch wirklich, wie die Augen am Menschen, offnere oder zarter bedeckte Stellen der Welt, wo die Seele heller durchscheint.

Sehr anmutig ist's mir in Deinem Brief zu lesen gewesen, daß Deine Braut auch so an den Sternen hängt und in Deine Ideen entriert, und daß Ihr beide oft stundenlang den allumfunkelnden Sternhimmel anseht, ohne durch Eure Liebe in Eurer Andacht gestört zu werden. Sie muß gar eine gute Person sein, und Du bist 'n lieber Andres.

Es freut mich jedesmal in die Seele, wenn ich von einem Menschen höre, der bei einer Leidenschaft den Kopf immer noch oben behält und Braut und Bräutigam für etwas bessers vergessen kann. Addies, Herr Zoroaster.

Sonst tu ich Dir noch berichten, daß ich itzo, Gott sei tausendmal Dank! drei Kinder hab' und aufs andre halbe Dutzend losgehe. Du kannst nicht glauben, Andres, was ein Fest es für mich ist, wenn der Adebär ein neues Kind bringt und die Sach nun glücklich getan ist und ich's Kind im Arm habe. Kann sich keine Truthenne mehr freuen, wenn die Küchlein unter ihr aus den Eiern hüpfen. »Da bist du, liebes Kind«, sag' ich denn, »da bist du! sei uns willkommen! – es steht dir nicht an der Stirne geschrieben, was in dieser Welt über dich verhängt ist, und ich weiß nicht wie es dir gehen wird, aber Gottlob daß du da bist! und für das Übrige mag der Vater im Himmel sorgen.« Denn herz' ich's, beseh's hinten und vorn und bring's der Mutter hin, die nicht mehr denket der Angst! und denn die alten Kinder auf die Erde gelegt, und in Gottes Namen oben darüber weg und über Tisch und Bänke. Leb wohl, Andres.

Täglich zu singen

Ich danke Gott und freue mich
Wie 's Kind zur Weihnachtgabe,
Daß ich bin, bin! Und daß ich dich,
Schön menschlich Antlitz! habe;

Daß ich die Sonne, Berg und Meer
Und Laub und Gras kann sehen
Und Abends unterm Sternenheer
Und lieben Monde gehen;

Und daß mir denn zu Mute ist,
Als wenn wir Kinder kamen
Und sahen, was der heil'ge Christ
Bescheret hatte, Amen!

Ich danke Gott mit Saitenspiel,
Daß ich kein König worden;
Ich wär' geschmeichelt worden viel
Und wär' vielleicht verdorben.

Auch bet' ich ihn von Herzen an,
Daß ich auf dieser Erde
Nicht bin ein großer reicher Mann
Und auch wohl keiner werde.

Denn Ehr' und Reichtum treibt und bläht,
Hat mancherlei Gefahren,
Und vielen hat's das Herz verdreht,
Die weiland wacker waren.

Und all das Geld und all das Gut
Gewährt zwar viele Sachen;
Gesundheit, Schlaf und guten Mut
Kann's aber doch nicht machen.

Und die sind doch, bei Ja und Nein!
Ein rechter Lohn und Segen!
Drum will ich mich nicht groß kastei'n
Des vielen Geldes wegen.

Gott gebe mir nur jeden Tag,
So viel ich darf zum Leben.
Er gibt's dem Sperling auf dem Dach;
Wie sollt' er's mir nicht geben!

Lückenbüsser

Man will bemerken, daß die Stummen
Nicht deutlich sprechen, sondern brummen.

Schreiben eines parforcegejagten Hirschen an den Fürsten, der ihn parforcegejagt hatte

Durchlauchtiger Fürst,

Gnädigster Fürst und Herr!

Ich habe heute die Gnade gehabt, von Ew. Hochfürstlichen Durchlaucht parforcegejagt zu werden; bitte aber untertänigst, daß Sie gnädigst geruhen, mich künftig damit zu verschonen. Ew. Hochfürstl. Durchl. sollten nur einmal parforcegejagt sein, so würden Sie meine Bitte nicht unbillig finden. Ich liege hier und mag meinen Kopf nicht aufheben, und das Blut läuft mir aus Maul und Nüstern. Wie können Ihr Durchlaucht es doch übers Herz bringen, ein armes unschuldiges Tier, das sich von Gras und Kräutern nährt, zu Tode zu jagen? Lassen Sie mich lieber totschießen, so bin ich kurz und gut davon. Noch einmal, es kann sein, daß Ew. Durchlaucht ein Vergnügen an dem Parforcejagen haben; wenn Sie aber wüßten, wie mir noch das Herz schlägt, Sie täten's gewiß nicht wieder, der ich die Ehre habe zu sein mit Gut und Blut bis in den Tod etc. etc.

Über das Gebet

Es ist sonderbar, daß Du von mir eine Weisung übers Gebet verlangst; und Du verstehst's gewiß viel besser als ich. Du kannst so in Dir sein und auswendig so verstört und albern aussehen, daß der Priester Eli, wenn er Dein *Pastor loci* wäre, Dich leicht in bösen Ruf bringen könnte. Und das sind gute Anzeigen, Andres. Denn wenn das Wasser sich in Staubregen zersplittert, kann es keine Mühle treiben, und wo Klang und Rumor an Tür und Fenstern ist, passiert im Hause nicht viel.

Daß einer beim Beten die Augen verdreht etc., find' ich eben nicht nötig, und halte ich's besser: natürlich! Indes muß man einen darum nicht lästern, wenn er nicht heuchelt; doch daß einer groß und breit beim Gebet tut, das muß man lästern, dünkt mich, und ist nicht auszustehen. Man darf Mut und Zuversicht haben, aber nicht eingebildet und selbstklug sein: denn weiß einer sich selbst zu raten und zu helfen, so ist ja das Kürzeste, daß er sich selbst hilft. Das Händefalten ist eine feine äußerliche Zucht und sieht so aus, als wenn sich einer auf Gnade und Ungnade ergibt und 's Gewehr streckt etc. Aber das innerliche heimliche Hinhängen, Wellenschlagen und Wünschen des Herzens, das ist nach meiner Meinung beim Gebet die Hauptsache, und darum kann ich nicht begreifen, was die Leute meinen, die nichts von Beten wissen wollen. Ist eben so viel, als wenn sie sagten, man solle nichts wünschen, oder man solle keinen Bart und keine Ohren haben. Das müßte ja 'n hölzerner Bube sein, der seinen Vater niemals etwas zu bitten hätte und erst 'n halben Tag deliberierte, ob er's zu der Extremität wollte kommen lassen oder nicht. Wenn der Wunsch inwendig in Dir Dich nahe angeht, Andres, und warmer Komplexion ist; so wird er nicht lange anfragen, er wird Dich übermannen wie 'n starker gewappneter Mann, wird sich kurz und gut mit einigen Lumpen von Worten behängen und am Himmel anklopfen.

Aber das ist eine andre Frage, was und wie wir beten sollen. *Kennt* jemand das Wesen dieser Welt, und trachtet er ungeheuchelt nur nach dem, was besser ist; denn hat's mit dem Gebet seine gewiesene Wege. Aber des Menschen Herz ist eitel und töricht von Mutterleibe an. Wir wissen nicht was uns gut ist, Andres, und unser liebster Wunsch hat uns oft betrogen! Und also muß man nicht auf seinem Stück stehen, sondern blöde und diskret sein und dem lieber alles mit anheim stellen, der's besser weiß als wir.

Ob nun das Gebet einer bewegten Seele etwas vermag und wirken kann, oder ob der *Nexus Rerum* dergleichen nicht gestattet, wie einige Herren Gelehrten meinen, darüber lasse ich mich in keinen Streit ein. Ich hab' allen Respekt für den *Nexus Rerum,* kann aber doch nicht umhin, dabei an Simson zu denken, der den *Nexus* der Torflügel unbeschädigt ließ und bekanntlich das ganze Tor auf den Berg trug. Und kurz, Andres, ich glaube, daß der Regen wohl kömmt, wenn es dürre ist, und daß der Hirsch nicht umsonst nach frischem Wasser schreie, wenn einer nur recht betet und recht gesinnt ist.

Das »Vater Unser« ist ein- für allemal das beste Gebet, denn Du weißt, wer's gemacht hat. Aber kein Mensch auf Gottes Erdboden kann's so nachbeten, wie der's gemeint hat; wir krüppeln es nur von ferne, einer noch immer armseliger als der andere. Das schad't aber nicht, Andres, wenn wir's nur gut meinen; der liebe Gott muß so immer das Beste tun, und der weiß, wie's sein soll. Weil Du's verlangst, will ich Dir aufrichtig sagen, wie ich's mit dem »Vater Unser« mache. Ich denke aber, 's ist so nur sehr armselig gemacht, und ich möchte mich gerne eines Bessern belehren lassen.

Sieh, wenn ich's beten will, so denk' ich erst an meinen seligen Vater, wie der so gut war und mir so gerne geben mochte. Und denn stell' ich mir die ganze Welt als meines Vaters Haus vor; und alle Menschen in Europa, Asia, Afrika und Amerika sind denn in meinen Gedanken meine Brüder und Schwestern; und Gott sitzt im Himmel auf einem goldnen Stuhl und hat seine rechte Hand übers Meer und bis ans Ende der Welt ausgestreckt und seine Linke voll Heil und Gutes, und die Bergspitzen umher rauchen – und denn fang' ich an:

Vater Unser, der du bist im Himmel,
Geheiliget werde dein Name.

Das versteh' ich nun schon nicht. Die Juden sollen besondre Heimlichkeiten von dem Namen Gottes gewußt haben. Das lasse ich aber gut sein und wünsche nur, daß das Andenken an Gott und eine jede Spur, daraus wir ihn *erkennen* können, mir und allen Menschen über alles groß und heilig sein möge.

Zu uns komme dein Reich.

Hiebei denk' ich an mich selbst, wie's in mir hin- und hertreibt und bald dies bald das regiert, und daß das alles Herzquälen ist und ich dabei auf keinen grünen Zweig komme. Und denn denk' ich, wie gut es für mich wäre, wenn doch Gott all Fehd' ein Ende machen und mich selbst regieren wollte.

Dein Wille geschehe wie im Himmel
also auch auf Erden.

Hiebei stell' ich mir den Himmel mit den heiligen Engeln vor, die mit Freuden seinen Willen tun, und keine Qual rühret sie an, und sie wissen sich vor Liebe und Seligkeit nicht zu retten und frohlocken Tag und Nacht; und denn denk' ich: wenn es doch also auch auf Erden wäre!

Unser täglich Brot gib uns heute.

'n jeder weiß, was täglich Brot heißt, und daß man essen muß so lange man in der Welt ist, und daß es auch gut schmeckt. Daran denk' ich denn. Auch fallen mir wohl meine Kinder ein, wie die so gerne essen mögen und so flugs und fröhlich bei der Schüssel sind. Und denn bet' ich, daß der liebe Gott uns doch etwas wolle zu essen geben.

Und vergib uns unsre Schuld, als wir vergeben unsern Schuldigern.

Es tut weh, wenn man beleidigt wird, und die Rache ist dem Menschen süß. Das kömmt mir auch so vor, und ich hätte wohl Lust dazu. Da tritt mir aber der Schalksknecht aus dem Evangelio unter die Augen: und mir entfällt das Herz, und ich nehm's mir vor, daß ich meinem Mitknecht vergeben und ihm kein Wort von den hundert Groschen sagen will.

Und führe uns nicht in Versuchung.

Hier denk' ich an allerhand Exempel, wo Leute unter den und jenen Umständen vom Guten abgewichen und gefallen sind, und daß es mir nicht besser gehen würde.

Sondern erlöse uns von dem Übel.

Mir sind hier die Versuchungen noch im Sinn, und daß der Mensch so leicht verführt werden und von der ebnen Bahn abkommen kann. Zugleich denk' ich aber auch an alle Mühe des Lebens, an Schwindsucht und Alter, an Kindesnot, Kaltenbrand und Wahnsinn und das tausendfältige Elend und Herzeleid, das in der Welt ist und die armen Menschen martert und quält, und ist niemand, der helfen kann. Und Du wirst finden, Andres! wenn die Tränen nicht vorher gekommen sind, hier kommen sie gewiß, und man kann sich so herzlich heraussehnen und in sich so betrübt und niedergeschlagen werden, als ob gar keine Hilfe wäre. Denn muß man sich aber wieder Mut machen, die Hand auf den Mund legen und wie im Triumph fortfahren:

Denn dein ist das Reich und die Kraft
und die Macht und die Herrlichkeit
in Ewigkeit, Amen.

Wegen den Geburtstägen

Mein lieber Andres, wir haben einen recht lustigen Tag gehabt. Du weißt wohl, ich habe vieles nicht, aber 'n Geburtstag hab' ich doch, und der ist gefeiert worden. Mein Vetter stellte vier Gevattern und Freunden, die alle im August geboren sind, zu Ehren 'n Fest an, und da war er so gratiös, meinen Geburtstag mit einzuschließen. »Denn«, sagte er, »Ihr seid doch mein lieber Vetter.« Wir feierten also die fünf Geburtstäge. Merk aber, wie wir ihm täten.

Des Morgens vor Sonnenaufgang las ich 'n Kapitel in der Bibel, legte drauf meine rote Weste an, die ich in Japan bei der Audienz anhatte, und sah darin die Sonne aufgehen und weckte denn alle Leut' im Hause. Eine Stunde drauf feuert' ich 'n Pistolenschuß los. Ich habe die Pistole noch von meinen Reisen mitbracht, und sie knallt gut, wenn sie recht geladen ist, diesmal war aber durch 'n Versehn das meiste auf die Pfanne gekommen. Nachdem nun solchermaßen dem Publico war kund getan worden was den Tag werden sollte, waren wir einige Stunden ganz stille, den Effekt davon abzuwarten; doch wuschen wir uns während der Zeit alle im klaren Bach das Gesicht, damit es recht fröhlich aussehe, und gingen 'n kleines am Bach auf und nieder.

Um sieben Uhr ward 'n Signal gegeben, daß das Frühstück parat sei, und wir züngelten 'n wenig, und nach dem Frühstück ging's Glückwünschen an. Die fünf Geburtstagsleute waren H–am–l, –r in W–, –y in –g, –n in –i, und ich. Die beiden letzten, als nämlich –n und ich, waren gegenwärtig, die drei ersten aber nicht. Wir beide empfingen also von der ganzen Gesellschaft einen Glückwunsch und Handschlag; die Abwesenden aber wurden mit Kreide auf dem Tisch gemalt, und 'n jeder von der Gesellschaft machte 'n Strich zu ihren Füßen. Weiter wurden nun allerhand Gespräche von Geburtstägen geführt, und wie Personen bei dieser Gelegenheit in *Excessu* oder in *Defectu pecciren*, Geschichten erzählt, Fragen aufgegeben, z. Ex. warum 'n Geburtstag nur alle Jahr einmal kömmt u. s. w.

Um zwölf Uhr ward zur Tafel geblasen, und weil grade keine Trompeten und Pauken zur Hand waren, mußte ich's auf'm Triangel tun. Die Tafel war von acht Couverts und drei Gängen. Zuerst Reisbrei in einer großen Schale mitten auf dem Tisch und nach kurzer Weile auch auf acht Teller rund um die Schale; denn kam Butter und Kalbfleisch; und zuletzt Kuchen. Du siehst draus, daß wir hoch schmausten; zugleich kannst Du aber daraus sehen, daß der *Luxus* seit Abrahams Zeit um ein Drittel gestiegen ist. Mein Vetter spendierte auch einige Flaschen guten

Wein, die denn gewaltig wirkten und vor Gesundheiten, die aus dem Munde herauskamen, kaum hineinkommen konnten, und die Pistole brummte immer drein und zerarbeitete sich recht.

Es ist mir lieb, daß Deinem Jost die Knollen am Halse wieder vergangen sind. 's ist im ganzen menschlichen Leben so, Andres. Es werfen sich von Zeit zu Zeit Knollen auf; ich hab' aber bemerkt, daß sie meistens auch wieder vergehen, wenn man nur Geduld hat. Und denn so kommt 'nmal so 'n Geburtstag oder sonst etwas und macht einen auf lange Zeit alle Knollen vergessen.

Nach der Tafel ward von jung und alt eine große Promenade in den Wald vorgenommen. Die Schapoos machten bei der Gelegenheit allerhand Sprünge wie die Ziegenböcke, und die Weibsleute kramten mit Blumen.

Hätt's bald vergessen, Dir zu melden. Ich habe mir seitdem eine Kanone angeschafft, die gar vortreffliche Dienste tut und viel Metall in der Stimme hat. Wenn Du nun Geburtstag, Kindtaufe oder sonst was zu kanonieren hast, lieber Andres, 's sei, was es wolle; so schreib's mir nur, soll so gut besorgt werden, als wenn's meine eigne Sache wäre.

Um fünf Uhr kamen wir wieder zu Hause, und ward gleich Ordre gegeben, daß die Oper angehen sollte. Sie war von meinem Vetter und führte den Titel: Ahasverus und Mardochai. Es war eigentlich eine Wandoper, die so mit einem

Stock an der Wand vorgestellt wird, und erhielt allgemeinen Beifall.

Nach der Oper wurden Bäume gepflanzt, damit die Kinder und Kindeskinder sich dabei dieses Tags erinnerten und sich von den vier Gevattern und der Pistole und der Oper Ahasverus und Mardochai erzählten.

Abends war wieder *Grand Souper* von Kartoffeln und Kaltenhöfer Bier; und damit war's alle, wirst Du denken. Das dacht' ich auch; aber höre weiter. Es hatte schon den ganzen Tag gemunkelt, daß 'n Feuerwerk abgebrannt werden sollte; nun ward es aber *hautement* deklariert, und die ganze Gesellschaft begab sich in Prozession hinten in meines Vetters Garten neben dem *Echafaud*, das Feuerwerk anzusehen. Es bestand aus einem Petermännchen von anderthalb Zoll und reussierte ungemein. Weil so 'n Ding gar zu herrlich anzusehen ist, hab' ich mir von meinem Vetter das Rezept ausgebeten, und will's Dir hier kommunizieren. »Man nimmt 2 Lot Pulver, reibt es klein und tut Brunnenwasser dazu *quantum satis*; denn wird's 'n Teig, und man formt es entweder kegelförmig wie 'n Kirchturm oder viereckigt wie die Pyramiden in Egypten waren, tut oben darauf einige Körner trockenes Pulver und zündet's an.« Du mußt aber alles Pulver, wenn Du noch welches hast, vorher auf die Seite tun, auch Dich überhaupt mit dem Pulver in Acht nehmen, sonst kannst Du Dir die Nase verbrennen. Um 10 Uhr 8 Minuten ging das Feuerwerk an und währte bis 10 Uhr 8 1/3 Minute. – Du lachst, Andres? Hör, das Groß und Viel tut's nicht immer, und ich schwöre Dir, daß der Groß-Sultan, wenn er an seinem Geburtstag ein Feuerwerk von 20000 Löwentaler abbrennen läßt, nicht vergnügter sein kann als wir bei dem Petermännchen von anderthalb Zoll waren. Der Mensch ist Gottlob so gebaut, daß er mit anderthalb Zoll recht glücklich sein kann, und wenn das die Leute nur recht wüßten, so würd' 'n groß Teil Ach und Weh weniger in der Welt sein. Da mischen sich aber gleich Eitelkeit und Stolz ein, und die hemmen allen Genuß, und das ist ein großes Unglück.

Um eilf Uhr gingen wir zu Bett und schliefen flugs und fröhlich ein. Dein etc.

Rheinweinlied

Bekränzt mit Laub den lieben vollen Becher,
  Und trinkt ihn fröhlich leer.
In ganz Europia, Ihr Herren Zecher!
  Ist solch ein Wein nicht mehr.

Er kommt nicht her aus Hungarn noch aus
  Polen,
  Noch wo man Franzmänn'sch spricht;
Da mag Sankt Veit, der Ritter, Wein sich holen,
  Wir holen ihn da nicht.

Ihn bringt das Vaterland aus seiner Fülle;
  Wie wär' er sonst so gut!

Wie wär' er sonst so edel, wäre stille
Und doch voll Kraft und Mut!

Er wächst nicht überall im deutschen Reiche;
Und viele Berge, hört,
Sind, wie die weiland Kreter, faule Bäuche,
Und nicht der Stelle wert.

Thüringens Berge zum Exempel bringen
Gewächs, sieht aus wie Wein;
Ist's aber nicht. Man kann dabei nicht singen,
Dabei nicht fröhlich sein.

Im Erzgebirge dürft Ihr auch nicht suchen,
Wenn Ihr Wein finden wollt.
Das bringt nur Silbererz und Koboltkuchen
Und etwas Lausegold.

Der Blocksberg ist der lange Herr Philister,
Er macht nur Wind wie der;
Drum tanzen auch der Kuckuck und sein Küster
Auf ihm die Kreuz und Quer.

Am Rhein, am Rhein, da wachsen unsre Reben;
Gesegnet sei der Rhein!
Da wachsen sie am Ufer hin und geben
Uns diesen Labewein.

So trinkt ihn denn und laßt uns alle Wege
Uns freun und fröhlich sein!
Und wüßten wir wo jemand traurig läge,
Wir gäben ihm den Wein.

Motetto, als der erste Zahn durch war

Victoria! Victoria!
Der kleine weiße Zahn ist da.
Du Mutter! komm, und groß und klein
Im Hause! kommt, und kuckt hinein
Und seht den hellen weißen Schein.
Der Zahn soll Alexander heißen.
Du liebes Kind! Gott halt' ihn Dir gesund,
Und geb' Dir Zähne mehr in Deinen kleinen Mund,
Und immer was dafür zu beißen!

Leichenrede über Anselmo,

gehalten am ersten Weihnachttage, nicht in der Kirche, sondern nur im Zimmer neben dem offenen Sarge, und war niemand da als Andres.

Andres, hier liegt er! Aber er hört und sieht uns nicht mehr. Anselmo ist tot, unser lieber Anselmo! Wie ist Dir zu Mut, Andres?

Er pflegte, wie Du weißt, die Welt 'n Krankenhospital zu nennen, darin die Menschen bis zu ihrer Genesung verpflegt werden. Er ist nun genesen und hat seinen Hospitalkittel ausgezogen. Und wir stehn neben dem Kittel und haben ihn nicht mehr und finden so einen Anselmo nicht wieder.

Wie ist Dir zu Mut, Andres?

Er war so fromm und geduldig, und die Engel

haben seine Seele gewiß gerade in Abrahams Schoß getragen.

Sieh her! Er sieht noch aus, als da er lebte, nur hat ihn der Tod blaß gemacht. Der Tod macht blaß, Andres!

Hast Du wohl eher eine Leiche in voller Verwesung gesehen?

So lange noch die Gestalt da ist, dünkt's einen, als wäre der Freund noch nicht ganz verloren. Er wohnt zwar jenseits des Wassers, daß wir nicht zu ihm können; doch wohnt er noch da, und wir können doch seinen Schornstein rauchen sehen. Aber auch das darf nicht so bleiben, eh' es wieder vorwärts gehen kann; das hat Gott so geordnet. Anselmo muß ganz weg aus unsern Augen, muß Asche und Staub werden.

Ich bin so betrübt, Andres. Wollte Dich gerne trösten, aber ich kann nicht. Lehne Dich an die Wand oder in eine Ecke, und weine Dich satt; ich will mich hier hinsetzen und 'n Kopf wider den Sarg stützen.

Es ist doch alles eitel und vergänglich, Sorge, Furcht, Hoffnung, und zuletzt der Tod! Die Zeit wird kommen, Andres, wo sie uns auch in Leinen wickeln und in einen Sarg legen. Laß uns tun, lieber Junge, was wir denn gerne möchten getan haben, und unser Vertrauen auf Gott setzen!

– Und nun Abschied nehmen, Andres. Wir können ihm doch nichts mehr helfen. Ich habe hier einen Blumenstrauß, den will ich ihm noch in den Sarg legen; schenk Du ihm Dein kleines Silberkreuz und leg's ihm auf die Brust. Und denn wollen wir beide hintreten und ihn zu guter letzt noch einmal ansehen.

Anselmo! Lieber Anselmo mit Deinen blassen gefaltenen Händen, schlafe wohl! Gott sei mit Dir! O Du lieber Herzens-Anselmo! Gott sei mit Dir!

– Wir werden uns wiedersehen –

Und komm, Andres, und gutes Muts! Mußt nun recht gutes Muts sein. Unser Herr CHRISTUS ist auch heute geboren.

MOTET

Der Mensch lebt und bestehet
  Nur eine kleine Zeit;
Und alle Welt vergehet
  Mit ihrer Herrlichkeit.
Es ist nur Einer ewig und an allen Enden,
  Und wir in seinen Händen.

VON DER FREUNDSCHAFT

Ich habe Dir in der vorigen Lektion die Feindschaft erklärt, und wie man dazu gelangen könne, und wann ein ehrlicher Kerl sie nicht scheuen müsse. Heute von der Freundschaft.

Von der spricht nun einer: sie sei überall; die andre: sie sei nirgends; und es steht dahin, wer von beiden am ärgsten gelogen hat.

Wenn Du Paul den Peter rühmen hörst; so, wirst du finden, rühmt Peter den Paul wieder, und das heißen sie denn Freunde. Und ist oft zwischen ihnen weiter nichts, als daß einer den andern kratzt, damit er ihn wieder kratze und sie sich so einander wechselweise zu Narren haben; denn wie Du siehst, ist hier, wie in vielen andern Fällen, ein jeder von ihnen nur sein eigner Freund und nicht des andern. Ich pflege solch Ding »Hollunder-Freundschaften« zu nennen. Wenn du einen jungen Hollunderzweig ansiehst, so sieht er fein stämmig und wohl gegründet aus; schneidest du ihn aber ab, so ist er inwendig hohl und ist so ein trocken schwammig Wesen darin.

So ganz rein geht's hier freilich selten ab, und etwas Menschliches pflegt sich wohl mit einzumischen, aber das erste Gesetz der Freundschaft soll doch sein: daß einer des andern Freund sei.

Und das zweite ist, daß Du's von Herzen seist und Gutes und Böses mit ihm teilest, wie's vorkömmt. Die Delikatesse, da man den und jenen Gram allein behalten und seines Freundes schonen will, ist meistens Zärtelei; denn eben darum ist er Dein Freund, daß er mit untertrete und es Deinen Schultern leichter mache.

Drittens laß Du Deinen Freund nicht zweimal bitten. Aber, wenn's not ist und er helfen kann, so nimm Du auch kein Blatt vors Maul, sondern gehe und fordre frisch heraus, als ob's so sein müßte und gar nicht anders sein könnte.

Hat Dein Freund an sich, das nicht taugt; so mußt Du ihm das nicht verhalten und es nicht entschuldigen gegen ihn. Aber gegen den dritten Mann mußt Du es verhalten und entschuldigen. Mache nicht schnell jemand Deinen Freund, ist er's aber einmal, so muß er's gegen den dritten Mann mit allen seinen Fehlern sein. Etwas Sinnlichkeit und Parteilichkeit für den Freund scheint mit zur Freundschaft in dieser Welt zu gehören. Denn wolltest Du an ihm nur die wirklich ehr- und liebens-würdigen Eigenschaften ehren und lieben, wofür wärst Du denn sein Freund; das soll ja jeder wildfremde unparteiische Mann tun. Nein, Du mußt Deinen Freund mit allem, was an ihm ist, in Deinen Arm und in Deinen Schutz nehmen; das *Granum Salis* versteht sich von selbst, und daß aus einem Edlen kein Unedles werden müsse.

Es gibt eine körperliche Freundschaft. Nach der werden auch zwei Pferde, die eine Zeitlang beisammen stehen, Freunde und können eins des anderen nicht entbehren. Es gibt auch sonst noch mancherlei Arten und Veranlassungen. Aber eigentliche Freundschaft kann nicht sein ohne Einigung; und wo die ist, da macht sie sich gern und von selbst. So sind Leute, die zusammen Schiffbruch leiden, und die an eine wüste Insel geworfen werden, Freunde. Nämlich das gleiche Gefühl der Not in ihnen allen, die gleiche Hoffnung und der eine Wunsch nach Hülfe einigte sie; und das bleibt oft ihr ganzes Leben hindurch. Einerlei Gefühl, einerlei Wunsch, einerlei Hoffnung einigt; und je inniger und edler dies Gefühl, dieser Wunsch und diese Hoffnung sind, desto inniger und edler ist auch die Freundschaft, die daraus wird.

Aber, denkst Du, auf diese Weise sollten ja alle Menschen auf Erden die innigsten Freunde sein? Freilich wohl! und es ist meine Schuld nicht, daß sie es nicht sind.

Postskript. Es gibt einige Freundschaften, die im Himmel beschlossen sind und auf Erden vollzogen werden.

Das Bauernlied

Im Anfang war's auf Erden
Nur finster, wüst und leer;
Und sollt' was sein und werden,
Mußt' es wo anders her.

So ist es hergegangen
Im Anfang, als Gott sprach;
Und wie sich's angefangen,
So geht's noch diesen Tag.

Wir pflügen und wir streuen
Den Samen auf das Land,
Doch Wachstum und Gedeihen
Steht nicht in unsrer Hand.

Der tut mit leisem Wehen
Sich mild und heimlich auf,

Und träuft, wenn wir heim gehen,
Wuchs und Gedeihen drauf.

Der sendet Tau und Regen
Und Sonn- und Mondenschein,
Der wickelt Gottes Segen
Gar zart und künstlich ein.

Und bringt ihn denn behende
In unser Feld und Brot;
Es geht durch seine Hände,
Kömmt aber her von Gott.

Was nah ist und was ferne,
Von Gott kömmt alles her!
Der Strohhalm und die Sterne,
Der Sperling und das Meer.

Von ihm sind Büsch' und Blätter,
Und Korn und Obst von ihm,
Von ihm mild Frühlingswetter
Und Schnee und Ungestüm.

Er, Er macht Sonnaufgehen,
Er stellt des Mondes Lauf,
Er läßt die Winde wehen,
Er tut den Himmel auf.

Er schenkt uns Vieh und Freude,
Er macht uns frisch und rot,
Er gibt den Kühen Weide
und unsern Kindern Brot.

Auch frommsein und vertrauen,
  Und stiller edler Sinn,
Ihm flehn und auf Ihn schauen,
  Kömmt alles uns durch Ihn.

Er gehet ungesehen
  Im Dorfe um und wacht
Und rührt, die herzlich flehen,
  Im Schlafe an bei Nacht.

Darum, so woll'n wir loben
  Und loben immerdar
Den großen Geber oben.
  Er ist's! und Er ist's gar!

Abendlied

Der Mond ist aufgegangen,
Die goldnen Sternlein prangen
  Am Himmel hell und klar;
Der Wald steht schwarz und schweiget,
Und aus den Wiesen steiget
  Der weiße Nebel wunderbar.

Wie ist die Welt so stille,
Und in der Dämmrung Hülle
  So traulich und so hold!
Als eine stille Kammer,
Wo ihr des Tages Jammer
  Verschlafen und vergessen sollt.

Seht ihr den Mond dort stehen? –
Er ist nur halb zu sehen,
  Und ist doch rund und schön!
So sind wohl manche Sachen,
Die wir getrost belachen,
  Weil unsre Augen sie nicht sehn.

Wir stolze Menschenkinder
Sind eitel arme Sünder
  Und wissen gar nicht viel;
Wir spinnen Luftgespinste
Und suchen viele Künste
  Und kommen weiter von dem Ziel.

Gott, laß uns dein Heil schauen,
Auf nichts Vergänglichs trauen,
  Nicht Eitelkeit uns freun!
Laß uns einfältig werden
Und vor dir hier auf Erden
  Wie Kinder fromm und fröhlich sein!

Wollst endlich sonder Grämen
Aus dieser Welt uns nehmen
  Durch einen sanften Tod!
Und, wenn du uns genommen,
Laß uns in Himmel kommen,
  Du unser Herr und unser Gott!

So legt euch denn, ihr Brüder,
In Gottes Namen nieder;
  Kalt ist der Abendhauch.
Verschon uns, Gott! mit Strafen,
Und laß uns ruhig schlafen!
  Und unsern kranken Nachbar auch!

Neue Erfindung

Hab' eine neue Erfindung gemacht, Andres, und soll Dir hier so warm mitgeteilt werden.

Du weißt, daß in jeder gut eingerichteten Haushaltung kein Festtag ungefeiert gelassen wird, und daß ein Hausvater zulangt, wenn er auf eine gute Art und mit einigem Schein des Rechtes einen neuen an sich bringen kann. So haben wir beide, außer den respektiven Geburts- und Namenstagen, schon verschiedene andre Festtage an unsern Höfen eingeführt, als das Knospenfest, den Widderschein, den Maimorgen, den Grünzüngel, wenn die ersten jungen Erbsen und Bohnen gepflückt und zu Tisch gebracht werden sollen, und so weiter.

Nun ist wohl wahr, daß der Sommer und sonderlich das Frühjahr viel schön sind. Gleich wenn der Winterschnee auftauet und man den bloßen Leib der Erde zum erstenmal wieder sieht, fängt diese Viel-Schönheit an und geht denn immer mit größern Schritten fort, bis Blumen und Blätter aufgeblühet sind und der Mensch vor dem vollen Frühling steht, wie

Gleim's Kind vor einem schönen Blumenkorb. Und gewiß lehret uns der Frühling Gott und seine Güte sonderlich; denn, wie Freund Fritz sagt, was so zu Herzen geht, muß aus irgend einem Herzen kommen. Und also sind die Frühlings- und Sommerfesttage gar sehr am rechten Ort, ich habe nichts dawider. Es ist mir aber doch immer schon vorgekommen, daß im Herbst und Winter auch was zu machen wäre, nur habe ich die Sache noch nie recht ins Klare bringen können.

Gestern aber, wie das mit den Erfindungen ist: man findet sie nicht, sondern sie finden uns, gestern als ich im Garten gehe und an nichts weniger denke, schießen mir mit einmal zwei neue Festtage aufs Herz, der Herbstling und der Eiszäpfel, beide gar erfreulich und nützlich zu feiern.

Der Herbstling ist nur kurz und wird mit Bratäpfeln gefeiert. Nämlich: wenn im Herbst der erste Schnee fällt, und darauf muß genau acht gegeben werden, nimmt man so viel Äpfel, als Kinder und Personen im Hause sind und noch einige darüber, damit, wenn etwa ein Dritter dazu käme, keiner an seiner *quota* gekürzt werde, tut sie in den Ofen, wartet bis sie gebraten sind, und ißt sie denn.

So simpel das Ding anzusehen ist, so gut nimmt sich's aus, wenn's recht gemacht wird. Daß dabei allerhand vernünftige Diskurse geführt, auch oft in den Ofen hineingeguckt werden muß ec., versteht sich von selbst.

Und so viel vom Herbstling.

Der Eiszäpfel will nun wieder ganz anders traktiert sein und hat seine ganz besondre Nükken. Mancher denkt wohl: wenn er Eiszapfen am Dache sieht, könne er nur gleich anfangen zu feiern; aber weit gefehlt, es wird mehr dazu erfordert. Der Eiszäpfel kann durchaus ohne einen Schneemann nicht gefeiert werden, und dazu muß erst Schnee sein und Tauwetter kommen, daß der Schneemann gemacht werden kann, und wenn er gemacht ist und vor dem Fenster steht, muß es wieder frieren, daß Eiszapfen am Dach werden, einer halben Elle lang, nicht länger und nicht kürzer usw. Das sind die Präliminar-Artikel und die *conditio sine qua non.*

Was sagst Du nun? Gelte, das ist 'n intrikates Fest! Es geht auch mancher Winter darüber hin, ohne daß eins zu stande kommen kann. Wenn nun aber obige Umstände alle eingetreten sind und sonst kein merkliches Hindernis im Wege ist, so kannst Du denn zwischen drei und vier Uhr nachmittags das Fest angehen lassen, das *NB.* von Anfang bis zu Ende mit trockenem Munde gefeiert wird. Nach vier, wenn's dunkel worden ist, wird eine Laterne in den hohlen Kopf des Schneemannes getan, daß das Licht durch die Augen und den Mund herausscheint – und denn geht groß und klein auf und ab im Zimmer und sieht aus dem Fenster unter den Eiszapfen hin nach dem Schneemann und denkt dabei an einen andern Schneemann, ein jeder, nach dem ihm der Schnabel gewachsen ist, und das ist der höchste Moment der Feier.

Lebe wohl, lieber Andres, und feire fleißig alle Festtage und heilige Abende, bis der rechte heilige Abend anbricht.

den 3. October, 1782.

Dein etc.

Auf den Tod der Kaiserin

Sie machte Frieden! Das ist mein Gedicht.
War ihres Volkes Lust und ihres Volkes Segen,
Und ging getrost und voller Zuversicht
Dem Tod als ihrem Freund entgegen.
Ein Welterobrer kann das nicht.
Sie machte Frieden! Das ist mein Gedicht.

Schönheit und Unschuld

Ein Sermon an die Mädchen

Eigentlich sollte Schönheit unschuldig, und Unschuld sollte schön sein, aber in der Welt sind es verschiedene Dinge; und weil ich diesen Sermon in der Welt halte, muß ich mich wohl bequemen.

Schönheit also ist Schönheit des Leibes, 'n Paar Taubenaugen, 'n Gesichtlein wie Milch und Blut und ein gewisser Zaubervogel Kolibri, der, wie die närrischen Poeten schreiben, an den

Taubenaugen und an dem Gesichtlein sitzt und nistet wie die Schwalben an der Mauer. Unschuld hingegen wohnt im Gemüt und ist eine himmlische Gestalt, die mit Luthern Gott fürchtet und liebet, daß sie keusch und züchtig lebe in Gedanken, Worten und Werken, die kein Arg daraus hat, von sich und der Welt nichts weiß und sich auf nichts einläßt.

Der Kolibri findet gewaltig vielen Beifall, und die Mädchen wollen ihn alle gerne haben und laufen ihm nach. Aber, Ihr lieben Mädchens, aber – wir wollen's einmal überlegen.

Was ist Schönheit des Leibes? – 's ist doch nur Schönheit des Leibes, Glanz einer Zitternadel, darin kein edles Gemüt großen Wert setzen kann. Du hast sie Dir nicht gegeben, und Du magst sie Dir nicht erhalten, 'n paar Jahre weiter, und sie ist dahin. Zweitens schafft und nützt sie im Hause nicht viel. Du kannst mit einem Gesichtlein wie Milch und Blut keinen bessern Braten machen, kannst mit Taubenaugen Dein Kind nicht besser waschen und kämmen; und die Ehen werden doch nicht im Monde, sondern im Hause geführt. Auch ist Schönheit nicht 'nmal das, was eigentlich Liebe macht. Den Kopf kann sie wohl verdrehen, aber wahre herzliche Liebe ist an sie nicht gebunden. Sieh Deine Mutter an; sie ist nicht mehr schön, und doch liebt sie Dein Vater so herzlich und trägt sie in seinen Augen.

Also 'n Ding, das in sich keinen Wert hat, das nur kurz währet, das im Hause nicht sonderlich nützt und nicht eigentlich Liebe macht: so 'n Ding ist die Schönheit. Mehr ist sie nicht, und Ihr müßt mir nicht böse sein, Ihr schönen Mädchens, daß sie nicht mehr ist. – –

Ich möchte Euch darüber so gerne recht kapitelfest machen. Denn sie werden's Euch anders sagen, werden um Euch stehen und liebkosen und bewundern. Und das möchte Euch betören, hoch von der Schönheit zu halten und auf eine Scheinlampe hinter ihr und andre Maschinerien bedacht zu werden; und das wäre schade um Euch! Schönheit und Unschuld sind wie die beiden Schalen einer Wage; so wie die eine in Eurem Gemüt steigt, fällt die andre. Und das wissen die Liebkoser zum Teil und erheben eben deswegen vor Euch die Schale mit der Schönheit so hoch, daß die andre mit der Unschuld allgemach sinke. Einige helfen wohl gar noch nach und suchen Euch Keuschheit und Zucht als Alfanz und Aberglauben vorzuspiegeln. Aber, fliehet den Mann, der das tut! Und wenn er mit Gold und Perlen behangen wäre, er ist 'n Bösewicht. Ist eine giftige Klapperschlange! Die Natur zwar hat ihn mit der Klapper verschont, weil sie sich auf seine Gaben und auf seine Diskretion verließ; aber er war der Großmut nicht wert und sollte eine tragen, und ich täte sie ihm gern in seinen Haarbeutel, oder hing' ihm eine ans Ohr, daß er vor sich warne, wo er hinkömmt.

Unschuld des Herzens ist das Erbteil und der Schmuck des Weibes. Und wisset, Unschuld hat ihren eignen Engel, der hinter Euch hergehet und über Euch wacht, so lange Ihr unschuldig seid. Erzürnet ihn nicht! und glaubet für ganz gewiß, daß wenn er von Euch weichet, Euer Glück von Euch gewichen ist.

Mädchens, ich weiß, was Ihr wert seid! Und was Ihr dem Manne sein könnet, wenn Ihr's vorzieht und Euch entschließt, eines Mannes zu werden. Ihr seid ihm eine edle Gabe Gottes, und er lebt des noch eins so lange; er sei reich oder arm, so seid Ihr ihm ein Trost und machet ihn allezeit fröhlich. Ihr seid Bein von unsern Beinen und Fleisch von unserm Fleisch, und darum bewegt sich mein Herz in mir, wenn ich Euch ansehe und an Euch denke.

Nun, Ihr seid in der Welt und müsset durch, was auch Euer Beruf sei. Gehet in Friede und seht nicht viel umher.

Und der Engel der Unschuld begleite Euch!

Ein Lied hinterm Ofen zu singen

Der Winter ist ein rechter Mann,
  Kernfest und auf die Dauer;
Sein Fleisch fühlt sich wie Eisen an,
  Und scheut nicht süß noch sauer.

War je ein Mann gesund, ist er's;
  Er krankt und kränkelt nimmer,
Weiß nichts von Nachtschweiß noch Vapeurs
  Und schläft im kalten Zimmer.

Er zieht sein Hemd im Freien an
Und läßt's vorher nicht wärmen;
Und spottet über Fluß im Zahn
Und Kolik in Gedärmen.

Aus Blumen und aus Vogelsang
Weiß er sich nichts zu machen,
Haßt warmen Drang und warmen Klang
Und alle warme Sachen.

Doch wenn die Füchse bellen sehr,
Wenn 's Holz im Ofen knittert,
Und um den Ofen Knecht und Herr
Die Hände reibt und zittert;

Wenn Stein und Bein vor Frost zerbricht,
Und Teich' und Seen krachen;
Das klingt ihm gut, das haßt er nicht,
Denn will er sich tot lachen.

Sein Schloß von Eis liegt ganz hinaus
Beim Nordpol an dem Strande;
Doch hat er auch ein Sommerhaus
Im lieben Schweizerlande.

Da ist er denn bald dort, bald hier,
Gut Regiment zu führen.
Und wenn er durchzieht, stehen wir
Und sehn ihn an und frieren.

Kriegslied

's ist Krieg! 's ist Krieg! O Gottes Engel wehre,
Und rede Du darein!
's ist leider Krieg – und ich begehre
Nicht schuld daran zu sein!

Was sollt' ich machen, wenn im Schlaf mit Grämen
Und blutig, bleich und blaß,
Die Geister der Erschlagnen zu mir kämen,
Und vor mir weinten, was?

Wenn wackre Männer, die sich Ehre suchten,
Verstümmelt und halb tot
Im Staub sich vor mir wälzten und mir fluchten
In ihrer Todesnot?

Wenn tausend tausend Väter, Mütter, Bräute,
So glücklich vor dem Krieg,
Nun alle elend, alle arme Leute,
Wehklagten über mich?

Wenn Hunger, böse Seuch' und ihre Nöten
Freund, Freund und Feind ins Grab
Versammleten, und mir zu Ehren krähten
Von einer Leich' herab?

Was hülf' mir Kron' und Land und Gold und Ehre?
Die könnten mich nicht freun!
's ist leider Krieg – und ich begehre
Nicht schuld daran zu sein!

Ein Lied in die Haushaltung
Zu singen, wenn ein Wechselzahn soll ausgezogen werden

Wir ziehn nun unsern Zahn heraus,
Sonst tut der Schelm uns Schaden.
Und sei nicht bange, kleine Maus!
Gleich hängt er hier am Faden.

Ei seht, sie macht die Nase kraus
Und fürchtet meinen Faden.
Hilft nicht; der Zahn, der muß heraus,
Und denn kriegt Gustchen Fladen.

So recht, so recht, Du liebe Maus!
Nun ist er fest, der Faden.
Und – nun ist auch der Zahn heraus,
Und soll Dir nicht mehr schaden.

Das Kind,
als der Storch ein neues bringen sollte; für sich allein

Der Storch bringt nun ein Brüderlein –
Er kommt damit ins Fenster herein
Und beißt Mama ein Loch ins Bein,
Das ist so eine Art.

Mama liegt wohl und fürchtet sich ...
O lieber Storch, ich bitte Dich,
Beiß doch Mama nicht hart.

He, he, da kommt Papa herein,
Nun wird er wohl gekommen sein! – –
Aber Du weinest ja!
Hat er Dich auch gebissen, Papa?

Frau Rebekka

Wo war ich doch vor dreißig Jahr,
Als Deine Mutter Dich gebar?
Wär' ich doch dagewesen! –
Gelauert hätt' ich an der Tür
Auf dein Geschrei, und für und für
Gebetet und gelesen.

Und kam 's Geschrei – nun marsch hinein,
»Du kleines liebes Mägdelein,
Mein Reis'gefährt, willkommen!«
Und hätte Dich denn weich und warm
Zum erstenmal in meinen Arm
Mit Leib und Seel' genommen.

Und hätte Dich denn weich und warm
Mit Leib und Seel' in meinen Arm
Zum erstenmal genommen ...
»Du frommes liebes Mägdelein,
Ich hab' Dich sonst noch nicht gesehn,
Willkommen, bist willkommen! –

Wie bist Du, lieber Reis'gefährt,
In Deinen Windeln mir so wert!
O werde nicht geringer!

Du, Mutter, lehr das Mägdlein wohl!
Und wenn ich wieder kommen soll,
So pfeif nur auf dem Finger.«

Über einige Sprüche des Prediger Salomo

Setzen Sie sich, liebe Herren, und nehmen vorlieb.

Der erste Spruch soll sein der bekannte und in aller Welt gäng und gebe Modespruch: Es ist alles eitel.

Wenn ein berühmter Wortkrämer, der gern mit Sentenzen um sich wirft, oder ein junger Projektenmacher, dem ein Projekt auf Eitelkeit fehlgeschlagen ist, oder ein alter Narr, den die Sünde verlässet, wenn die sagen: daß alles eitel sei; so ist auch sogar der Sinn des Spruchs eitel. Aber beim Salomo ist er etwas anders.

Stellen Sie sich 'n Mann vor, wie Sie den Salomo kennen, von viel Geschick und Gaben, der sein Herz begab zu suchen und zu forschen weislich alles, was man unter dem Himmel tut; der die Mittel in Händen hatte, sich alles, was dem Menschen gut dünkt und nun halbwege so aussieht, zu verschaffen, zu kosten und zu versuchen; und der auch nach seinem eignen Geständnis das alles wirklich gekostet und versucht hat; wenn der nun aufrichtig und ohne Affektation sagt: ich habe dies und das getan, »bauete Häuser, pflanzte Weinberge, machte mir Gärten und Lustgärten, hatte Knechte und

Mägde, sammlete mir Silber und Gold, schaffte mir Sänger und Sängerinnen und Wollust der Menschen und wehrete meinem Herzen keine Freude etc., aber siehe, da war es alles eitel«; so sollte sein Spruch doch eigentlich Sensation machen. Und mich dünkt, er könnte uns viel Mühe ersparen.

Zum Exempel. Du willst so gerne dies und das sein, Oberschenke oder Oberbäcker! und bringst darüber Dein Leben in Sorge und Unlust hin – Lieber! Salomo war mehr als Oberschenke und Oberbäcker; er war König über Israel, über das merkwürdigste Volk der Erde, und doch war damit ihm nicht geholfen. Wie sollte denn Dir geholfen sein? darum sei fröhlich und habe Geduld und laß die andern Oberbäcker sein. So auch: Du wünschest Dir dies und das, ein Rittergut oder einen Mahagonitisch, denn groß oder klein ist eins wie das andre. Also Du wünschest Dir einen Mahagonitisch, kannst darum nicht schlafen, sinnest und sorgst und bildest Dir ein: mit dem Tisch werde die Glückseligkeit ins Haus kommen – Lieber! Salomo hatte lauter Mahagonitische; Lamperie, Eckschränke und Kommoden, Fußboden und Treppen, alles war von Mahagoni, und er sagt: alle die schönen Mahagonis täten's nicht; was wird denn der einzige Tisch tun? Darum sei fröhlich an Deinem Tisch von Nußbaum- oder Föhrenholz und mache Dir Dein Leben nicht sauer.

Fröhlich sein, sagt Salomo an verschiedenen

Orten, sei das Beste in dieser Welt. Ist aber zu verstehen, wenn Du den Mahagonitisch nicht kriegst und nicht Oberbäcker wirst, sonst nicht; denn wenn die Kinder ihren Willen kriegen, so weinen sie nicht. Du sollst fröhlich sein »in aller Deiner Arbeit«, und das, sagt Salomo, ist eine Gabe Gottes.

Es gibt zwei Wege, die Bilanz in seinem *Credit* und *Debet* zu erhalten; einer, wenn die Einnahme vermehrt, und der andre, wenn die Ausgabe vermindert wird. Der letztere ist wohltätig und kann den kleinen und großen Kameralisten nicht genug angepriesen werden. So gibt es auch zwei Wege, in seinem Herzen die Bilanz zu erhalten; der eine: wenn man alles hat, was man wünscht! und der andere: wenn man nicht mehr wünscht, als man hat. Jener ist mühsam und mißlich, und dieser probat und in eines jeden Hand.

Aber der Mahagonitisch und der Oberbäcker schweben Dir doch so süß vor Augen! –

Das nun ist nicht ihre, sondern Deine Schuld. Du siehst am Salomo, daß sie auch anders können angesehen werden, und deine eigne Erfahrung muß es in hundert Fällen Dich schon gelehrt haben, daß die folgende Zeit viel verändre.

Mir fällt hier Kaiser Karl der Fünfte ein. Er war bekanntlich ein großmächtiger Fürst, der seine Größe nicht eitel achtete, sondern sie durch viele Kriege und Siege zu behaupten suchte und auch wirklich behauptete. Auf einmal, als es nicht gar nach seinem Willen gehen wollte und dazu seine Gesundheit brüchig ward, dünkte ihm alles eitel. Er legte seine zwei Kronen nieder und ging nach Estremadura in ein Kloster. Hier pflegte er fleißig der Todesgedanken und Religionsübungen und machte in den Zwischenstunden Uhren zum Zeitvertreib und zu seinem Vergnügen. Bald wollte ihm auch das nicht mehr schmecken, und er mochte an nichts anders denken, von nichts anderm hören und sehen als vom Tode. Endlich ging er gar so weit, daß er bei lebendigem Leibe seine Exequien halten ließ. Der Kaiser Karl der Fünfte legte sich in den Sarg, wie eine Leiche gekleidet; zu beiden Seiten des Sarges standen seine Hofbediente mit brennenden Wachskerzen, und die Geistlichen mußten die Exequien halten und für seine abgeschiedene Seele beten, und er betete selbst im Sarge inbrünstig mit. Er starb auch wirklich nicht lange hernach.

Der Tod ist 'n eigener Mann. Er streift den Dingen dieser Welt ihre Regenbogenhaut ab und schließt das Auge zu Tränen und das Herz zur Nüchternheit auf! Man kann sich von ihm freilich auch verblüffen lassen und des Dinges zu viel tun, und gewöhnlich ist das der Fall, wenn man bis dahin zu wenig getan hat. Aber er ist 'n eigener Mann und ein guter *professor moralium!* Und es ist ein großer Gewinn, alles, was man tut, wie vor seinem Katheder und unter seinen Augen zu tun ...

Der Mensch

Empfangen und genähret
  Vom Weibe wunderbar
Kömmt er und sieht und höret
  Und nimmt des Trugs nicht wahr;
Gelüstet und begehret,
  Und bringt sein Tränlein dar;
Verachtet und verehret,
  Hat Freude und Gefahr;
Glaubt, zweifelt, wähnt und lehret,
  Hält nichts und alles wahr;
Erbauet und zerstöret;
  Und quält sich immerdar;
Schläft, wachet, wächst und zehret;
  Trägt braun und graues Haar etc.
Und alles dieses währet,
  Wenn's hoch kommt, achtzig Jahr.
Denn legt er sich zu seinen Vätern nieder,
Und er kömmt nimmer wieder.

Tod der Mutter

Vor einiger Zeit starb mir meine Mutter. Sie hielt vorher viel aus, still und gelassen, wie sie immer war, und konnte nicht leben und nicht sterben. Einige Tage vor ihrem Ende reisten wir alle noch zu ihr und standen da um ihr Bette und sahen sie an, einer so klug wie der andre. Ich wollte mir mein Herz gerne trösten und wollte ihr noch so gerne was zuliebe tun; aber essen und trinken mochte sie nicht mehr, mochte auch sonst nichts mehr. Ich dachte an alle die großen und kleinen Erfindungen der Menschen, davon Du mir gesagt hast: an die Seelenlehre, an Newtons Attraktionssystem, an die Allgemeine Deutsche Bibliothek, an die *Genera Plantarum*, an den *Magister Matheseos*, an den *Calculum infinitorum*, an die grade und schiefe Aszension der Sterne und ihre Parallaxen etc., aber es wollte mir alles nichts verschlagen – und sie lag *out of reach!* lag am Abhang und sollte hinunter! und ich konnte nicht einmal sehen, wo sie hinfiel. – – Da befahl ich sie Gott und ging hinaus ... und machte ein Sterbegebet, daß sie's ihr vorläsen. Es war meine Mutter und hatte mich immer so lieb gehabt, und ich konnte doch nichts anders! –

O Vetter, wenn Dir ein Mensch vorkömmt, der sich so viel dünkt und so groß und breit da steht; wende Dich um und habe Mitleiden mit ihm. Wir sind nicht groß, und unser Glück ist, daß wir an etwas Größeres und Besseres glauben können.

Eine Korrespondenz mit Mir selbst

Lieber Freund, ich habe etwas, das ich Ihm in den Schoß schütten muß, weil ich's sonst nirgend zu lassen weiß.

Sieht Er, wenn ich die Welt und das Leben, wie es darin geführt wird, ansehe; so gehen mir alle Kinder und sonderlich meine eigne, die da hinein und da durch sollen, im Kopf herum, und ich möchte sie wohl gegen das Verderben einbalsamieren und feuerfest machen können. Wahrlich die Leute haben nicht Unrecht, die darüber in Ernst nachsinnen und in sich zu Rat gehen.

Er wird sagen, daß dem Vernehmen nach heutzutage darüber ja genug geschrieben werde; und darin hat Er auch nicht Unrecht. Aber sieht Er, Schreiben ist Schreiben. Wer handeln will und kann, der hat, wenige Ausnahmen abgerechnet, nicht Zeit noch Lust zum schreiben. Und wenn die Sachen so recht in die Feder treten, so pflegen sie aus dem Menschen heraus zu sein. Und der dagegen meint, wenn sie auf dem Papier stehen, so hätte er sie.

Auch kann auf dem Papier dies und das aussehen, als wenn's was wäre, und ist doch nur ein gewöhnlich Backwerk. Laß Er sich davon ein Exempel erzählen. Ich schenkte, wie Er weiß, der seligen Gertrud zur Hochzeit das Schwedische Koch- und Haushaltungs-Buch von der Christina Warg. Einmal, als wir zusammen bei ihr waren, holte sie das Buch her und las daraus vor, unter andern, pagina mihi 383, ein Rezept zu Luftmunken. Er kann denken, was die Luftmunken bei uns allen für Sensation machten! und wie wir die Ohren spitzten! die Gertrud selbst nicht ausgenommen, die doch in dergleichen Dingen sehr bewandert war. Ja, sie hatte ihre Nücken, die selige Frau, das ist nicht zu leugnen; aber gutes Backwerk konnte sie machen. Und wie man sich nicht schwer zu einer Generosität entschließt, die in unser Talent einschlägt, so versprach sie, auf der Stelle und mit dem Buch in der Hand, uns den Abend noch mit dem neuen Gebacknen zu regalieren. Mir ist in meinem Leben kein Nachmittag so lang geworden als der. Wir standen auf und setzten uns nieder und machten allerlei Erfindung, die Zeit zu vertreiben; aber sie wollte sich nicht vertreiben lassen und blieb wie angenagelt immer auf demselben Fleck. Endlich mußte sie doch weichen, und es ward wirklich Abend, der Tisch gedeckt, und – die Luftmunken wurden aufgetragen! Und siehe da, es war ein ganz bekanntes Ding, das die Gertrud unter dem Namen Schneeballen hundertmal gemacht und wir hundertmal bei ihr gegessen hatten.

Sieht Er, so kann das auf dem Papier trügen. Darum kann, versteht Er wohl von selbst, viel Gescheutes und Nützliches geschrieben werden und geschrieben sein. Meine Skrupel gehen nur wider das Schreiben und den Schreibegeist überhaupt, und Er wird finden, daß viel Wahres darin ist.

Nun sage Er mir Seine Meinung von der verbesserten Erziehung, und von einer guten. *Ich* kann nichts anders aussinnen, als daß man selbst sein muß, was man die Kinder machen will. Sage Er mir 'was Bessers. Weiß Gott, ich will mir einen Finger abhauen, wenn Er mir 'was Probates sagen kann. Sein Diener etc.

Asmus.

Brief übers Kirchenlied

Es wird dem Herrn Vetter bekannt sein, daß in den neuen Zeiten die alten Kirchenlieder verändert werden. Nun bin ich überzeugt, daß die Obrigkeit für die Untertanen nicht leicht besser sorgen und ihnen nicht leicht etwas Bessers geben kann als ein gutes Gesangbuch. Denn über kräftige Kirchenlieder geht nichts; es ist 'n

Segen darin, und sie sind in Wahrheit Flügel, darauf man sich in die Höhe heben und eine Zeitlang über dem Jammertal schweben kann. Auch mögen wohl viele Lieder nicht so sein, als sie sein sollten etc., das ist alles wahr. Aber ich weiß nicht, ob's an dem Verbessern oder an den Verbesserern liegt; genug, ich kann mir nicht helfen, daß es mich um einige alte Lieder nicht dauren und leid sein sollte. Das Kleid macht, dünkt mich, den Mann nicht; und wenn der Mann gut ist, so ist alles gut. Ob da ein Knopf unrecht sitzt oder eine Naht schief genäht ist, darauf kommt am Ende wenig an; und wer sieht darnach? Man ist einmal daran gewöhnt, und oft steckt's grade darin und muß so sein.

So ein: »Befiehl Du Deine Wege« z.E., das man in der Jugend, in Fällen wo es nicht so war wie's sein sollte, oft und andächtig mit der Mutter gesungen hat, ist wie ein alter Freund im Hause, dem man vertraut und bei dem man in ähnlichen Fällen Rat und Trost sucht. Wenn man den nun anders montiert und im modernen Rock wiedersieht; so traut man ihm nicht, und man ist nicht sicher: ob der alte Freund noch darin ist – und ich sehne mich denn immer nach dem falschen Knopf und der schiefen Naht.

Und da pfleg' ich wohl bisweilen in der Kirche, wenn die Gemeine nach der Verordnung singt, still zu schweigen und im Herzen die alte Weise zu halten; und da wollte ich nun gerne von dem Herrn Vetter wissen und vernehmen:

»ob das auch gegen den Respekt ist, den ich der Obrigkeit schuldig bin, und ob ich das mit gutem Gewissen tun kann; samt, wenn ich ganz allein und für mich bin: ob ich denn nur rein heraus singen darf?«

Ich hasse allen Ungehorsam von Herzen, so viel Aufhebens auch von einigen davon gemacht wird.

Der Bauer, nach geendigtem Prozess

Gottlob, daß ich ein Bauer bin;
  Und nicht ein Advokat,
Der alle Tage seinen Sinn
  Auf Zank und Streiten hat.

Und wenn er noch so ehrlich ist,
  Wie sie nicht alle sind;
Fahr' ich doch lieber meinen M . . .
  In Regen und in Wind.

Denn davon wächst die Saat herfür,
  Ohn' Hülfe des Gerichts;
Aus nichts wird etwas denn bei mir,
  Bei ihm aus etwas nichts.

Gottlob, daß ich ein Bauer bin;
  Und nicht ein Advokat!
Und fahr' ich wieder zu ihm hin,
  So breche mir das Rad!

Ich hasse mich und meine Mitmenschen nicht, und es ist mir nicht gleich viel, ob es mir und andern wohl oder übel gehe.

Ich sehe freilich auch wohl ein, daß manches in der Welt anders sein könnte und sein sollte; und daß eine Besserung nicht unnötig wäre; nur kommt es mir vor, daß die Besserung nicht ärger als das Übel sein müsse, das man bessern will; daß man den Kopf nicht dran geben müsse, um das Ohrläpplein zu retten, und daß ein kleineres Glück, das man hat, besser sei als ein größeres, das man erst haben soll u.s.w.

Auch kommt es mir so vor, daß die äußern Einrichtungen es allein wohl nicht gar täten. Es gibt Republiken, und doch sind dort Mißvergnügte. Also am Menschen liegt es. Dem ist nichts gut und nichts recht; der will immer etwas anders und etwas neues; will immer bauen und bessern; ist immer nicht reich, nicht mächtig, nicht geehrt genug; und der macht gute Einrichtungen schlecht und schlechte gut. Der Mensch also muß gebessert werden; und, würde ich raten, nicht von außen hinein. Dreht man doch nicht am Zeiger, daß das Werk in der Uhr recht gehe, sondern man bessert das Werk in der Uhr, daß der Zeiger recht gehen könne. Ebenso möchte ich auch beim Menschen nicht bloß am Zeiger gedreht, sondern das Inwendige gebessert haben, damit auf dem Zifferblatt sich alles von selbst mache. Ich möchte überhaupt, dünkt mich, eine Besserung, dadurch nicht einem Menschen gegen den andern, einer Partei gegen die andre, einem Volk gegen das andre, sondern dadurch allen Menschen, allen Parteien, allen Völkern geholfen würde; kurz eine Besserung, welche die Bösen gut, die Übelgesinnten wohlgesinnt, die Törichten weise, die Treulosen treu etc. und so, ohne Ausnahme, alle Menschen, Hohe und Niedrige, Fürsten und Untertanen, Freunde und Feinde, zu guten, bescheidenen, barmherzigen, großmütigen, edlen und glücklichen Menschen machte.

Das ist mein Sinn, darauf ich mich verlasse.

Frau Rebekka mit den Kindern an einem Mai-Morgen

Kommt Kinder, wischt die Augen aus,
 Es gibt hier was zu sehen;
Und ruft den Vater auch heraus ...
 Die Sonne will aufgehen! –

Wie ist sie doch in ihrem Lauf
 So unverzagt und munter!
Geht alle Morgen richtig auf
 Und alle Abend unter!

Geht immer und scheint weit und breit
 In Schweden und in Schwaben,
Dann kalt, dann warm, zu seiner Zeit,
 Wie wir es nötig haben.

Von ohngefähr kann das nicht sein,
Das könnt Ihr wohl gedenken;
Der Wagen da geht nicht allein,
Ihr müßt ihn ziehn und lenken.

So hat die Sonne nicht Verstand,
Weiß nicht, was sich gebühret;
Drum muß wer sein, der an der Hand
Als wie ein Lamm sie führet.

Und der hat Gutes nur im Sinn,
Das kann man bald verstehen:
Er schüttet seine Wohltat hin
Und lässet sich nicht sehen;

Und hilft und segnet für und für,
Gibt jedem seine Freude,
Gibt uns den Garten vor der Tür
Und unsrer Kuh die Weide;

Und hält Euch Morgenbrot bereit
Und läßt Euch Blumen pflücken
Und stehet, wenn und wo Ihr seid,
Euch heimlich hinterm Rücken,

Sieht alles, was Ihr tut und denkt,
Hält Euch in seiner Pflege,
Weiß, was Euch freut und was Euch kränkt,
Und liebt Euch alle Wege.

Das Sternenheer hoch in der Höh',
Die Sonne, die dort glänzet,

Das Morgenrot, der Silbersee
  Mit Busch und Wald umkränzet,

Dies Veilchen, dieser Blütenbaum,
  Der seine Arm' ausstrecket,
Sind, Kinder! »seines Kleides Saum«,
  Das ihn vor uns bedecket;

Ein »Herold«, der uns weit und breit
  Von ihm erzähl' und lehre;
Der »Spiegel seiner Herrlichkeit«;
  Der »Tempel seiner Ehre«,

Ein mannigfaltig groß Gebäu,
  Durch Meisterhand vereinet,
Wo seine Lieb' und seine Treu'
  Uns durch die Fenster scheinet.

Er selbst wohnt unerkannt darin
  Und ist schwer zu ergründen.
Seid fromm und sucht von Herzen ihn,
  Ob Ihr ihn möchtet finden.

An Frau Rebekka, bei der silbernen Hochzeit

Ich habe Dich geliebet und ich will Dich lieben,
  So lang' Du goldner Engel bist;
In diesem wüsten Lande hier, und drüben
  Im Lande, wo es besser ist.

Ich will nicht von Dir sagen, will nicht von Dir singen;
Was soll uns Loblied und Gedicht?
Doch muß ich heut' der Wahrheit Zeugnis bringen,
Denn unerkenntlich bin ich nicht.

Ich danke Dir mein Wohl, mein Glück in diesem Leben.
Ich war wohl klug, daß ich Dich fand;
Doch ich fand nicht. GOTT hat Dich mir gegeben;
So segnet keine andre Hand.

Sein Tun ist je und je großmütig und verborgen;
Und darum hoff' ich, fromm und blind,
Er werde auch für unsre Kinder sorgen,
Die unser Schatz und Reichtum sind.

Und werde sie regieren, werde für sie wachen,
Sie an sich halten Tag und Nacht,
Daß sie wert werden und auch glücklich machen,
Wie ihre Mutter glücklich macht.

Uns hat gewogt die Freude, wie es wogt und flutet
Im Meer, so weit und breit und hoch! –
Doch manchmal auch hat uns das Herz geblutet,
Geblutet ... ach, und blutet noch.

Es gibt in dieser Welt nicht lauter gute
Tage,
Wir kommen hier zu leiden her;
Und jeder Mensch hat seine eigne Plage,
Und noch sein heimlich *Crève-coeur.*

Heut' aber schlag' ich aus dem Sinn mir
alles Trübe,
Vergesse allen meinen Schmerz;
Und drücke fröhlich Dich, mit voller Liebe,
Vor Gottes Antlitz an mein Herz.

Der Tod

Ach, es ist so dunkel in des Todes Kammer,
Tönt so traurig, wenn er sich bewegt
Und nun aufhebt seinen schweren Hammer
Und die Stunde schlägt.

Die Liebe

Die Liebe hemmet nichts; sie kennt nicht
Tür noch Riegel
Und dringt durch alles sich;
Sie ist ohn' Anbeginn, schlug ewig ihre
Flügel,
Und schlägt sie ewiglich.

Christiane.

Es stand ein Sternlein am Himmel,
Ein Sternlein guter Art;
Das thät so lieblich scheinen,
So lieblich und so zart!

Ich wußte seine Stelle
Am Himmel, wo es stand;
Trat Abends vor die Schwelle,
Und suchte, bis ich's fand;

Und blieb denn lange stehen,
Hatt' große Freud' in mir:
Das Sternlein anzusehen;
Und dankte Gott dafür.

Das Sternlein ist verschwunden;
Ich suche hin und her
Wo ich es sonst gefunden,
Und find es nun nicht mehr.

»Und es begab sich darnach, daß er in eine Stadt mit Namen Nain ging; und seiner Jünger gingen viel mit ihm und viel Volks. Als er aber nahe an das Stadttor kam, siehe, da trug man einen Toten heraus, der ein einziger Sohn war seiner Mutter; und sie war eine Witwe, und viel Volks ging mit ihr. Und da sie der HErr sahe, jammerte ihn derselbigen und sprach zu ihr: weine nicht. Und trat hinzu und rührete den Sarg an; und die Träger stunden. Und er sprach: Jüngling, ich sage dir, stehe auf. Und der Tote richtete sich auf und fing an zu reden. Und er gab ihn seiner Mutter.«

Man kann eine solche Geschichte nicht lesen, ohne die Mutter selig zu preisen und den Toten und die Träger und alle Menschen, die dabei waren; aber doch sonderlich die Mutter. Du weißt, Andres, wenn man ein Kind schwer krank hat, das man gerne behalten will, wie man da geht und die Hände ringt und immer hofft, auch wenn man nicht mehr kann und sollte. Man hofft noch immer und hört auch nicht auf, so lange die Kranke noch lebendig und im Bette ist. Wenn sie aber auf dem Brett liegt, wenn der Sarg kommt und die Träger, und die Tote heraus getragen wird, denn muß man wohl aufhören und bleibt denn nichts übrig, als hinter dem Sarg herzugehen und zu weinen.

Die Witwe zu Nain scheint auch keinen andern Rat gewußt zu haben, und sie hoffte wohl auch nicht mehr, als sie hinter der Leiche her aus dem Stadttor ging. Und es würde ihr auch nicht anders als uns andern ergangen sein, ihr Kind wäre eingesenkt und mit Erde beschüttet worden, und sie hätte allein wieder zurück gehen müssen; wenn nicht unser lieber Herr Christus grade des Weges hergekommen wäre und sie ihm mit der Leiche begegnet wären.

Und darum ist es eben so groß und erfreulich, daß er einmal auf Erden gewesen ist und Menschen das Glück haben konnten, ihm zu begegnen.

»Und als sie der Herr sahe, jammerte ihn derselbigen und sprach zu ihr: weine nicht.«

Es ist immer etwas über alle Maßen Zartes und Großmütiges in dem Benehmen Christi. Wer nicht helfen kann, hat gewöhnlich Mitleiden, und wer Mitleiden hat, kann gewöhnlich nicht helfen. Auch ist mancher mitleidig, weil die Reihe auch an ihn kommen kann, weil er den andern braucht oder ihm Verbindlichkeit hat u.s.w. Hier ist das alles ganz anders. Auch nach dem ersten Ansehen hatte die Witwe Recht, Mitleiden von Christus zu erwarten und zu fordern; nach der Wahrheit aber war ein anderes Verhältnis zwischen ihm und ihr. Vor ihm war sie, was wir alle sind: undankbare Kinder, eine ungeratene Tochter, die ihres Vaters Haus mutwillig verlassen und sich selbst unglücklich gemacht hatte; und Christus war der Vater, der ihr nachgegangen war, um das verlorne Kind aufzusuchen, und der sie nun hier in einer elenden Hütte mitten unter den bittern Folgen ihrer Vergehung antraf. Sie mußte sich schämen, ihm vor die Augen zu kommen, und hatte nichts als Vorwürfe zu erwarten und verdient.

Aber »als sie der Herr sahe, jammerte ihn derselbigen und sprach zu ihr: weine nicht.«

Und das war ihm noch nicht genug. Er wollte nicht allein vergeben und vergessen, sondern auch in der gegenwärtigen Lage und Verlegenheit Rat schaffen.

»Und er trat hinzu und rührete den Sarg an, und die Träger stunden.«

Vermutlich kannte die Witwe den Herrn Christus nicht und wird also in ihrem Schmerz nach dem Rabbi und seinem: Weine nicht, wohl nicht sonderlich hingehört haben. Sie hat gewiß den Sarg mit keinem Auge verlassen und von dem Rabbi nichts erwartet – noch nicht, als er hinzu trat und den Sarg anrührete und dem Jüngling aufzustehen gebot.

Als aber der Kopf aus dem Sarge empor kam, als der einzige Sohn sich aufrichtete und anfing zu reden und ihr wieder gegeben wurde ... Andres, wie wird sie da den wunderbaren Rabbi angesehen, sich vor ihn auf die Erde hingeworfen und ihm Hände und Füße geküßt haben.

Und was meinst Du, die Umstehenden? – Lukas sagt: »Es kam sie alle eine Furcht an und preiseten Gott etc.«; und das scheint mir sehr natürlich. Denn so rührend die Szene auch immer sein mochte, so mußte doch das höhere Interesse die Oberhand gewinnen. Man verliert die Witwe aus den Augen und zittert und preiset Gott: daß es also wahr ist, daß im Tode nur das Gehäuse und die Hülse zerfällt; daß der Geist des Menschen nach dem Tode übrig bleibt und man wahrhaftig auf Wiedersehen rechnen kann.

Andres! die in den Gräbern sind, werden die Stimme des Sohnes Gottes hören und herfürgehen ...

Aber auch die Toten, die nicht in den Gräbern sind, werden die Stimme des Sohnes Gottes hören und herfürgehen.

Sein Reich war nicht von dieser Welt. Ob er gleich Herr und Meister der sichtbaren Natur war und seine Lehre über alles wohltätig auch für dies Leben ist, und er selbst im Leiblichen immer und bei aller Gelegenheit half und diente; so war doch dies eigentlich sein Feld und Gebiet nicht. Er war gesetzt über das Unsichtbare und ein Pfleger der heiligen Güter. Und alle seine sichtbare Werke und Wunder waren nur seine kleinere und Nebenwerke, die er verrichtete und tat, um die Menschen über die größeren zu belehren und ihnen durch das, was sie sahen, die Augen zu öffnen über das, was sie nicht sahen.

Als er dort zu dem Gichtbrüchigen sprach: »Sei getrost, mein Sohn, deine Sünden sind dir vergeben«; so wird der Gichtbrüchige selbst zwar wohl inne worden sein und gewußt haben, was das sei, wenn Christus einem Menschen seine Sünden vergibt; aber die Schriftgelehrten, die umher standen, wußten es nicht und hatten deswegen ihre Bedenklichkeiten. Und Christus sagte: »Auf daß ihr wisset, daß des Menschen Sohn Macht habe, auf Erden die Sünden zu vergeben«, sprach er zu dem Gichtbrüchigen: »Stehe auf, hebe dein Bette auf und gehe heim.« Und er stund auf und ging heim.

So auch hier. Die Auferweckung eines Toten ist freilich ein großes Werk; aber es gibt noch ein größeres. Wie Geist und Willkür größer und edler ist als Leib und Mechanismus; so ist auch die Auferweckung des geistlichen Jünglings zu Nain oder die Herstellung unsers Geistes in seine ursprüngliche Herrlichkeit ein ander Werk. Aber dies hohe und eigentliche Werk Christi ist unsichtbar. Damit wir aber wüßten, daß er der von der Welt her erwartete und von allen guten Menschen begehrte Held und Helfer sei und Macht habe, den erstorbenen Geist des Menschen zu wecken, so weckte er leiblich Tote. Und die das hörten und um die Wahrheit bekümmert waren, die wußten, weil niemand die Werke tun kann, daß er sei ein Lehrer von Gott kommen; und gingen zu ihm, um bei ihm Rat und Trost für ihre Seele zu finden.

Menschen können keinen geben, was sie auch sagen und versprechen. Sie können von der Leiche wohlreden, können sie kleiden und mit Blumen schmücken, ihr den Kopf und die Hände zurecht legen etc.; aber tot ist tot, und sie bleibt stille und stumm im Sarge liegen. Wenn aber Christus den Sarg anrühret, so richtet der Tote sich auf und fängt an zu reden. Durch Worte und Floskeln wird aus dürrem Winterholz kein grünes; wohl aber durch ein gleichartiges Leben.

Erklärung an die Leser

Es ist eigentlich schlecht um die Schriftsteller bestellt, die erst von andern erfahren müssen, was sie wollen, und es ist viel besser, wenn einer das selbst weiß; und bisweilen ist es gut, wenn er's auch sagt. Ich muß mich also beim Abschied, so unnötig und unbedeutend es auch scheinen mag, über meine »Sämtliche Werke« erklären und über die darin vorkommenden christlichen Äußerungen, die man als Poesie, als in ihrer Gesellschaft deplaziert, als überflüssig u.s.w. hat ansehen wollen. Poesie sind sie nun erstlich nicht, sondern mein rechter wahrer heiliger Ernst; und deplaziert können sie wohl auch nicht sein, denn sie stehen, denke ich, allenthalben am rechten Ort, und ist da, wo sie stehen, immer oben an. Was endlich die Überflüssigkeit anlangt, so kann es sein, daß andre Leute mit einigen Einsichten über das Sichtbare und mit Vermutungen und Träumen über das Unsichtbare ausreichen können; ich kann das nicht und brauche etwas, darauf ich mich ruhen und verlassen kann; und ich habe in meinem Leben nicht klein für groß und nichts für etwas halten können.

Der Mensch lebet nicht vom Brot allein, das

die Gelehrten einbrocken; sondern ihn hungert noch nach etwas andern und bessern, nach einem Wort, das durch den Mund Gottes gehet. Und dieses andre und bessere; dies Wort, das uns auf der Zunge schwebt und wir alle suchen, ein jeder auf seine Art, finde ich zu meiner großen Freude im Christentum, wie es die Apostel und unsre Väter gelehrt haben. – Sollte ich damit zurückhalten und hehlen, weil es hie und da nicht die öffentliche Meinung ist und berühmte und unberühmte Leute es besser wissen wollen und darüber spotten? Was kümmert mich berühmt und unberühmt, wo von ernsthaften Dingen die Rede ist? Und was gehen Meinungen mich an, in Dingen, die nicht Meinung sind, sondern Sache; frägt man auch den Nachbar, ob die Sonne scheint? Und die berühmten Leute, die sich klug dünken, wissen zwar manches besser; aber es könnte doch sein, daß sie nicht wüßten, was sie am Christentum haben und wie gut und klug sie und alle Menschen daraus werden könnten, wenn der Schlösser so viel nutzte als das Schloß.

Es stehet nur wenigen an, dies große Thema zu dozieren; aber auf seine Art und in allen Treuen aufmerksam darauf zu machen; durch Ernst und Scherz, durch gut und schlecht, schwach und stark und auf allerlei Weise an das Bessere und Unsichtbare zu erinnern; mit gutem Exempel vorzugehen und *taliter qualiter* durchs *factum* zu zeigen, daß man – nicht ganz und gar ein Ignorant, nicht ohne allen Menschenverstand – und ein rechtgläubiger Christ sein könne ... das steht einem ehrlichen und bescheidnen Mann wohl an. Und das ist am Ende das Gewerbe, das ich als Bote den Menschen zu bestellen habe und damit ich bisher treuherzig herumgehe und allenthalben an Tür und Fenstern anklopfe.

Bemerkung

Freiheit und Knechtschaft sind wohl zwei;
Doch oft im Grunde einerlei.

An meinen Sohn Johannes

Gold und Silber habe ich nicht; was ich aber habe, gebe ich Dir.

Lieber Johannes!

Die Zeit kommt allgemach heran, daß ich den Weg gehen muß, den man nicht wieder kömmt. Ich kann Dich nicht mitnehmen; und lasse Dich in einer Welt zurück, wo guter Rat nicht überflüssig ist.

Niemand ist weise von Mutterleibe an; Zeit und Erfahrung lehren hier und fegen die Tenne.

Ich habe die Welt länger gesehen als Du.

Es ist nicht alles Gold, lieber Sohn, was glän-

Der Sohn Johannes
im Alter von neunzehn Jahren

zet, und ich habe manchen Stern vom Himmel fallen und manchen Stab, auf den man sich verließ, brechen sehen.

Darum will ich Dir einigen Rat geben und Dir sagen, was ich funden habe und was die Zeit mich gelehret hat.

Es ist nichts groß, was nicht gut ist; und nichts wahr, was nicht bestehet.

Der Mensch ist hier nicht zu Hause, und er geht hier nicht von ungefähr in dem schlechten Rock umher. Denn siehe nur, alle andre Dinge hier mit und neben ihm sind und gehen dahin, ohne es zu wissen; der Mensch ist sich bewußt, und wie eine hohe bleibende Wand, an der die Schatten vorüber gehen. Alle Dinge mit und neben ihm gehen dahin, einer fremden Willkür und Macht unterworfen, er ist sich selbst anvertraut und trägt sein Leben in seiner Hand.

Und es ist nicht für ihn gleichgültig, ob er rechts oder links gehe.

Laß Dir nicht weismachen, daß er sich raten könne und selbst seinen Weg wisse.

Diese Welt ist für ihn zu wenig, und die unsichtbare siehet er nicht und kennet sie nicht.

Spare Dir denn vergebliche Mühe, und tue Dir kein Leid, und besinne Dich Dein.

Halte Dich zu gut, Böses zu tun.

Hänge Dein Herz an kein vergänglich Ding.

Die Wahrheit richtet sich nicht nach uns, lieber Sohn, sondern wir müssen uns nach ihr richten.

Was Du sehen kannst, das siehe, und brauche Deine Augen, und über das Unsichtbare und Ewige halte Dich an Gottes Wort.

Bleibe der Religion Deiner Väter getreu und hasse die theologischen Kannengießer.

Scheue niemand so viel als Dich selbst. Inwendig in uns wohnet der Richter, der nicht trügt, und an dessen Stimme uns mehr gelegen ist als an dem Beifall der ganzen Welt und der Weisheit der Griechen und Egypter. Nimm es Dir vor, Sohn, nicht wider seine Stimme zu tun; und was Du sinnest und vorhast, schlage zuvor an Deine Stirne und frage ihn um Rat. Er spricht anfangs nur leise und stammelt wie ein unschuldiges Kind; doch wenn Du seine Unschuld ehrst, löset er gemach seine Zunge und wird Dir vernehmlicher sprechen.

Lerne gerne von andern, und wo von Weisheit, Menschenglück, Licht, Freiheit, Tugend etc. geredet wird, da höre fleißig zu. Doch traue nicht flugs und allerdings, denn die Wolken haben nicht alle Wasser, und es gibt mancherlei Weise. Sie meinen auch, daß sie die Sache hätten, wenn sie davon reden können und davon reden. Das ist aber nicht, Sohn. Man hat darum die Sache nicht, daß man davon reden kann und davon redet. Worte sind nur Worte, und wo sie so gar leicht und behende dahin fahren, da sei auf Deiner Hut, denn die Pferde, die den Wagen mit Gütern hinter sich haben, gehen langsameren Schrittes.

Erwarte nichts vom Treiben und den Treibern; und wo Geräusch auf der Gassen ist, da gehe fürbaß.

Wenn Dich jemand will Weisheit lehren, da siehe in sein Angesicht. Dünket er sich noch, und sei er noch so gelehrt und noch so berühmt, laß ihn und gehe seiner Kundschaft müßig. Was einer nicht hat, das kann er auch nicht geben. Und der ist nicht frei, der da will tun können, was er will, sondern der ist frei, der da wollen kann, was er tun soll. Und der ist nicht weise, der sich dünket, daß er wisse; sondern der ist weise, der seiner Unwissenheit inne geworden und durch die Sache des Dünkels genesen ist.

Was im Hirn ist, das ist im Hirn; und Existenz ist die erste aller Eigenschaften.

Wenn es Dir um Weisheit zu tun ist, so suche *sie* und nicht das Deine, und brich Deinen Willen und erwarte geduldig die Folgen.

Denke oft an heilige Dinge und sei gewiß, daß es nicht ohne Vorteil für Dich abgehe und der Sauerteig den ganzen Teig durchsäuere.

Verachte keine Religion, denn sie ist dem Geist gemeint, und Du weißt nicht, was unter unansehnlichen Bildern verborgen sein könne.

Es ist leicht zu verachten, Sohn; und verstehen ist viel besser.

Lehre nicht andre, bis Du selbst gelehrt bist.

Nimm Dich der Wahrheit an, wenn Du kannst, und laß Dich gerne ihrentwegen hassen; doch wisse, daß *Deine* Sache nicht die Sache der Wahrheit ist, und hüte, daß sie nicht in einander fließen, sonst hast Du Deinen Lohn dahin.

Tue das Gute vor Dich hin, und bekümmre Dich nicht, was daraus werden wird.

Wolle nur einerlei, und das wolle von Herzen.

Sorge für Deinen Leib, doch nicht so, als wenn er Deine Seele wäre.

Gehorche der Obrigkeit, und laß die andern über sie streiten.

Sei rechtschaffen gegen jedermann, doch vertraue Dich schwerlich.

Mische Dich nicht in fremde Dinge, aber die Deinigen tue mit Fleiß.

Schmeichle niemand, und laß Dir nicht schmeicheln.

Ehre einen jeden nach seinem Stande, und laß ihn sich schämen, wenn er's nicht verdient.

Werde niemand nichts schuldig; doch sei zuvorkommend, als ob sie alle Deine Gläubiger wären.

Wolle nicht immer großmütig sein, aber gerecht sei immer.

Mache niemand graue Haare, doch wenn Du Recht tust, hast Du um die Haare nicht zu sorgen.

Mißtraue der Gestikulation, und geberde Dich schlecht und recht.

Hilf und gib gerne, wenn Du hast, und dünke Dir darum nicht mehr; und wenn Du nicht hast, so habe den Trunk kalten Wassers zur Hand, und dünke Dir darum nicht weniger.

Tue keinem Mädchen Leides und denke, daß Deine Mutter auch ein Mädchen gewesen ist.

Sage nicht alles, was Du weißt, aber wisse immer, was Du sagest.

Hänge Dich an keinen Großen.

Sitze nicht, wo die Spötter sitzen, denn sie sind die elendesten unter allen Kreaturen.

Nicht die frömmelnden, aber die frommen

Menschen achte und gehe ihnen nach. Ein Mensch, der wahre Gottesfurcht im Herzen hat, ist wie die Sonne, die da scheinet und wärmt, wenn sie auch nicht redet.

Tue was des Lohnes wert ist, und begehre keinen.

Wenn Du Not hast, so klage sie Dir und keinem andern.

Habe immer etwas Gutes im Sinn.

Wenn ich gestorben bin, so drücke mir die Augen zu und beweine mich nicht.

Stehe Deiner Mutter bei und ehre sie so lange sie lebt, und begrabe sie neben mir.

Und sinne täglich nach über Tod und Leben, ob Du es finden möchtest, und habe einen freudigen Mut; und gehe nicht aus der Welt, ohne Deine Liebe und Ehrfurcht für den Stifter des Christentums durch irgendetwas öffentlich bezeuget zu haben.

Dein treuer Vater.

Valet

Und somit will ich Feirabend machen und von meinen Lesern Abschied nehmen und zu guter Letzt noch einmal Hand geben.

Ich entschuldige mich über meine Werke bei ihnen nicht. Ich bin kein Gelehrter und habe mich nie für Etwas ausgegeben. Und ich habe, als einfältiger Bote, nichts Großes bringen wollen, sondern nur etwas Kleines, das den Gelehrten zu wenig und zu geringe ist. Das aber habe ich nach meinem besten Gewissen gebracht; und ich sage in allen Treuen, daß ich nichts Bessers bringen konnte.

Das Meiste ist Einfassung und Spielewerk, das als ein Blumenkranz um meinen »Becher kaltes Wassers« gewunden ist, daß er desto freundlicher ins Auge falle.

In diesem siebenten und letzten Teil habe ich des Ernstes etwas mehr getan und die Fahne etwas höher aufgezogen, daß man am Ende sehe, von welcher Seite die Luft geht. Sollte ich nun damit unter den Herren Gelehrten und Wortführern wieder böse Leute gemacht haben; so wäre mir das leid. Aber ich konnte mich doch ihretwegen nicht genieren. Ich *mußte* tun, was recht ist und was ich gleich in der Dedikation vor dem ersten Teil dem bewußten Freund versprochen habe; er soll nun bald kommen, und ich darf es mit ihm nicht verderben. Am Ende wird ja, was wahr und nützlich ist, auch wohl wahr und nützlich bleiben, wenn es von den Gelehrten auch nicht gelobt wird.

Man ist nur einmal in der Welt und ist nicht darin, ihr nach dem Sinn zu reden und Häckerlinge zu schneiden. Es schafft nicht, daß der Mensch mit niedergeschlagenen Augen sitze und sich räuspere und seufze; er soll die Augen frei aufschlagen und frisch und fröhlich um sich sehen. Aber man kleinmeistert und lacht sich nicht durch die Welt, und die sind übel berichtet, die da glauben und lehren, daß die Menschen hier nichts anderes zu tun hätten, und daß sie hier so recht *à leur aise* wären.

Sehe doch einer nur an, wie sie in die Welt hereinkommen und wie sie wieder hinausgehen, wes Standes und Ehren sie sind! – Wer dazu lachen und sich das aus dem Sinn schlagen oder sich darüber mit den Kategorien etc. trösten kann, der mag ein Philosoph sein; aber ein vernünftiger Mensch ist er nicht.

Und auch zwischen dem Herein und Hinaus, selbst wenn es am besten geht, was ist denn der Mensch, und was hat er? – Er hat Himmel und Erde, Meer und Land, Berg und Tal, Sonne und Mond etc., und die sind groß und herrlich; aber recht beim Lichte besehen, ist alles, was man sieht, doch nur äußere Rinde und Kruste, schöne Kisten und Kasten mit Kleinodien, zwischen denen der Mensch herumgeht wie ein Knecht, vor dem der Herr sie verschlossen hat. Er fühlt wohl, daß es anders sein könnte; denn was sind seine kühne Vermutungen und seine Träume über den inwendigen Zusammenhang und die verborgenen Triebfedern der Natur anders als Zeichen und Beweise seines Anrechts an ihre Erkenntnis? – Aber sein Anrecht ist sequestriert, und er geht neben dem Born des Lichts hungrig und durstig nach Erkenntnis und muß es sich kalt und warm um die Nase wehen lassen und mit allen Elementen kämpfen, bis sie ihn wieder verschlungen haben.

Man tröstet sich mit der innerlichen Größe des Menschen und gloriiert über das Hohe und

Göttliche seines Verstandes und seiner Vernunft. Ja, wohl ist der Mensch groß und göttlich; aber grade hier ist es, wo einem das Gloriieren vergeht und die Tränen in die Augen treten, wenn man sieht und gewahr wird, daß das Große und Göttliche wider seine Natur in uns gehemmt ist; und es sollte walten.

Der Weg, den der Mensch in dem, was Künste und Wissenschaften heißt, dazu einschlägt, ist lobenswert und edel; aber sie sind höchstens, wofür sie auch in alten Zeiten nur gegolten haben, ein Weg und nicht das Ziel; und wer sie für das Ziel nimmt und darin hängen bleibt, der verkauft seine Erstgeburt um ein Linsengericht, der sattelt in der Wüsten ab, um das Pferd zu bewundern und bewundern zu lassen, mit dem er weiter und ins gelobte Land reiten sollte, wo der Almosenpfleger wohnt.

Die Reinigung kann ja nicht in dem Gebrauch des Ungereinigten bestehen, und wenn der Eimer von eigner Weisheit voll ist, kann ja keine andre hinein. Und darum muß, wenn 'was Gescheutes werden soll, alle eigne Weisheit und aller Selbstdünkel zu Kreuze kriechen und der Sokratischen Unwissenheit Platz machen. Nur in der Niedre sammelt sich das Wasser, und dem Almosen gebührt ein Mann in Lumpen, wie auch Ulysses erfahren hat; denn nicht als Held und Feldherr, sondern in Bettlers Gestalt fand er seine Penelope wieder.

So ist das Denken und die Denkkraft ja auch nur die Hälfte des Menschen und noch dazu die unrechte Hälfte, mit ihr die Veränderung und Besserung des Ganzen anzufangen, weil sie an und in sich selbst fest steht. So wenig es von mir abhängt, Schwarz als Schwarz zu sehen, ebensowenig hängt es von mir ab, den Pythagorischen Lehrsatz z.E. wahr oder nicht wahr zu finden. Aber der Wille, der kann wollen und sich ändern und so auf die Denkkraft influieren. Und wer wie Gott wollen kann, der wird auch wie Gott denken lernen, er sei gelehrt oder ungelehrt, ein Polyhistor oder ein Schuster.

Also auf eine gewisse Gestalt des inwendigen Menschen kommt es an, auf eine gewisse innerliche Denkart, Fassung, Haltung etc., die man sich vorsetzen und darnach man streben muß.

Und da ist es, dünkt mich, von allem Übrigen abgesehen und wes Glaubens man sonst auch sei, ein vernünftiger Rat: daß man sich eine Gestalt vorsetze, die Stand hält und die man unter allen Umständen fest halten kann. Was vorübergeht, ist ohne Zweifel nicht so gut, als was währt; und es schickt sich für den Menschen nicht, andern und andern Sinnes zu werden und wie ein Chamäleon die Farbe zu ändern, je nachdem die Lichtstrahlen auf ihn fallen.

Aber über eine Gestalt, die Stand halte und sich unter allen Umständen festhalten lasse, sind die Meinungen sehr verschieden, und ein jeder denkt sie sich auf seine Art, der Weltbiedermann so und der Gymnosophist anders; und a priori und ohne Erfahrung hat wohl noch niemals ein Mensch die rechte getroffen. Man stimmt immer zu hoch oder zu tief und muß denn, wenn die Erfahrung eintritt, umstimmen, und das gibt viel Sorge und Mühe.

Doch es ist ein köstlich Ding, daß das Herz oder diese Gestalt fest sei; und man kann sich um eine solche nicht zu viel Mühe geben. Die Leser werden aber finden, daß sie desto unfester ist, je mehr Sinnlichkeit in ihr obwaltet, und daß man sich also sauer werden lassen und manches versagen und aus dem Sinn schlagen muß, um sie nach und nach davon zu säubern und fest zu machen.

Diese Welt und die Dinge, die darin sind und zu ihr gehören, liegen uns nahe, und die Natur hängt sich gerne an und sammlet sie; aber sie sind nur ein luftig Wesen und ein trüglicher Schatz. Auch das Zeitliche und Sichtbare an uns selbst hat nicht Bestand und Wert, ist nur ein brechlicher Verschlag, und inwendig wohnen *wir.*

Was unsichtbar und geistig ist, das nur ist fest und ewig. Und *der* Art sind auch die rechten Schätze, die der Rost nicht frißt und die jene Gestalt unbeweglich und feuerfest machen. Und *die* sammlet der *Glaube.*

Aber Glaube ist in der gelehrten Welt ein unbekannt Ding. Er existiert nicht in abstracto, und wo er in die Hand genommen wird, um besehen zu werden, da gebiert er nichts als Hader und Zank; wo er aber in seinem natürlichen Acker, in einem Menschenherzen, wohnet und wurzelt, da zeigt er wohl, was er ist und was er kann, und wie er hier dem Menschen konveniere. Sehen wir's doch im Kleinen und in Dingen dieser Welt, wie ein Mensch, der Glauben und Vertrauen zu sich und seiner Sache hat, mit Vollherzigkeit und Sicherheit fährt, wie ihm alles von der Hand geht und es mit ihm, gegen den dürren, hagern, unschlüssigen Klügler, gar ein ander Leben und Wesen ist.

Was wird es denn sein mit einem, der ewigen unvergänglichen Dingen vertraut, der an einen allgegenwärtigen souveränen Tröster, einen Stiller alles Haders glaubt und eines neuen Himmels und einer neuen Erde wartet? – Der wird auf dieser Erde den Fuß in Ungewittern und das Haupt in Sonnenstrahlen haben, wird hier unverlegen und immer größer sein, als was ihm begegnet, der hat immer genug, vergibt und vergißt, liebt seine Feinde und segnet, die ihm fluchen; denn er trägt in diesem Glauben die bessre Welt, die ihn über alles tröstet und wo solche Gesinnungen gelten, verborgen in seinem Herzen, bis die rechten Schätze zum Vorschein kommen.

◇

Wir sind nicht umsonst in diese Welt gesetzt; wir sollen hier reif für eine andre werden, und man kann unsern Körper als ein Gradierhaus ansehen, wo das wilde Wasser von dem guten geschieden werden soll. Es ist nur Einer, der dazu helfen kann, und dem sei Ehre in Ewigkeit. Gehabt Euch wohl.

Briefe an Freunde und die Seinen

»Keine Distinktion
zwischen Schriftsteller und Mensch«

Es sei mißlich, so Claudius an Gerstenberg, an einen renommierten Gelehrten zu schreiben: »Ich habe da eben 2 Teile von Briefen, die an Klotz geschrieben sind, und ich werde kalt und warm dabei. Soviel Schande ist dabei für die Briefsteller, die zum Teil bekannte, berühmte Gelehrte sind und hier fast alle als elende Schmeichler auftreten. Ein gewisser preußischer Lieutenant von Hagen hat sie herausgegeben, der gar kein Gefühl von der Heiligkeit des Freund-Vertrauens haben oder in großer Hungersnot sein muß . . .« Es folgt die Bitte, »daß Sie diesen und alle meine Briefe verbrennen, wer weiß, welchem Lieutenant Ihr Briefpult in die Hände fallen könnte«. Derselbe Claudius, der freigebig wie kein anderer Autor die private Existenz in seiner Dichtung zur Mitteilung gebracht hat, bestand auf der Intimität seines Schriftverkehrs und duldete keine Zaungäste, keine Voyeure.

Folgerichtig wurde die Post von und an Claudius in der Regel vernichtet. Einige wenige Dokumente, die er für sich aufgehoben hatte, sind bei der Besetzung seines Hauses durch russische Soldaten 1813/14 abhanden gekommen. Wäre der umfängliche Briefdialog, den der Wandsbecker homme de lettres mit zeitgenössischer Prominenz geführt hat, erhalten geblieben, so wäre uns damit eine unvergleichliche Fundgrube zugänglich geworden. Das kann man schließen aus dem allen Untersagungen zum Trotz überkommenen Material. Die Kultur des Briefeschreibens kulminierte in der Claudiuszeit, und er, der Bote, war einer ihrer emsigsten Anhänger.

Die Schriftsprache, fand Claudius, »ist ein infamer Trichter, darin Wein zu Wasser wird«. Aber die briefliche kommt der mündlichen Sprache am nächsten. Deswegen hat er sie bevorzugt und ihren Stil bis in seine Poesie hinein durchzuhalten versucht: ». . . und nun noch inniger, Mann an Mann!« Oder: »Ich kann doch nicht so ins Blaue schießen, muß doch jemand haben, nach dem ich ziele . . .« Briefe sind Gespräche mit Abwesenden, sind Dialoge auf Distanz. Sie sind Anrede, haben einen Adressaten, erwarten Erwiderung. Claudius hat sie auch im Alter, da ihm die Lust, Papierrosen der Literaturgeschichte zu verfertigen, so langsam verging, unermüdlich gepflegt. Der Schriftsteller wurde mehr und mehr zum Briefsteller. So sind die gegen den Willen ihres Verfassers geretteten Reste seiner Korrespondenz (wir kennen reichlich tausend »billets« an Freunde und Angehörige) nicht nur von erheblichem biographischen und zeitgeschichtlichen Interesse, sondern sie stellen eine sinn- und aufschlußreiche Ergänzung des »Asmus« dar: sie sind ein »Extra«, ein »Supplement«, eine unbeabsichtigte Erweiterung des Œuvres von Matthias Claudius.

Übrigens haben nicht nur etliche Freunde und deren Frauen, vor allem Caroline Herder und Ernestine Voß, die Briefe aus Wandsbeck verwahrt, sondern sogar Frau Rebecka und ebenso die Töchter und die Söhne haben sich in liebendem Ungehorsam dem Wunsch nach Makulierung widersetzt. Die Briefe von Lessing wurden lange gehütet. Rebecka vertraute sie dem jüngsten Sohn, Franz, an. »O daß ich sie veröffentlichen dürfte – wie anders würde man den Mann beurteilen!« Vom Sterbebett aus befahl er schweren Herzens, »das Packet vor seinen Augen ins Feuer zu werfen«. Erst kürzlich wurden 167 datierte und 121 undatierte Handschreiben an Caroline Perthes aufgefunden. In einem Zeitraum von anderthalb Jahrzehnten hat sie über vierhundert Briefe von ihrem Vater erhalten. Oft war's nicht mehr als dies, was er rasch von Wandsbeck nach Hamburg gemeldet wissen wollte: »Guten Morgen, liebe Line, guten Abend und guten Mut!« Der weiter entfernt wohnenden Anna Jacobi gingen ausführlichere Episteln mit Berichten über alle familiären und insonderheit über musikalische Neuigkeiten zu. Die beständige wechselseitige Anteilnahme sollte durch räumliche Abstände nicht verhindert werden. Reiste Claudius auch nur für zwei Tage nach Altona, wo er sich als Bankrevisor einen schmalen Unterhalt verdiente, so wurde unversehens ein Bote bemüht, Rebecka einen Briefgruß zu bringen. Längst hat das Telefon diese Art des Austauschs, der Verständigung, des Zurufs ersetzt.

»Claudius gehört zu den ganz wenigen in der deutschen Gelehrtenrepublik namhaften Sterblichen, wo Mensch und Schriftsteller die nämliche Person ausmachen und wo man den einen ebenso liebgewinnen kann als den andern« – diese Notiz von Friedrich von Matthison, einem häufigen Gast des Hauses Claudius, erklärt, weshalb die Briefe vom übrigen Schrifttum kaum zu trennen sein dürften.

An Gerstenberg

Hamburg Dienstag 1768

Meine Bekanntschaft mit Bach (Carl Philipp Emanuel Bach) hat Grade und bisher noch dieselben, die Ovid in seinem Büchlein der Liebe andichtet. Da Ihnen alles, was Bachen angehet, wichtig ist, warum sollte ich denn nicht lang und gut erzählen, daß ich ihn vorigen Sonntag Nachmittag eine Musik in der neuen Michaelis-Kirche habe aufführen sehen und hören. Die erste Hälfte der Musik war von ihm selbst, sie war aber zu schwach besetzt, in der großen Kirche Dienste zu tun, und daher konnte man nur aus dem Maulzucken einiger Menschen, die vorne an stunden, und aus abgebrochenen, verlorenen Lauten erfahren, daß gesungen ward. Das merkwürdigste dieses Tages also ist, daß ich Bachen in der Kirche sah und ihn bis an sein Haus verfolgte, das H. Dumpf mir nur in abstracto zu sagen wußte.

Heute, Dienstags morgens, ging ich nun in das Haus, darin er Sonntags ging, und traf ihn im negligé, darin er sprach, aber nicht spielte.

+ Verzeihen Sie, daß Sie mich so im negligé treffen.

– Man findet Virtuosen ordinoir darin.

+ Bei Leibe nicht, das sind nicht Virtuosen, das sind liederliche Leute.

– – – – – –

Heinrich Wilhelm von Gerstenberg,
1737–1823
Kupferstich von Schreyer

– Ich komme aus Kopenhagen und habe einen Gruß für Sie von H. Past. Resewitz, wenn Sie sich seiner noch erinnern.

+ O ja – wie steht es um die Musik in Kopenhagen?

– Sehr mäßig, Schobert und Ihr Bruder (Johann Christian Bach) sind die Lieblingsautors, Sie gefallen nicht sonderlich.

+ Darin muß ich mich finden. Schobert ist

hier auch bekannt, er ist ein Mann, der Kopfs hat, aber hinter seiner und meines Bruders itziger Komposition ist nichts.

– Sie fällt gleichwohl gut ins Ohr.

+ Sie fällt hinein und füllt es, läßt aber das Herz leer, das ist mein Urteil von der neuen Musik, der neuen komischen Musik, die auch in Italien, wie mir Galuppi gesagt hat, Mode ist, so daß man gar kein Adagio, lauter räuspernde Allegro, allenfalls ein Andantino zu hören kriegt. Der König von Preußen haßt diese Musik aufs äußerste, sonst findet sie fast allenthalben Beifall, und ich habe mich in meinen Sonatinen nur ein wenig zu dem Geschmack herunter gelassen.

– Sie verhält sich vielleicht zur eigentlichen Musik, wie sich das Witzige zum Pathetischen.

+ Der Vergleich ist nicht übel. Die Musik hat höhere Absichten, sie soll nicht das Ohr füllen, sondern das Herz in Bewegung setzen.

Hier sah ich ihm steif ins Gesicht.

– Sie haben einige Piecen gesetzt, darin »Charaktere« ausgedrückt sind. Haben Sie die Arbeit nicht fortgesetzt?

+ Nein, die Stücke hab ich gelegentlich gemacht und vergessen.

– Es ist doch gleichwohl ein neuer Weg.

+ Aber nur ein kleiner, man kann's näher haben, wenn man Worte dazu nimmt u. so ferner, denn ich kann nicht alles auf diesen Bogen bringen; ich muß Sie noch bitten, daß Sie mir bald was zu übersetzen verschaffen, denn ich habe itzo nichts zu tun und muß täglich Brot haben.

Ich habe mir eine Stube auf 4 Wochen gemietet, das traurigste dabei ist, daß ich täglich mit Lebensgefahr zu einem Nachtstuhl im Keller hinabsinken muß. Die Adresse des Hauses, wo der Nachtstuhl im Keller steht, ist: an der Mühlenbrucke bei H. Schmidt gerade gegen den Adler über. Die Schönheiten Hamburgs sehe ich, koste sie aber nicht, sondern gehe vorüber als ein Mönch und brumme: Memento loculi.

Danken Sie der Fr. Rittmeister für ihre Musik und die Erbsen sans comparaison. Wenn Sie den Brief gelesen haben, können Sie ihn wohl kassieren. Ihr aufrechter Claudius

An Gerstenberg

Sie sind gewiß ungehalten und glauben, daß Sie auch wirklich Ursache haben, es zu sein – indes versichere ich, daß heute der erste Posttag nach dem Morgen ist, darin ich Bachen habe spielen hören, und daran ist hauptsächlich Lessing schuld. Ich allein konnte Bachen nicht zum Spielen bringen, daher ich Lessingen bat, mich einmal mitzunehmen, und dies Mitnehmen ist vorigen Mittwochen morgens um ½ 12 Uhr allererst erfolgt. – Das kleine berühmte Silbermannsche Klavier hat einen hellen, durchdringenden, süßen Ton, keine außerordentliche Stärke im Baß, keinen außerordentlich sanften schmeichelnden Diskant und geht nur bei $\bar{\bar{e}}$. Auf diesem Klavier spielte Bach zwei Adagio und ein Allegro, die er ausdrücklich für dieses Klavier gesetzt hat, das erste Mal, wie sie auf dem Blatte vor ihm stunden, und das zweite Mal verändert. Die Stücke waren gar nicht schwer, indessen spielte er das Allegro so geschwind und so rein dabei, daß man leicht sahe, wie er mit den schwereren Stücken umgehen werde. Sein Adagiospiel kann ich nicht besser beschreiben, als wenn ich Sie an einen Redner zu denken ganz gehorsamst ersuche, der seine Reden nicht auswendig gelernt hat, sondern von dem Inhalt seiner Rede ganz voll ist, gar nicht eilt, etwas herauszubringen, sondern ganz ruhig eine Welle nach der andern aus der Fülle seiner Seele herausströmen läßt, ohne an der Art der Herausströmung zu künsteln, wohl aber zu denken, so wie ich an diesem Gleichnis nicht gekünstelt, aber auch nicht gedacht habe. Ich bat ihn um die letzte Phantasie in den Probestükken etc., und ich kann Ihnen versichern, daß wir sie nicht sehr unrecht gespielt haben, wie er sich denn auch, als ich etwas spielte, vernehmen ließ, wie man hören könne, ich spiele mit Leib und Seele, quod obiter moneo. Er spielte noch eine von seinen leichten Sonaten – die Allegro fahren wie schnelle Donnerwetter unter seinen Fingern heraus, wir müssen sie nach diesem etwas geschwinder spielen. – Ich habe ihm von Klopstocks Bardenliedern etwas gesprochen, er scheint aber es entweder nicht zu begreifen oder ist kalt gegen alles, was nicht gut bezahlt wird, welches er denn in Ansehung der Cramerischen Psalmen selbst sagte, auch etwas von einem Briefe eines Anonymi über diese Materie und von einer Antwort darauf, wie Sie wissen, hinzutat. Er sagte von Pergolese, daß viel Ausdruck und guter Wille in seinen wider die Komposition anstoßenden Sachen sei, daß aber ebensoviel ohne diese Fehler darin sein könnte. Er will diesen Winter ein Konzert halten, wenn er 100 Subscribenten à Mann 10 rt. kriegen kann, wird sie aber vermutlich nicht kriegen. Solfeggi sind eigentlich kurze musikalische Sätze, die die Sangmeister in Italien ihre Schüler singen lassen, um die Kehle geläufig zu machen; daher sind Bachs Solfeggi kurze musikalische Stücke, junge Spieler fertig zu machen. Die Orgel spielt Bach gar nicht und muß hier in Hamburg verschiedene Urteile über sich ergehen lassen, welches ihm denn sehr ungewohnt vorkommt. Soviel von dem einen Virtuosen, nun etwas von dem andern (Lessing). Ich habe ihm die Stelle aus Ihrem Brief vorerzählt, darin Sie äußern, daß er laut seiner antiquarischen Briefe ein rechter, unerbittlicher Geier und Krokodil sei, der seinen Feind etc. Er lachte gewaltig: ja – so hätte Gerstenberg es gleich machen sollen, als er die Schleswigschen Briefe so unartig mißhandelte. Sie fühlen das Kompliment, das hier gemacht ward, ohne daß man eins machen wollte. Ich könnte Ihnen noch viele dergleichen Anekdötchen erzählen …

Bode legt zu Neujahr 1771 eine Zeitung in Wandsbeck an, und ich werde sie schreiben helfen. Sie soll, wie die meisten Zeitungen, einen politischen und einen gelehrten Artikel haben. Ich habe hin und her gedacht, wie man den letzten neu und etwas eigenes habend einrichten könnte – eine Art von Fortsetzung von Bacons Zeitung de augmentis scientiarum schickt sich nicht, dünkt mich, in dem einen Augenblick für solches Blatt und in dem andern schickte es sich wohl, aber es will mir nicht einleuchten, wie man eigentlich das Ding angreifen soll – ein naiver, launigter Ton in den Rezensions wäre freilich ganz gut, aber kein Mensch kann ja nicht alle Rezensions machen, und wer darf anderer Leute Arbeit ändern? und so ferner, kurz es schwebt mir manchmal so etwas vor Augen, aber ich kann es nicht recht gewahr werden. – Helfen Sie mir den Wechselbalg zur Welt bringen oder schwängern Sie mich, wenn alles bei mir vielleicht nur Geschwulst und aufgedunsenes Wesen sein sollte. Ich habe schon diesen und jenen um Rat gefragt, und ich bitte Sie recht sehr um Ihre Projekte, wie ich denn noch allerlei zu bitten habe, wie folget.

Bode (nehmen Sie nicht übel, daß diese Seite auch grade mit dem Wort Bode anhebt) wollte gerne den Ball mit einer theologischen Rezension eröffnen, und die sollte von Ihnen sein; gegen das letzte habe ich eben nichts, aber ich denke, wenn es auch grade keine Rezension, sondern etwas aus Ihrer eigenen Quelle, was und wie Sie wollen, wäre, das würde sich auch nicht übel ausnehmen –. Ich mag's bisweilen wohl haben, daß mich jemand umsonst bitten läßt und sich nicht daran kehrt, aber diesmal nur tun Sie es nicht. –

An Gerstenberg

bei Bode am Holzdamm a Hamburg d. 3 Sept. 1771

– a horse! a other horse! bind up my Wounds – have mercy Jesu – Denn mein itziges Pferd kann uns nicht beide tragen, und sie muß mit mir – Ich habe mir die unnötige Mühe gemacht, ein unbedeutendes Bauernmädchen lieb zu gewinnen, und ich habe es mit ehrlichem Blut und Hirn beschlossen, sie zur Männin zu machen, wenn mir irgendwo auf dem Lande eine kleine Amtswalter-pp-Stelle werden könnte, im Dänischen oder Deutschen, gleich gut.

Ich weiß nicht, mein lieber Rittmeister, ob Sie itzo etwas dazu beitragen können, oder mein ehemaliger Graf hochgebohren. Ich hätte Oncle Lorck gebeten, mit dem Grafen zu sprechen, aber er tut Ihnen eher etwas als Lorck, denn er ist ein großer Freund und Beschützer der gelehrten Kunst. Ehlers seine Stelle in Oldenburg ist offen, ich weiß fast keine einzige Regel mehr aus der Grammatik und bin in dem Betracht gar nicht geschickt zum Rektor, habe auch eben nicht große Lust, in Oldenburg zu sein, aber wenn Sie's meinen, wollte ich's doch werden, oder was Sie sonst meinen. Sie antworten mir bald eine vorläufige Meinung, ob ich gleich so unverschämt lange nicht geantwortet habe. Es haben ja schon die alten Dichter gesagt, daß die animae coelestes nicht Rache üben. Gott grüße Sie und die Frau Rittmeisterin.

Ihr Claudius

An Herder

Mein lieber Herder,

Ihr letzter Brief hat mir Mark und Bein erfreut – und ich strecke meine Hand nach Dir aus, daß der Tag, an dem ich am Flügel des Adlers zuerst Dein Angesicht gesehen, sooft er wiederkommt, für mich ein Festtag sein soll.

Fragen Sie nicht, warum ich so lange nicht geantwortet habe. Ich bin krank gewesen – hypochondrisch gewesen – verliebt gewesen – weiß selbst nicht, warum – kurz und gut, ich verdiene deswegen zweimal 40 Streiche weniger eins. Ja, ja ist wahr, meine bonmots aus Adreßblatt und Zeitung sollen zusammengedruckt werden, und die wollt' ich mitschicken, sind aber noch nicht fertig, ist noch nicht daran angefangen. Ad vocem verliebt fällt mir ein, daß ich Sie wohl bei Ihrem Mädchen sehen möchte. Sie fallen ja wohl oft für Liebe auf die Erde und springen ja wohl oft für Liebe an die Decke und schreien wohl oft aus lautem Hals und verstummen wohl oft. Ihr Mädchen ist, hab ich gehört, aus Veilchenduft und Mondschein zusammengewebt; o du lieber Jüngling, wie gönne ich sie Dir so herzlich und Dich dem Mädchen! Meins ist ein ungekünsteltes, rohes Bauernmädchen im wörtlichen Verstande, aber lieb hab ich sie darum nicht weniger, mir glühen oft die Fußsohlen für Liebe.

Hier kann ich nicht bleiben, ob mich gleich der Baron, wie er zu sagen geruht, gerne behalten will, und ich hoffe auf Erscheinungen von Ihrer Seite und, wenn es zu Anfang nur ein geringes wäre, ich bin gar nicht gebunden, nur muß etwas anders sein als Ihr Haus und Ihr Garten. – Wir sind ja noch nicht im Elysium und dem himmlischen Jerusalem. Wenn mich nun der T . . . ritte, so ein Wort anzunehmen? Schimpfen und schmälern Sie, soviel Sie wollen, nur schreiben Sie bald wieder, ich will auch, wenn Sie es wollen, bald wieder schreiben.

Was Sie letzthin von aufgewärmtem Kohl schrieben, mag seine Richtigkeit haben, aber die Fabel »Kuckuck und Nachtigall« möchte ich doch gar zu gerne einrücken dürfen. Sie ist unbegreiflich schön, wie denn das Geschwätz Ihres Mundes zu sein pflegt. Leben Sie wohl.

Claudius

Johann Gottfried Herder, 1744–1803
Gemälde von Johann Ludwig Strecker

An Herder

Mit dem Wandsbecker Boten will's nicht recht fort, und ich glaube, daß er's nicht lange mehr aushält. Bode wäre auch nicht gescheut, wenn er ihn zu seinem Schaden noch lange fortsetzte. Wenn Sie etwas für mich auftreiben, so lassen Sie es mich bald wissen. Überhaupt lassen Sie mich doch bald etwas von sich wissen, oder ich schicke Ihnen alle Woche 7 Briefe auf den Hals; ich mache Ihnen meine Verbeugung und trete ganz in die Ecke. Claudius

An Herder

Alles hat seine Zeit, Sterben und Geborenwerden und Freien und Sich-Freien-Lassen. Sie werden aus dem Wandsbecker Boten oder aus einer schlechtern Zeitung gesehen haben, daß Alberti gestorben ist, und zwar viel ruhiger, als er krank gewesen ist. Aus dem Briefe erfahren Sie, daß ich Hyman, Hymenee geschrien habe, und zwar ganz unvermutet für alle, welche des Zeugen worden, als da sind Klopstock, der Verfasser der gelehrten Republique ist, nb. die ganze Abhandlung in dem Hypochondristen neue Auflage, Professor Ehlers, der itzo Rektor des Gymnasiums in Altona ist, der dicke Herr in Hamburg, dem seine Frau vorgestern einen kleinen Herrn geboren hat, der auch vielleicht einmal, wenn unsere Enkel Zeitungen lesen und schreiben, ein dicker Herr sein wird, Schönborn, der ein Gesicht wie eine Eichenrinde und ein Herz wie Blumenduft hat und anbei ein Gemüt wie Newton und Cartesius, und noch 2 oder 3 andre Herrn, die nicht dick und nicht dünne waren und auch seitdem nicht geworden sind. Denn als diese Gevattern alle durch Kunstgriffe versammlet waren und der Pastor loci, fing ich an, von copuliert werden zu sprechen, gleichsam scherzweise, und ward, nachdem ich eine Königliche Concession, ein Richtweg in den Ehestand, aus dem Schubsack gezogen hatte, gleich auf der Stelle copuliert, und nun ist Betty mein, o Hymen, Hymenee fein, und alles Wasser ist mir Wein, und bei dem allen denk ich dein, o Hymen, Hymenee!

Lessing hat ein neues Trauerspiel geschrieben, Emilia Galotti, und Klopstock hat ein neues Trauerspiel geschrieben, David, die Ihrem Gaumen wohltun werden. Der dicke Herr wird sie Ihnen mit Ihrem Schubsack aus Eutin, der noch nicht angekommen ist, überschicken. So viel für heute und eine Zeitung von nach der Hochzeit. Gott segne Sie, Gott segne Sie, Hymenee, Amen.

An Herder

Mein Bauermädchen hat schon einen kleinen Bauerjungen geboren, aber 2 Monat zu früh. Er hat nur einmal in ihrem Arm zum Mond bitterlich aufgeweint, dann ging er wieder heim ...

An Herder

Mein liebster Herder,

Ich und mein Bauernmädchen feiern heute den Tag Ihrer »Liebe im höhern Chor«. Vermutlich hätten wir's schon lange tun sollen; weil wir aber keine nähere Nachricht erhalten, so haben wir's auf heute angesetzt. –

Daß es Dir wohl gedeihe! –
Daß es Dir wohl gedeihe!! –
Daß es Dir wohl gedeihe!!! –
Daß es Dir wohl gedeihe!!!! –
Daß es Dir wohl gedeihe!!!!
!!!!!!!!!!!!!!!!!!!!!!!!!!!!!!!!!

Nun ist es Morgen, und die Sonne kömmt schön herauf wie ein Jüngling aus dem Brautgemache, und die Braut schlummert noch und träumt zarten Traum. – So träumen wir auch zarten Traum mit wachenden Augen von Dir und Deinem Mädchen und wollen nun gleich in den Wald gehen und auf einen alten Stein Blumen der Venus Erycina hinlegen. Und wer besser weiß, was Glück die Liebe geben kann, und wer Euch dies Glück herrlicher gönnt – den wollen wir sehen. Ich wollte mehr schreiben, aber itzt schmeckt mir alles, was ich sonst noch mehr schreiben wollte, wie Heuschrecken und wild Honig. Also jusqu' ici.

Ich wollte Ihnen vorigen Posttag auch noch sagen, daß Sie es nicht ungut vermerken möchten, daß ich Ihnen auf Ihren letzten Brief so spät antworte. Ich habe ihn sehr goutiert. Sie sagen unter anderm darin, ich soll etwas von meinem Weibe schreiben; aber ich weiß von ihr nichts zu schreiben, als daß sie ein Bauermädchen ist und daß ich sie lieb habe.

Hiebei folgt ein neues Werk of mine. Da es mit zur Aufnahme des Boten abgemessen ist, so wäre es mir nicht zuwider, wenn Sie eine Rezension veranstalten können. Von Michaelis bis Neujahr 1774 will ich noch efforts tun, ob der Bote sich in Gang bringen ließe, und denn gute Nacht.

Addies.

Wer hat den Götz von Berlichingen geschrieben? Mir sagt man, ein Advokat in Frankfurt.

Was ich noch schreiben wollte, weiß ich in diesem Augenblick nicht. Unser freundlich Grußwesen an Sie und die vor Ihnen sitzt in tanta gratia.

An Karoline Herder

Wandsbeck, den 24. Sept. 1773

Sie haben mich mit Ihrem Briefe recht überrascht, Frau Herder! Aber ich will 'n Schelm sein, wenn ich so was Gutes ausdenken kann, als ich auf diesen Brief antworten möchte. Erst wollte ich gar nicht antworten, und das sollte denn so viel sein als ein Gedankenstrich am rechten Ort, wo die Sprache darbt. Weil das aber auch ein Strich am unrechten Ort scheinen könnte, so antworte ich darauf los: Sie werden so gut sein und vorlieb nehmen.

Zuerst also und vor allen Dingen bezeuge ich Ihnen meine herzliche Freude darüber, daß es unter andern Fürsten und Bischöfen auch einen Fürstbischof in Eutin gegeben hat, der es für gut fand, seinen Sohn mit dem Jüngling aus Norden auf Ebentheuer an den Rhein ziehen zu lassen und daß der Jüngling aus Norden bei der Gelegenheit am Rhein gefunden hat, was besser als der Sohn des Fürstenbischofes von Eutin, daher er ihn auch ließ fahren und alleine weiterziehen. – Sehen Sie, darüber habe ich eine große, herzliche Freude; und nun das alles so gekommen ist und ich dadurch von ohngefähr einen so freundlichen Brief erhalte, habe ich noch eine kleine, herzliche Freude nebenher, und Gott's Lohn sollen Sie dafür haben.

Ich habe Ihren Gruß an mein Bauermädchen bestellt, und sie hat einen tiefen Knix gemacht, und ich sollte wieder einen Gruß bestellen, wenn es sich schickte. Sie ist ein gutes Mädchen, und nach Herdern sein'm gibt es auch kein's, das besser wäre. Die gütigen, unverdienten Äußerungen in Ihrem Briefe – ja das sind gütige, unverdiente Äußerungen, das versteht sich, und weiter weiß ich auch nichts darauf zu sagen.

Was Sie von »bald an einem Orte Hütten haben« schreiben, ist lieblicher Regenbogen in der Ferne, und wer hat's uns denn gesagt, daß wir immer mit der Nase dran stoßen sollen. Wo ich und mein Bauermädchen wohnen, ist es sehr schön, und jenseits des Waldes liegt eine Hütte. – Ich wollte, daß Sie und Herder und das Mädchen aus Darmstadt in der Hütten wohnten. –

Grüßen Sie das Mädchen aus Darmstadt, wenn Sie so gut sein wollen, und Herdern, und er soll es nicht übelnehmen, daß mir ohne seine Strahlenmalerei die Backen bei diesem Briefe ein wenig geglüht haben. Behalten Sie uns in gutem Andenken, wir wollten so gerne in Ihrem guten Andenken sein.

Matthias Claudius

O ja, wir wollten so gerne in Ihrem guten Andenken sein.

Anna Rebecca Claudius

An Herder

Wandsbeck, den 13. Sept. 1774

Das ist eine treffliche, brave Lucina, die Lucina von Bückeburg, aber die Väter in Bückeburg sind nicht so trefflich. Die warten vom 28. August bis 6. September, ehe sie schreiben, und adressieren dann ihre Briefe à Wandsbeck, damit sie noch ein paar Tage später an Ort und Stelle kommen; denn alle Briefe à Wandsbeck werden in einem gewissen Keller, der Wandsbekker Keller genannt, abgegeben und liegen hier so lange, bis von ohngefähr ein Mannsen oder Weibsen aus Wandsbeck in den Keller kommt, das den Brief mitnehmen und bestellen will. Die Väter aus Bückeburg siegeln auch ihren nächstletzten Brief vor der Entbindung mit schwarzem Lack. Daß Euch der Henker mit Euerm schwarzen Lack! Dachte mir doch, daß Euch nicht wohl ums Herz sei und uns nicht wohl werden würde. – Doch alles gut, nun alles gut, gut, gut! Das Einzige muß ich Euch, Vater Großprahler, doch noch kund und zu wissen tun, daß mein Erstes auch ein Sohn gewesen ist und daß ich eilender und nicht eilender Mensch im November weder einen Sohn noch eine Tochter zu hoffen habe und daß die Schwangerschaft meines Bauermädchens nur so ein Schein gewesen sei. –

Von Hamanns Schrift sagt mir kein Wort weiter; denn ich hab's davon ganz satt. Bode hat sie seit ½ Jahr, und weil er am Tristam und sonst heiß zu tun hat und für sich auch bei andern Buchdruckern drucken läßt, so bleibt der Bogen von Hamann liegen, ich mag ihn fordern, wie ich will. Ich habe das Manuskript zurückbegehrt, um es anderswo drucken zu lassen! Das will er auch nicht, denn er will's gern drucken. Schreibt das Hamann gelegentlich; ich mag ihm gar nicht wieder schreiben, weil er mich für einen Narren und Gauch halten muß. –

Gott laß Euern Knaben wohl gedeihen! Kehrt um!

Ihr werdet es vermutlich schon von Göttingen aus gehört haben, daß der Markgraf von Baden Klopstock eine Pension von 600 Rthl. gibt und 40 neue Louisdor Reisegeld geschickt hat und daß Klopstock diesen Winter in Carlsruhe zubringen wird. Er geht heute von hier ab und wird Euch aus Celle schreiben, ob Ihr vielleicht einen Tag abkömmt und ihn in Hannover sprächet. Er wäre über Bückeburg gefahren, aber er wollte die Diligence nicht gern aufgeben, und die geht einen andern Weg. Gehabt Euch wohl und schickt mir eine Rezension!

An Voss

Wandsbeck, d. 20. Xbr. 1774

»Da sind Ihre Lieder.« Machen Sie die Lüge nur bald gut. Wegen Subscribenten zerreißen Sie sich keine Schuh, es ist mir eben nicht so sehr daran gelegen, daß ich viele Subscribenten habe. Hernach desto mehr Käufer, denn ich liefere Euch schöne Kupfer.

Der Wandsbecker Almanach behagt mich. Nennen Sie mich immer unter den Mitarbeitern, Claudius oder Asmus genannt, welches mir am liebsten ist, aber nicht als 2 verschiedene Herren. Dies Ding hat seinen Haken.

Die Praenumeration rate ich nicht an. Einmal die meisten Leute praenumerieren nicht gerne, und es gibt sich niemand so leicht mit Praenumerations- als mit Subscriptions-Collectur ab; ich täte es nicht, tun Sie aber, wie Sie meinen. D. Mumsen denkt ja auch Vorschuß zu schaffen, auf die Bedingungen, die er Ihnen wird geschrieben haben.

Es lebe die Weygandsche Buchhandlung! weil sie die beiden Hirten Voss und Hölty zu Wandsbecker Hirten will machen helfen. Ich bin auch mit dieser teuerwerten Buchhandlung in Korrespondenz gekommen, und sie hat mir dieser Tagen einen langen Brief geschrieben, der spaßhaft sein soll, aber nicht von der feinsten Spaßhaftigkeit, sondern so wie etwa – ein gewöhnlicher Buchhändler spaßen mag. Sie scheinen

Johann Heinrich Voss, 1751–1826
Lithographie nach einem Gemälde von W. Tischbein

indes etwas auf mich zu halten, und so mag's ihnen denn vergeben sein.

Für eine Hütte für Euch Hirten will ich sorgen, aber bei mir könnt Ihr nicht essen; ich und mein Bauermädchen essen und trinken gar schäferhaft, und da kann kein Mensch mitessen. Überdem hieße das sich selbst viele kleine Freude verderben, ich meine, wenn Ihr Euren eigenen Haushalt habt und uns dann von Zeit zu Zeit, so oft es Euch näml. gefällig ist, zu Gast bittet oder wir Euch. Dazu müßt Ihr in Eurem Hause ein altes Weiblein haben, das Eure Betten macht, Euer Teewasser kocht, Eure Schuhe bürstet, Ew. Stuben auskehrt pp., und eben das alte Weiblein kann Euch Milch und Semmel und Klöße und Pfannkuchen machen. So ist's besser, und so müßt Ihr's halten. Die Gelegenheit, die ich bis itzt für Euch ausgesehen habe, ist so weit recht gut, nur daß die Tür die Quere im Hause steht und Ihr seitwärts Euch hineindrängen müßt. So ein Haushalt nun kann für Euch beide jährl. 3 bis 4 hundert Taler kosten, und der Almanach allein, ohne alle Übersetzungen, muß jährl. dreimal so viel tragen. Aber nun ein Wort zum Guten. Ihr wißt, daß ich der Musik sehr gut bin und daß sie dem Menschen wohl tut. Übt Euch also bis Ostern ein wenig fleißig im Violinspielen, damit Ihr Ostern des Dinges zur Leibes Nahrung und Notdurft mächtig seid. Mein Bauermädchen studiert itzo den Baß oder Violoncell, und so wollen wir diesen Sommer und weiter hin, so oft wir darüber einig werden können, Konzert halten. Die laute Lache über den, der hier Ostern kommt und nicht spielen kann, und die Eichel über den andern!

Sie meinen, die Weygandsche Buchhandlung soll den Almanach in Kommission nehmen. Eins, dünkt mich, geht nur an, entweder Klopstocks Plan oder die Buchhändler ins Spiel. Ob ich gleich von Anfang geglaubt habe, daß Klopstocks Plan mit seiner Republique alle sein werde, und in dem Fall wäre freilich ein erträglich vorteilhafter Kommissionskontrakt mit einer sichern Buchhandlung das Beste; denn brächte der auch weniger ein als eigener Vertrieb mit den unvermeidlichen Verlüsten, so ersparen Sie sich auch viel Verdruß und viele unangenehme Beschäftigung, und Sie können sich besser der Schäferei ergeben.

Grüßen Sie Herrn Boie und die Herren, die weggereiset sind. Wissen Sie nicht, wie es mit Herders Ruf nach Göttingen stehe? Wenn Herr Hölty vielleicht schon die Violin spielen kann, so bitten Sie ihn in meinem Namen um Vergebung, daß ich das nicht gewußt habe. Er wird hier auch um deswillen sehr willkommen sein.

Cl.

Fröhlich Weihnacht und Neujahr.

Ich sollte doch nicht glauben, daß man gegen die Edierung eines Wandsbecker Musenalmanachs etwas wird zu sagen haben, da die Almanachs im Dänischen privilegiert sind. Das hiesige Gericht wird wohl eine recognition vorlieb nehmen.

An Herder

den 6. Mai 1775

Da sind die verlangten Exemplare. Seht zu, daß Ihr sie an Mann bringt, und schickt das Geld, sobald es möglich ist; denn ich habe das Papier noch nicht ganz bezahlt, und die Papierhändler in Hamburg sind wie die andern Händler, sie präsentieren Sr. Hochedelgeb. die Rechnung mit vieler Höflichkeit pp. oft.

Von Hamann habe ich diesen Winter verschiedene Briefe gehabt, die ich alle gelesen, aber, versteht sich, nicht verstanden habe. Indes versteht man doch hie und da ein halbes Wort, und wer hat es denn gesagt, daß man alle Briefe verstehen soll, die man lieset? Ich danke Ihnen aber recht sehr, daß Sie mich mit dem Zeichendeuter bekannt gemacht haben, ich mag gern mit ihm zu tun haben.

Von Ihnen hab ich diesen Winter, dünkt mich, auch nicht einen Brief; ich weiß nicht, womit ich das verschuldet habe; denn dafür, daß Ihr nun keinen Zeitvertreib außer Hause sucht, sondern Euch immer und am liebsten um Eure pater-familias-Achse dreht, kann ich doch nichts. Gott laß Euch's lange so wohl sein!

Aber kommen Sie denn nicht einmal nach Hamburg? 18 Meilen lassen sich doch abfahren, und geht dazu immer so schön sanft durch den Sand. Ich dächte, Sie täten einmal Ernst dazu und zeigten Frau Herdern die große, berühmte Stadt, und denn holten wir Sie aus Hamburg nach Wandsbeck und ließen Sie nicht wieder los, bis Sie Gewalt brauchten und uns Arm und Beine abschlügen. Bewegen Sie diese Worte in Ihrem Herzen, mein Lieber, und kommen Sie. Ihr sollt uns willkommen sein wie die heiligen Engel aus'm Himmel. Wollen auch zusammen nach Lübeck fahren und Gerstenberg besuchen und in Travemünde Dörsch essen und dabei in die See hinaussehen.

Ich wünsche, daß Sie alle gesund seien. Wir sind's hier nicht so allerdings. Mein kleines Mädchen Caroline ist seit 14 Tagen ganz kaputt, ißt gar nichts und trinkt unaufhörlich. Ich weiß nicht, ob's von den Zähnen ist, bin aber recht besorgt ihretwegen, weil ich sie sehr lieb habe.

Mein Bauermädchen, das Gott gesegne, ist erträglich wohl und kriegt von vorne wieder so ein formidable Ansehen. Ich gerate daher fast auf den Gedanken, daß sie sich mit einem Manne gemein gemacht habe und daß Euer Edlen sich wieder auf einen Gevatterstand gefaßt machen können, wie ich denn nicht ermangeln werde, so lange ich lebe, Ew. Edlen im Gevatterstehen immer warm zu halten. Empfehlen uns Ihnen herzlich.

Matthias und Rebecca in Wandsbeck

Voß, mein lieber Herder, ist keins von dem allen, was Ihr ihn in Verdacht habt, wenigstens in einem gewissen Grad nicht. Ich will rein heraussagen, was ich ihn halte. Er ist keine weiche, gefällige Haut, die für andre Leute noch für Kinder sanft und lustig anzufühlen ist, und darum, glaub ich, kann zwischen ihm und den Kindern so ein recht herzlicher nexus nicht statthaben. Er hat vielmehr seine eigne Form, die sich nicht anschmiegt, sondern bleibt, wie sie ist, so daß er bisweilen kalt scheint und gewiß nicht so bedachtsam, als er sein sollte, ist; dabei hat er wenig Weltkenntnis oder gibt nichts darauf, und keine feine Lebensart, d. i. er macht seinen Bückling sehr schnell und tief herunter und so hulterpulter p.p. Aber Voß ist auf der andern Seite ein ehrlicher Kerl, der etwas von Edelsein in seinem Charakter hat, der das Seinige treu tut, der ein scharfes Gefühl von Recht hat, und wenn er es gegen sich oder andre beleidigt glaubt, sehr heftig und mutig ist; übrigens ist er ein langer, wohlgewachsener, hübscher Geselle. Ich glaube nicht, daß aus der Wallfahrt nach Riga etwas wird; denn in Quedlinburg ist eine Stelle offen, die man sich Mühe geben will, Voß zu verschaffen; und ich habe gehört, daß er lieber nach Quedlinburg als Riga gehen wolle. Sonst aber kann ich Euch Voß mit gutem Gewissen empfehlen, nicht als ob's nicht noch bessre Leute zu so einer Stelle gäbe, sondern weil es in dubio keine so gute gibt als er. Sein antecessor in Otterndorf war einer der größten Windbeutel; er las alle autores cursorie mit seinen Schülern und setzte den Jungens den Kopf voll von ihrem Wissen, und sie konnten im Grunde nicht Musa und scamnum declinieren. Ihr begreift, daß es eine fatale und mühselige Station ist, nach so einem Kerl Rektor zu werden, wenn man nicht in dem bequemen Ton fortfahren will. Voß hat aber doch durchgegriffen und die Jungens von all den Autoren zurück nach Musa und scamnum gebracht, um so mit Ehren wieder vorwärts zu gehen.

Addies für diesmal; grüßt Frau Caroline von Frau Rebecca und uns allen herzlich, wir sind gottlob gesund, seid und bleibt es auch. Gott mit Euch. M. C.

An Lavater

Wandsbeck, den 18. Julius 1775

Ich bin lange so belesen nicht, mein lieber Lavater, als Sie wohl denken mögen und als ich sein müßte, wenn ich Ihnen wöchentlich die erwähnte Lieferung sollte tun können, die ich sonst gerne täte um des Louisdors willen und hauptsächlich auch der Physiognomie zu Gefallen, auf die ich nicht wenig halte. Was mir indes aufstößt, will ich sammeln und Ihnen einschikken.

Übrigens danke ich meinem lieben Lavater für seinen freundlichen Brief recht sehr und wünsche, daß ihm Gott eine Freude gebe, deren es ihm denn auch, denke ich, nicht fehlen könne, und wenn ich reich werde, komme ich einmal, Sie und Ihr Vaterland zu sehn. Gott befohlen.

Matthias Claudius

Ich bin nicht mehr Bote in Wandsbeck, und meine Adresse ist künftig à Hambourg in H. Herrmanns Apotheke auf dem Speersort.

An Herder

Wandsbeck, den 2. August 1775

Ihr seid sehr expedit, Freund Herder! und der Präsident von Moser muß sehr gütig sein, daß er auf das Wort eines bekannten Mannes einen unbekannten so ehren will.

Also geheimer Kanzeleisekretär? Der Avisenschreiber, den halb Wandsbeck für unklug und ganz Wandsbeck für einen lausigen Avisenschreiber hält, geheimer Kanzeleisekretär? Ich weiß nicht ganz genau, was ein G. C. S. in Darmstadt zu tun hat, aber ich kann rechnen und schreiben, weiß vom Staats- und Völkerrecht nicht viel, finde mich leicht in etwas und arbeite schnell, habe ehedem wohl Italiänisch schreiben können, schreibe noch Französisch grammatikalisch, aber nicht delikat, verstehe Griechisch, Lateinisch, Englisch, Dänisch, Holländisch, Deutsch, etwas Schwedisch und Spanisch, habe die Institutions und Pandekten gehört und Historie, weiß aber von Institutions und Historie nicht mehr als eben zur Leibesnahrung und Notdurft usw., bin ehrlich und lasse mich nicht bestechen. Wenn ich nun mit diesem Wissen und Nichtwissen G.C.S. werden kann, so erkenne ich es mit Dank, daß der Herr Präsident von Moser mich dazu machen will; aber nach meiner Neigung möchte ich lieber eine weniger glänzende und mehr ruhige Stelle haben und etwa Vorsteher eines im Walde gelegenen Hospitals oder andern milden Stiftung, Verwalter eines Jagdschlosses, Garteninspektor, Vogt eines Dorfes pp. werden, dabei ich Zeit hätte, meinen Grillen nachzuhängen.

Von allem diesen läßt sich besser mündlich sprechen als briefstellen, und ich hoffe, daß ich es noch vor Winter möglich machen will, Sie auf ein paar Tage zu sehen. Vor Frühling kann ich so nicht nach Darmstadt gehen, mein Bauermädchen soll im Oktober ein Kind gebären, und im Winter läßt sich mit einem schwangeren Mädchen und jungem Kinde nicht so weit reisen.

Diesen Winter denke ich noch in Wandsbeck zu bleiben; wir haben nur kleine Münde und Magens, wird sich ja so viel finden, daß sie voll werden. Vorerst macht Ihr Anerbieten, »uns mit Sack und Pack aufzunehmen«, uns 4 Wochen satt. Ich habe auch noch eine Mutter, zu der wir im äußersten Notfall ziehen könnten. Und also, mein lieber Herder, sollt Ihr Dank haben, und Ihr habt Euch ein Lob zubereitet aus dem Munde unseres ungeborenen Säuglings, der gewaltig in seiner Mutter Leibe hüpft und springt und wohl ein Riese und gewaltiger Jäger vor dem Herrn werden wird. Grüßt unsre Frau Herder.

Claudius

An Wieland

Wandsbeck, d. 28. Sept. 1775

Mein lieber Herr Wieland,

ich danke Ihnen für Ihren freundlichen Brief vom 7ten Sept. und für Ihre gütige Äußerung über Ihren gehorsamen Diener Asmus. Warum ich Ihnen nicht Exemplare von seinen sämtlichen Werken zugeschickt habe? – Ich habe überhaupt wenigen Leuten zugeschickt, weil es wirklich wahr ist, was ich in der Subscriptionsanzeige sage, daß ich die Herren Gelehrten, die ich nicht kenne, nicht incommodieren mag, und dazu hatte ich im Boten und in den sämtlichen Werken verschiedentlich auf Sie und den deutschen Mercur gestichelt und wußte nicht, wie Sie das goutierten. Das Hamburger Adreßcomtoir wird Ihnen nun 25 Ex. übermacht haben, wenn Sie noch die Mühe haben wollen, verkaufen Sie allenfalls für 12 gr. Denn es ist ein Nachdruck heraus: Hamburg und Wandsbeck statt Hamburg bei Bode, sonst der echten Ausgabe in allem sehr ähnlich, und ich schreibe seit Johannis den Boten nicht mehr und brauche Geld.

Was übrigens die Ähnlichkeit unsrer Denkart über das, was schön und gut ist, und das davon abhängige Mitarbeiten am Mercur betrifft, so glaube ich, daß Hr. Asmus sich darüber in seinem Buche offenherzig genug erklärt hat. Meine Philosophie ist einfältigen, ärmlichen Ansehens, aber ich habe noch keine andre funden, die unter allen Umständen Stich hält, und, weil es mir nun mehr aufs Stichhalten als aufs Schönaussehen ankommt, so hab ich sie mir erwählt und lasse gern einem jeden die seinige, wie sich das von selbst versteht. Ich suche itz Postmeister oder sonst so was kleines auf dem Lande zu werden, und, wenn ich das geworden bin, so ist es gut. Leben Sie wohl. Matthias Claudius

An Gleim

Wandsbeck d. 6. Nbr. 1775

Die Briefe nach Wandsbeck liegen gewöhnlich einige Tage länger in Hamburg, als sie es nötig hätten, und so hat's Ihr Brief auch gemacht. Ich hätte Ihnen freilich die Antwort darauf mündlich bringen sollen und hätt es auch am liebsten getan, aber ich habe, was Sie vielleicht nicht wissen, schon vor einigen Jahren ein Bauermädchen aus Wandsbeck gefreit, und dies Mädchen

Johann Ludwig Gleim, 1719–1813
Gemälde von J. H. Ramberg

hat itzo einen hochrunden Leib und soll alle Stunde gebären, und da kann ich unmöglich von ihr wegreisen, bis sie geboren hat, und denn muß ich ihr Warmbier kochen, mein lieber Gleim, und das Bett zurechtlegen usw. Dazu kommt, daß ich etwas übersetze, das zu Weihnachten fertig sein soll, so daß ich noch nicht absehe, wie ich mich dem Canonicus in diesem

Jahr noch zeige. Ein Kind habe ich schon, ein Mädchen von beinahe 2 Jahren, das hier neben mir am Tisch sitzt und mit Gewalt die Feder haben will. Das Erstgeborene war ein Junge, den hab ich aber nicht mehr; nun kommt wieder 'n Junge, den Gott geleite! Seit Johannis schreib ich den Boten nicht mehr und hätte eine kleine Stelle freilich wohl nötig, aber es hat von jeher mit mir nicht fort wollen. Ich möchte am liebsten auf dem Lande eine Stelle, die mir Zeit übrig ließe, und da wäre, denk ich, Postmeister wohl das Beste. Ich kann auch zur Not Organist werden, aber die Stellen sind gewöhnlich auf dem Lande gar zu armselig, ob ich wohl nicht eben hoch hinaus will. Ich habe noch eine alte Mutter zwischen Hamburg und Lübeck, die vielleicht nur noch ein paar Jahre zu leben hat; je näher ich also bei Hamburg oder Lübeck bleiben kann, desto lieber tue ich's. –

Das wäre ohngefähr, was ich vorläufig schreiben kann, so bald es sich nur tun lassen will, werde ich machen, daß wir das übrige absprechen können. Das Mädchen will durchaus die Feder haben, aber ich geb sie ihr nicht, muß Ihnen noch meine Adresse melden, wenn Sie vielleicht einmal wieder schreiben wollten: nur gerade »à Hambourg, in Herrn Herrmanns Apotheke auf dem Speersort abzugeben«.

Leben Sie wohl, alter Mann; daß Ihr Brief sehr gütig war, will ich nicht erst lange sagen; aber darauf können Sie sich verlassen, daß ich's weiß.

Matthias Claudius

An Herder

Wandsbeck, d. 25. Nbr. 1775

Dieser Tagen kömmt ein reformierter Prediger, Herr Passavant, ein lieber, lebhafter Mann, scheint es, hier von Zürich an und bringt Nachricht von Zimmermann mit, es sei eine gewisse Oberkammerherrin aus Darmstadt in Hannover angekommen und habe H. Zimmermann die gewisse Nachricht gebracht, ich solle Burgvogt in Darmstadt werden und mein Wohnhaus stehe mitten im Wald, und ich habe wenig oder nichts zu tun. Ich kann dies kaum mit der Kommission und dem Oberlandkommissar reimen, und wenn es ein anderer Vorschlag wäre, so fürchte ich, daß der Praesident v. Moser müßte etwa aus meinem Briefe schließen, ich sei so sehr für die Stelle in der Landkommission und, wenn auf meine Neigung einige Rücksicht genommen werden sollte, so zieh ich die ruhige Stelle im Walde weit vor. Ich kann aber deswegen mich nicht äußern, vielleicht könnten Sie aber durch Ihre Freunde in Darmstadt das Ding vermitteln, wenn Oberlandkommissar und Burgvogt und Haus im Walde nicht alles eins und dasselbe Ding ist. Wir befinden uns herrlich wohl, gottlob. Gott segne Euch in Bückeburg.

Claudius

An Moser

Hamburg, den 3. Xbr. 1775

Hochwohlgeborner Herr,
gnädiger Herr Präsident,

ich habe einen Brief von Ew. Excellence an den Herrn Konsistorialrat Herder in Bückeburg gelesen und bin von der Nachsicht und der großmütigen Güte, mit der Ew. Excellence darin von mir und einer Versorgung für mich zu sprechen geruhen, um desto lebhafter gerührt worden, da es mir so unerwartet kommt und alle meine Erwartungen so sehr übertrifft, ich auch überzeugt bin, daß ich alles meinem Freunde und Ew. Excellence Edelmut zu danken habe.

Ich habe eine alte Mutter, die ich, so lange sie noch lebt, ungerne verlasse, aber meine itzige Situation ist von der Art, daß ich eine irgend erträgliche Versorgung mit beiden Händen ergreifen muß, viel mehr eine so vorteilhafte als die ist, mit der Ew. Excellence mich beehren wollen. Es bliebe also nur die Frage, ob ich mich getrauen dürfte, eine solche Stelle anzunehmen, da einem ehrlichen Manne eine strenge Erfüllung der Pflichten, die er übernimmt, doch immer die Hauptsache bleibt. Und hierüber will ich aufrichtig und gerade heraus sein. Wenn ich von meiner Neigung sprechen dürfte, so ist die für ein einsames Leben, für ein nützliches Wirken im Stillen, für Feld und Wald und Bauervolk von jeher gestimmt gewesen; das darf ich auch noch sagen, daß ich es an gutem Willen, herzlicher Tätigkeit und Treue nicht werde fehlen lassen; ob ich aber Geschick genug habe, ein Rad in der Maschine zu sein, dadurch ein Fürst seine Vatermilde über sein gutes Landvolk ausbreiten will, das weiß ich nicht, weil ich noch keine Erfahrung habe, auf die Winke und den guten Rat desjenigen zu rechnen, unter dessen Oberaufsicht die ganze Maschine ihre Wirkung tun soll. Sollten Ew. Excellence nach diesem Bekenntnis mich dieser oder einer andern kleinen Stelle einigermaßen würdig finden, so dürfte ich wohl hoffen, daß meine Überkunft bis zur gelinden Witterung Zeit hätte, da ich vor einigen Wochen erst wieder Vater geworden bin.

Ich empfehle mich Ew. Excellence hohem Wohlwollen und habe die Ehre mit der dankbarsten Hochachtung zu sein

Ew. Excellence

untertäniger Diener Matthias Claudius.

An Herder

Wandsbeck, d. 5. Xbr. 1775

Habt Ihr nicht selbst gesagt, ich sollte in meiner Manier schreiben? Ich mag auch von keiner Distinktion zwischen Schriftsteller und Menschen Proben ablegen, und meine Schriftstellerei ist Realität bei mir oder sollt es wenigstens sein, sonst hol's der Teufel.

Gleich gut alles, ich habe den mißlungenen Brief zerrissen und mit Füßen getreten und einen andern geschrieben. Wenn der noch nicht recht ist, so tretet den mit Füßen, was braucht's noch Postgeld für den Salbaderwisch auszugeben? Ich will Euch zu Gefallen und mir zu Gefallen noch gerne andre schreiben; antwortet aber in dem Fall doch dem Praesidenten, wir möchten sonst die ganze Sache verderben, die hier durch H. Passavant schon als ausgemacht angenommen wird.

»Schlagt die Resewitze aus dem Sinn«? Was meint Ihr denn, worauf ich hoffe und daß ich Euch nicht lieber 500 Fl. als einem von ihnen 1000 zu danken haben will. »Recht gut«, das schreibe ich nicht mit einem kalten Schlaraffengesicht, sondern »recht gut« heißt mir, hol mich der Henker, recht gut. Versteht mich nicht unrecht! und verzweifelt nicht! und argnißt nicht weitläuftig, sondern sagt: so muß sein, denn ich suche nichts darin so zu schreiben, als ich geschrieben habe.

Das ist wahr, könnte ich bei Hamburg oder Lübeck eine Stelle haben, ich täte das lieber, weil ich meine Mutter und einiger andren wichtigen Umstände wegen lieber noch einige Jahre in dieser Gegend bleibe, aber wenn ich weg muß, so will ich am liebsten nach Darmstadt und am liebsten durch Euch nach Darmstadt und kreuz und quer durchs Darmstädter Land reisen, wenn ich da nicht im Walde zu Hause sitzen und eben so wohl Gutes schaffen kann.

Also mein lieber brummscher Herder, seid nur wieder gut, ich werde ums Fratzengesicht des Schriftstellers und großen Geistes Eure Freundschaft nicht aufs Spiel setzen, zumal obgesagtes Fratzengesicht mir gleichgültiger ist, als Ihr vielleicht denkt, und ich will meinen Speichel gern wieder hinterschlucken, wenn ich ihn nicht wieder zurück in die Speicheldrüsen zwingen kann, aus denen er nun einmal herausgetreten ist.

Ich habe in dem Brief an H. v. Moser nicht »in Herrmanns Apotheke auf dem Speersort« beischreiben mögen, und wissen sollte er doch die Adresse, wenn er antworten wollte, weiß es nicht zu machen.

Passavant ist ein junger Mann voll Geist und großer Freund von Lavater. Bis itzt besteht seine Bibliothek nur aus Hamanns und Euren Schriften.

Ich habe heute einen Brief von Hamann, der mir eine rechte Freude gemacht hat, weil ich wahrlich glaubte, daß ich ihn böse gemacht hatte, ob ich wohl nicht wußte, wie oder wodurch. Er frägt mich, ob Sie schon in Göttingen sind, weil er Ihnen bald einen Brief schreiben will. Ich habe bei Passavant das Bild meines alten, lieben Hamanns gesehen; mit dem Schnupftuch um den Kopf sieht er aus wie Mustapha der 2te und so ernsthaft, daß ich keinen »guten Tag« und »gehorsamer Diener« wagte, wenn er mir vorbeiginge. Wenn ich nach Darmstadt gehe, ist wohl nicht viel Hoffnung, daß ich ihn in dieser Welt sehe, und doch sagt mir mein Genius in diesem Augenblicke noch Wunderdinge. – Frau Herder ist doch nicht böse! O wir wollten das so ungerne und wünschen ihr so viel Segen, wenn sie noch gut ist. Mein Bauermädchen hat sich diesmal Appetit, daß es eine Lust ist. Gott mit Ihnen.

Cl.

Wenn die Aufschrift außen nicht recht ist, so haben Sie wohl einen Bedienten, der ein ander Couvert und Anschrift mache. Ich weiß nichts von, daß der Praesident Reichshofrat gewesen. Ich weiß nichts mehr, als daß ein Buch »Herr und Diener«, ein Brief an den Magus im Norden, »Beherzigungen«, »Daniel in dem Löwengraben«, von einem Herrn v. Moser geschrieben sind. Ob aber dieser Herr v. Moser einer und derselbe, ob er Reichshofrat gewesen und ein Praesident in Darmstadt ist, davon weiß ich alles nichts, möchte es aber alles itzo wohl wissen.

Mein erster Brief an Hr. v. Moser habe ich künftigen Sonnabend vor 3 Wochen von hier abgeschickt, und vorigen Sonnabend hab ich ihn wieder zurückerhalten, hat er also auf der Reise von und nach Bückeburg 14 ganze Tage zugebracht. Das ist eine saubere Post. 18 Meilen und 8 Tage macht den Tag $2^1/_8$ Meile.

Nehmt's doch nicht übel, daß ich Euch immer das Porto bezahlen lasse, ich bin in diesen Tagen schlecht bei Kasse.

An Frau Rebecca

Berlin, Dienstag 1775

Ich kann Dir nun Gottlob melden, daß ich übermorgen um 7 Uhr mit dem Grafen Stolberg von hier abreise. Die Grafen gehen unterwegens noch auf ein paar Tage nach Gartow, einem Gute, das dem Bruder des Grafen von Bernstorff gehört. Sie sind zwar so gut gewesen, mich dahin einzuladen, und haben mich schon beim Herrn v. Bernstorff angemeldet; ich habe aber gedankt und werde sie verlassen, wo sie von der Poststraße abgehen und grade nach Wandsbeck meinen Lauf richten. Am Sonntagmittag wenigstens hoffe ich mit Gottes Hilfe schon mit Dir zu essen, nachdem ich eine halbe Stunde an Deinem Halse gelegen bin, liebes, gutes Mädchen. O ich will froh sein, wenn ich erst bei Dir bin und Euch alle gesund und wohl sehe, ich habe mich oft von Herzen nach Dir und Deinem Kuß gesehnt und sehne mich in diesem Augenblick danach, mein trautes, herrliches Weib. Gott segne und bewahre Dich und die beiden Muthen. Ich befinde mich Gottlob recht wohl und will eben eine Tasse Coffe trinken. Deine Gesundheit!

Auf der Herreise waren mir die Knie von dem langen Sitzen so steif geworden, daß ich kaum stehen konnte, als ich hier ankam, und meinen Weg von hundert Schritten nur in einer halben Stunde und mit vielen Schmerzen zurücklegte.

Mir ward halb bange, so weh taten mir die Knie, und ich konnte nicht niedersitzen noch aufstehen. Aber den andern Morgen war alles fast ganz vorüber, und ich tat einen hohen Sprung auf Dein Wohlsein. Wenn es auf der Rückreise wieder so gehen sollte, das wäre sehr fatal, und ich wüßte wahrlich nicht, wie ich vom Schinkenkruge nach Wandsbeck kommen wollte. Ich will mich aber schon vorsehen und die Beine nicht so krumm wie auf der Herreise, sondern lang voraus setzen. Ich habe gestern Herrn Nicolai besucht, den ich mir älter und ehrenfester vorgestellt habe. Er hatte zwei Gelehrte aus Leipzig und Wien bei sich, die nicht viel Gutes und Bestes von mir verraten sollen; denn ich stand da wie ein Maulaffe und drehte bald den Rükken, bald den Bauch vorwärts.

Von Herrn Burmann, der hier Zeitungsschreiber ist und das Grablied auf meinen Tod gemacht hat, kann ich Dir eine rechte Komödie erzählen. Ich ging zu ihm und stellte ihn zur Rede: »Herr Burmann«, sagte ich, »der Schiffer Charon, der die abgeschiedenen Seelen nach Elysium hinüberschifft, läßt Sie grüßen, er hat aus Ihrer Zeitung gesehen, daß Asmus gestorben ist. Asmus hat sich aber nicht bei ihm abgemeldet und muß unter einem andern Namen passiert sein. Er bittet Sie also um die näheren Umstände, damit er den Unterschleif untersuchen könne.« Mein Herr Burmann sah mich steif an und vergaß sich selbst, und sein Mund blieb ihm halb offen stehen. Ich setzte den Spaß noch ein Weilchen fort und sagte endlich, daß ich Herr Asmus sei. Nun fing mein Herr Burmann, der schon, wenn er stille sitzt, eine sehr lustige Figur ist, an zu springen wie ein Ding, das tot ist, lachte, schrie, sprang wieder, las etwas im Wandsbecker Boten seinen Werken, sprang wieder etc. etc. und konnte sich in sein Glück nicht finden, das größer sei, sagt er, als wenn ihn sechs Fürsten besucht hätten. Er übertreibt alle Sachen, spielt aber das Klavier sehr gut und die Orgel noch besser. Er hat seine Lüge in der Zeitung widerrufen, auch in Versen, die aber nicht so gut geraten sind als sein Grablied. Jetzt fängt es an, Tag zu werden, und ich will hingehen, den Musicum Reissenberger zu besuchen, der mir mit einigen seiner Musikalien ein Geschenk gemacht und sonst viele Höflichkeit erwiesen hat. Gott befohlen, Betty! die Du mir teurer bist als Gold und Edelstein. Ich wollte, ich säße erst auf dem Wagen, und der Wagen wäre erst in Hamm! Lebe wohl, lebe noch einmal, lebe noch tausendmal wohl, ich habe Dich von ganzer Seele lieb.

Dein Matz

An Miller

Wandsbeck, d. 2. Febr. 1776

Und das ist der letzte Brief, den ich Ihnen aus Wandsbeck schreibe, mein lieber Miller! Denn ich gehe den künftigen Monat nach – raten Sie – nach Darmstadt mit Weib und Kind. Der Landgraf hat mich zum Oberlandcommissarius gemacht mit einem Gehalt von 800 Fl. Seht Ihr, das habt Ihr Euch wohl nicht träumen lassen, ich auch nicht, aber darum ist's doch wahr, und im April, wenn der Winter nicht wie bisher gar zu hart und unbarmherzig ist, könnt Ihr mich in Darmstadt finden. Aber das Mädchen wird Sie nicht aus Schwabenland und aus ihren Armen herauslassen, ich wünsche Euch nun zu diesem schwäbischen Mädchen Glück, aber haltet auch fest an ihr und seid nicht flatterhaft. Ich wünsche hier nur so kurz Glück, wenn wir leben, werde ich ja Euer liebes Mädchen noch kennenlernen, und da will ich Euch und ihr mehr Glück wünschen.

Mein Bauermädchen hat mir ein zwotes Kind geboren, das aber auch nur ein Mädchen ist; man muß vorlieb nehmen, sonst ist's aber eine herrliche Art Mädchen, die meine Frau gebiert. Sonst wüßte ich kaum etwas Neues von hier zu melden; daß Ehlers als Professor nach Kiel geht und der junge Cramer schon in der Qualität da ist, wissen Sie ohne Zweifel schon. Der jüngere Stolberg geht als Kammerherr nach Weimar (das soll aber, glaube ich, noch ein Geheimnis sein), und Goethe ist in Weimar und bleibt den Winter da, und Wieland betet ihn an. Es ist mir lieb, daß Sie Lavatern haben kennen lernen, er muß ein lieber Mann sein und, so ich lebe, komme ich wohl noch nach Zürich; die Grafen erzählen so viel aus der Schweiz, daß man sich schämen muß, wenn man nicht da gewesen ist. Ich verlasse mein gutes Wandsbeck ungerne und, wenn ich mir den Hals hier hätte offen halten können, wäre ich gerne hiergeblieben. Es ist hier ganz entsetzlich kalt gewesen, daß einem Nasen und Augen und Ohren zugefroren sind. In Schwaben ist's doch wohl so kalt nicht. Wenn Sie Geld für Exemplaria gelöst haben, so schicken Sie es nach Darmstadt an den Regierungsrat Flachsland, es würde mir sehr zustatten kommen, wenn ich bei meiner Ankunft etwas von der Art vorfände, denn mein Beutel wird sich höchstens nur die Reise heraus gut halten. Ich und mein Bauermädchen und Caroline grüßen Sie, und Gott sei mit Ihnen, und bleibt ein ehrlicher, guter Kerl. Amen.

An Herder

Darmstadt, d. 18ten April 1776

Und also sind wir hier und sind recht glücklich hergekommen, haben auch guten Weg gehabt, so bald wir nur das letzte Gelenk der chaine particulaire und das Kreuz der Bückeburgschen Steinklöße absolviert und die chaine générale der Landstraße, wo kein Grund war von Meister Heinrich, erreicht hatten. Von Hameln nach Wickensen mußten wir uns der volonté générale eines Postillons, der den Weg nicht wußte, soumittieren und kamen nach langweiliger espérance und vielen Mühsal nachts um 12 Uhr in Wickensen an. Vor Marburg lief uns ein Vorderrad vom Wagen und machte eine chaine particulaire, wir soumittierten es aber wieder der chaine générale und fuhren weiter, ohne nun mehr de la soumission zu bedürfen. In Göttingen habe ich den Professor Heyne gesehen, der sich ob dem annoch obwaltenden Wankelwesen Ihres Kreuzzuges nach Weimar sehr wunderte und von neuen Versuchen nach Göttingen witterte, auch manches Gesohl über die Versauerung Ihres Genies in Bückeburg und anderen Orten, die nicht Göttingen sind, zu sprechen geneigte. Hier sind wir recht wohl. Der Hr. Präsident v. Moser hat mich nicht gnädig, sondern freundschaftlich empfangen. Gestern Mittag schickte er mir 2 Bouteillen Burgunder und 12 dito Rheinwein mit den gütigsten, feinsten Komplimenten. Der Hr. Steuersekretär und eine Frau Schwester haben uns so in desavantage gesetzt, daß wir nicht absehn können, wie wir nur einigermaßen Satisfaction erhalten sollen. Wir sind indes in Bückeburg schon an eine solche überschwängliche Vielgütigkeit gewöhnt worden, daß uns nichts mehr neu und unerwartet und unser Wahlspruch auch in diesem Stück geworden ist: nil admirari.

Gott segne Euch und Euer gutes Weib und wolle Euch nicht unbelohnet lassen, was Ihr uns Liebes getan habt – und kein Wort mehr. Die Schriftsprache ist ein infamer Trichter, darin Wein zu Wasser wird. Mein Bauermädchen hat Euer Gedächtnis im Segen und liturgiert Euch in Gedanken farre pio et saliente mica. Ich, hol mich der Teufel, auch und addies und lebt wohl!!!

Der Landkammerrat Eimes scheint ein gesetzter, guter, gescheuter Mann zu sein. Der Präsident sagte, er wünscht Euch hieher, und meinte, daß Ihr besondere Neigung zur Universität hättet. Ich antwortete, wie ich das grade nicht glaubte und wie ich glaubte, daß Ihr Euch vielleicht mit freiwilliger Entäußerung zu einer Landstelle herabzulassen gesonnen sein möchtet, und bei der Gelegenheit kam zum Vorschein, daß hier in der Nachbarschaft eine Landstelle ist, die 1000 rtlr. einträgt, davon aber der Besitzer noch lebt, den man auch freilich nicht totschlagen kann.

Nun habt tausend Dank, und weil Ihr doch die Briefe nur halb lest, so will ich Euch das Ding leichter machen und zur rechten Zeit aufhören. Amen, halleluja, lebt wohl.

Claudius

d. 16. nachmittags um 3 Uhr sind wir angekommen. Grüßt die Frau v. Peschwehr und Zanthier.

Soeben gewittert es hier.

An Herder

Darmstadt, den 3. September 1776

Gottlob für soweit!

Wir haben des jungen Gevatters Geburtstag gefeiert, mit Rheinfreude und Gevatterfrohlokken. Daß er kein Kain ist, gefällt mir wohl; ich hasse die Kains wie Rhabarber und spüre auch fast gleiche Wirkung von beiden. Gott bringe die Mutter bald wieder zu Kräften, und dann packet ein und ziehet hin in Frieden nach Weimar und lehret alle Heiden!

Meine Rebecca wäre gern in Bückeburg und pflegte und wartete die Wöchnerin und hülfe ihr einpacken, muß es aber diesmal der Frau von Bescheffer überlassen, wie Ihr begreifen werdet.

Aber warum Eure Karolina lauter Knaben und meine Rebecca lauter Mädchen an die Welt bringt, begreif ich nicht. Ihr mögt denn besondere Schwänke haben, davon unsereiner nichts weiß. Ich hätt gern einen Knaben, wenn mir Gott einen geben wollte. In des Geheimerats Hause ist alles wohl. Die gute Frau Geheimerätin wollte uns heute morgen auf dem Busenberg mit Chocolade traktieren, das Wetter wollte aber nicht günstig sein, und so ward im Haus getrunken und schmeckte im Hause auch recht gut. Seine Exc. kauften während der Zeit einen Ochsen, der gemästet werden soll.

Meine Christiane ist seit 14 Tagen krank gewesen, itzo scheint's aber, als wolle es wieder gut werden. Merck hat die Blattern im Hause, doch sind sie guter Art; er hat mir wirklich viel Dienst getan und von Anfang an sehr gegen uns betragen.

M. Claudius

An Voss

Darmstadt, d. 1. Octbr. 1776

Mein lieber Voß!

Wir sind nun alle so ziemlich wieder gesund, und nun sind Sie wieder krank. Werdet auch bald wieder gut und macht bald Hochzeit, was könnt Ihr gescheuteres tun.

Von meiner hiesigen Lage weiß ich nicht eigentlich, was ich schreiben soll. Die Gegend ist hier ein Paradies, ich habe auch Essen und Trinken und noch übrig zu Coffe und Taback, aber so sehr am rechten Ort als in Wandsbeck bin ich hier nicht; so gute Luft für meine Brust und so gute Freunde für mein Herz habe ich hier auch nicht und also seht ihr, daß mir manches fehlt ad bene beateque vivendum nach meiner Art; sonst aber kann ich nicht klagen und klage auch nicht, aber ich ginge lieber zurück, und meine Rebecca träumt auch immer von Wandsbeck und Reinfeld und Lübeck und Lütgenburg und Hamburg usw.

Wenn Ihr accord mit Bohn richtig ist und Sie

80 Louisdor jährlich haben, können Sie hier zu Lande ganz bequem mit Weib und Kindern leben, ich denke aber nicht ewig hier zu bleiben.

Wir wohnen in dem ersten Hause am Tor und sehen alles ein- und ausgehen und hören alle 4 bis 5 Stunden die Trommel, die hier gar meisterlich geschlagen, so wie auch meisterl. gepfiffen wird, davon mit mehrerm Doctor Burneys Reisen nachzulesen sind. Wir haben einen großen Saal für Fremde, eine gute Stube für uns, und eine andre, wo der Nachttopf steht, und noch eine für Stina und eine Küche, darin viel gebraten werden kann und wenig gebraten wird, und einen Keller, wo kein Wein darin ist, und einen Holzstall und ein Waschhaus und keinen Garten und keinen Garten, und so hol der Henker den großen Saal und die Stube für uns und die Stube mit dem Nachttopf und die Küche und Keller und Waschhaus. Die Leute lieben hier Frisur und Puder so sehr wie in Hamburg und Lübeck, ich lasse aber doch nur alle Sonntage einstreuen.

Mein lieber Voß, als wir noch in Wandsbeck waren, das war eine Zeit! Aber ich sagte Ihnen damals schon, daß die von nun an nicht wieder käme. Verlassen Sie den alten Professor Tönnies nicht und helfen ihm, so viel Sie können. Ich habe für ihn gesprochen und hoffe, daß es vielleicht von Nutzen sein werde, aber sagen Sie niemandem davon, bis was zu sagen ist. v. Moser ist ein trefflicher, enthusiastischer Mann, der großer Handlungen fähig; mündlich mehr.

Ihre Christiane ist würklich holdselig, aber die Blattern sind hier und können alle Tage auch bei ihr eintreffen. Meine Carolina ist aber auch recht brav, und ich bin fast immer zu Hause und freue mich über und mit lieben Weib und Kindern. Wenn's noch Zeit ist und Sie es haben wollen, ist folgendes zu Befehl.

Anselmuccio

Ist gar ein holder Knabe, er.
Als ob er's Bild der Liebe wär:
Ist klein und zart und weiß und rot,
Hat große Lust an Butterbrot,
Hat blaue Augen, gelbes Haar,
Ist froh und freundlich immerdar,
Hat Arm' und Beine, rund und voll,
Wie man sie immer haben soll. (nach
Und alles, was man haben soll. Belieben)
Nur eines fehlt Dir, lieber Knabe!
Eins nur: daß ich Dich noch nicht habe.

Meine Rebecca grüßt Euch herzlich, ich grüße Euch herzlich, grüßt Eure Ernestine herzlich und lebt wohl, und kurz und gut, wir wären so gerne bei Euch, als Ihr bei uns.

Claudius

Schreibt doch aus Lübeck von Eurer Wirtschaft und sagt nicht jedermann alles, was in diesem Briefe steht.

Ich habe würklich lange nicht gewußt, was ich auf den Brief vom 26. antworten sollte; ich weiß auch noch nicht recht, doch ich will antworten. Der liebe Gott gebe zu glücken, daß ich nicht zuviel noch zu wenig tue. Ich habe freilich meine Situation bei der Landkommission und das Betragen des Herrn Landkammerrats gegen mich, solange ich da bin, sehr sonderbar gefunden, habe aber doch alles für mich behalten und nur starr hingesehen, und ich bin fast volle ¾ Jahr in Darmstadt gewesen, ohne davon noch überhaupt von der Landkommission gegen irgendeinen Menschen ein Wort zu verlieren. Nach diesem Pythagorischen Stillschweigen habe ich endlich geglaubt, den Mund mit Ehren auftun zu können und habe ihn auch würklich gegen 3 bis 4 Leute aufgetan. Mit einem Fremden wüßte ich nicht über die Landkommission gesprochen zu haben, den guten Herrn v. Schrautenbach ausgenommen, und was ich diesem und obengenannten 3–4 Leuten gesagt habe, das habe ich nur blos deswegen niemals öffentlich oder einem Ungekannten gesagt, weil ich davon keinen Nutzen sehe, wohl aber mancherlei Schaden, übrigens ist es einem jeden zu Diensten, denn es ist gar was Böses nicht und ich glaube es. Unter allen, die ich über die Landkommission sprechen höre, habe ich nicht einen getroffen, der sich von der Anstalt an sich selbst und von der Absicht des Präsidenten v. Moser nicht mit aller der Achtung gesprochen hätte, welche die eine und die andre verdienen; aber für den Herrn Direktor haben einige nicht gar so viele Achtung, und ich habe, die Wahrheit zu sagen, noch weniger, und wenn jemand, der so handelt als Herr Eimes in seiner Prozeßsache gegen Herrn Barckhausen gehandelt hat, ein menschenfreundlicher, edler Mann heißen kann, so verstehe ich nichts davon, mag aber dann nicht menschenfreundlich und edel heißen.

Gegen mich hat der Herr Landkammerrat Eimes von Anfang an gehandelt, als wenn ich ein Narr oder er einer wäre, und wenn man dazu mit Frau und Kindern hergekommen ist, so wäre man doch wohl einigermaßen berechtigt, etwas unwillig zu tun, ehe man wieder abmarschiert, aber es mag gut sein und ich habe itzo fast alles schon vergessen und ihn selbst dazu.

Die Landzeitung findet, wie ich höre, überall Beifall, und es ist mir darum lieb, damit ich Ew. Excellence Gnade für mich vor hiesigem publico wenigstens durch etwas gerechtfertigt habe, und ich gehe mit einem Verdruß weniger zurück. Denn engagieren kann ich mich zum Landzeitungsschreiber nicht. Ich bin hergekommen, nicht ehrlich und schön zu schreiben, sondern ehrlich und schön zu handeln. Das kann ich, mein lieber Präsident, und ich hatte gehofft, daß ich dazu bei der Landkommission oder sonst Gelegenheit haben würde. Die Hauptsache aber wissen Ew. Excellence schon, warum ich genötigt bin, wieder heimzugehen, und wenn ein Schreiber der Landzeitung in den ersten 6 Wochen gefunden werden kann, so wäre mir's um deswillen lieber, weil meine Frau bald in die Wochen kommen soll und ich sie, wenn ich nach 6 Wochen abreisen könnte, noch wohl mit heiler Haut heimbrächte. Ein gewisser junger Advokat Hoffmann möchte vielleicht zu gebrauchen sein. Zuletzt und wenn ich vielleicht die Gnade nicht mehr haben könnte, Ew. Exc. zu sehen, statte ich für Ew. Excellence vielfältige unverdiente Güte nochmals aufrichtigen Dank ab und wünsche Ew. Exc. allen Gottes Segen. Ich habe das Gute und die Wahrheit mit einfältigem Herzen lieb und verstehe keinen Kurzweil in der Sache, und ob ich bei meiner Denkart zwar allen menschlichen Beifall ohne sonderliche Inkommodität entbehren kann, so wünsche ich doch, daß Ew. Excellence mir Dero Gnade und Freundschaft erhalten wollten. Bei mir soll, (so) gleichgültig es Ew. Excellence sein kann, alte Liebe nicht rosten.

Ew. Excellence untertäniger Diener
Matthias Claudius

An Herder

Weil Sie mich so ernstlich gebeten habt (!), ich sollte nicht wie ein Genie zu Werk gehen, so habe ich mein Jahr hier ausgehalten. Wenn aber mein Bauermädchen ihre Wochen gehalten hat, so ziehe ich wieder ab nach Wandsbeck, vielleicht noch vorher, in 6 oder 8 Wochen. Die Hauptsache ist unsere Gesundheit, von den Nebenursachen mündlich einmal mehr. Ich tue Euch dies vermelden mit einem sonderlichen Mut.

Ihr wärt nicht so lange geblieben.

Grüße Frau Herder. Lebt wohl.

Addies et. cet.

An Herder

Darmstadt, d. 18. März 1777

Ich habe eine Pleuresie gehabt und bin soeben entronnen, Gott sei Dank. Wenn ich und meine gute Rebecca uns darnach befinden, so gehen wir Ausgang April von hier ab in meinem Wagen, den ich noch konserviert habe, vielleicht über Wolfenbüttel, wie ich Lessing, der hier nämlich nach und von Mannheim durchgegangen ist, versprochen habe, sonst grade nach Wandsbeck.

Reisegeld – ich glaube, sie geben mir hier noch etwas, und wenn sie's nicht tun, so habe ich einen Freund, der's mir nicht versagt.

Was in Wandsbeck anfangen? Übersetzen, Fortsetzung vom Asmus herausgeben und: Befiehl Du Deiner Wege pp.

Itzo bin ich schon wieder mit außer dem

Bette, kann aber noch nicht sicher Strich halten, sondern bin so wie ein Gelehrter.

Grüßt Frau Herder, und Gott bewahre Euch vor der Pleuresie. Grüßt auch den Oncle Sigmund.

Matthias Claudius

Ich danke Ihnen, liebste Schwester, für Ihren Brief und für all das Gute, das Sie mir darin geschrieben haben. Mein Mann ist, Gott Lob und Dank, außer Gefahr, und mir ist das Herz schon ein Teil leichter, als es vor 8 Tagen war. Ich und meine Kinder sind gesund. Ihre Frau Schwester hier, die noch alle Tage meine Schwester ist, befindet sich mit den Ihrigen wohl. Behalten Sie mich lieb, ich habe Sie herzlich lieb und bin Ihre

A. R. Claudius

In großer Eile, weil es Zeit auf die Post ist.

An Hamann

Darmstadt, d. 15. April 1777

Heute halten wir Auktion, und morgen fahren wir nach Wandsbeck.

Den 16. April. Die Auktion hat 50 Fl. rendiert. Wir fahren aber morgen noch nicht. Ihre Gevatterin ist unpäßlich geworden.

Den 21. Heute um 1 Uhr sind wir abgefahren, ich saß rechter Hand in der Kutsche, Rebecca linker Hand, ihr gegenüber eine Magd aus Schweden, die wir aus Wandsbeck mit nach Darmstadt gebracht hatten, mit Ihrer Gevatterin und mir gegenüber Caroline, und alle Nachbarn und Gefreundeten kuckten aus den Fenstern und bedauerten, daß sie die Ehre nicht länger haben könnten, den Herrn Oberlandescommissarius bei sich zu haben. Wir bleiben heut Nacht in Frankfurt im ersten Hause, welches das größte und schönste und bequemste Wirtshaus in ganz Europa ist, es hat 96 Zimmer, großen geräumigen Platz und Garten und ist sehr wohlfeil darin.

Den 22. Heute bleiben wir in Gießen. Herrn Professor Cartheuser besucht und bei Herrn Professor Höpfner zu Abend gegessen. Die Frau Professorin ist artig.

23. Die Gegend von Gießen nach Marburg ist gar schön. Diese Nacht wird durchgefahren, ist heller Mondschein.

24. Morgens 9 Uhr in Cassel, wird gleich nach Winterkasten hinausgekutscht, den Garten, die mächtigen Cascaden am Abhang und den ungeheuren Herkules oben auf der Spitze des Berges in Augenschein zu nehmen. Lieb Weibel konnte nicht so viele hundert Treppen den Berg hinansteigen, sind als beim höllischen Gericht, eine Grotte mit mythologischen Figuren und gelblichen Glastüren, die einen sonderbaren Effekt nach innen und außen machen, wieder umgekehrt.

25. adieu Cassel bons dies, Hannöverisch

Johann Georg Hamann, 1730–1788

Minden und die schöne, schöne Gegend umher, abends in Göttingen. Hier einen Tag übergelegen, einen Professor und viele Studenten gesehen und gesprochen.

27. in Eimbeck geschlafen und Eiermilch und Schmorling gegessen bei einer vorzüglichen Wirtsfrau, die ihr Pfeifgen Toback rauchte.

d. 28. in Hannover wieder einen Tag übergelegen, Herrn Zimmermann, Boie, Wehrs gesehen, bei Herrn v. Döhring gegessen, der eine sehr liebenswürdige Frau hat.

Nb. immer viel mit Wagenmeister und Postillon geschnackt, die samt und sonders ungestaltete Gesellen und Kerls sind.

30. in Celle geschlafen und über die Heide nachgedacht, die hinter und vor uns war.

d. 1. Mai in Lüneburg in ein elendes Wirtshaus geraten und vom Herrn Wagenmeister, der zu vornehm war, selbst zu schmieren, um 4 gr. betrogen worden. Den 3ten (wo der eine Tag hingekommen ist, weiß ich nicht) auf der Hoop an der Elbe angekommen und die Nacht herrlich geschlafen, des Morgens um 4 Uhr an der Elbe promeniert, Hamburg angesehen und gefrohlockt.

d. 4. gegen Mittags 1 Uhr über die Elbe gangen und nach einer lustigen Fahrt durch die Vierlande um 5 Uhr den langen Turm in Wandsbeck zu Gesicht, um 6 mit Leib und Seel und Kutsch und Pferden glücklich in Wandsbeck angekommen, zum Erstaunen aller Einwohner, die den Herrn Oberlandescommissarius mit dem Schnapsack auf dem Rücken erwarteten, weil er sich in Darmstadt so schlecht aufgeführt, daß er nicht bleiben können.

Und nun, Gott sei herzlich Dank, daß wir hier sind!!! Wandsbeck, d. 5.–30. Mai im Walde promeniert, Bett und Tisch und Stuhl und Teller und Salz gekauft und Stuben ausgekehrt und Garten umgekehrt etc. etc.

Wir haben dasselbe kleine Häusgen wieder, aus dem wir d. 30. März 1776 nach Darmstadt ausgezogen sind. Ich wollte es am liebsten haben, und es traf dann so, daß es gerade feil war.

Den 1. Juni völlig eingerichtet bis auf Vorhänge und eine Bettstelle, darin Freund Hamann schlafen soll, wenn er, will's Gott, sein Magazin verlassen wird. Nachmittags um 3 Uhr einen unerwarteten Besuch von meiner Mutter erhalten, die sich über die gute Einrichtung des Herrn Sohns und seinen Tisch und Stuhl und Teller und Salz nicht genug wundern konnte und ihm 20 M. brachte.

Den 3. brachten ich und Rebecca die Mutter wieder zu Wagen und fuhren 1½ Meilen mit ihr und stöhnten brav auf der Rückreise und den ganzen Tag und die ganze Nacht und den folgenden Morgen, und um 3½ war's Kind da, das ein Junge sein sollte, aber ein Mädchen ist, wenigstens menschlichen Ansehens nach.

Den 6. Tauftag. Nach vielen Streiten und Debattieren waren endlich die Gevattern, Frau Doktorin Mumsen, Frau Capitän v. Schönemarck und Herr Licentiat Bokelmann; und wir andern standen umher als ein corps de reserve. Nach dem Akte ward Coffee und Toback gegeben und im Garten geraucht und getrunken, weiter kam Konfekt 1 Pfund, wuensche Äpfel 1 Dutzend, Rheinwein 4 Boteillen, und ward fleißig umpräsentiert und getrunken, und lieb Weibel lachte aus dem Bette drein wie ein Engel.

Den 7.–10. sollte immer nach Königsberg

geschrieben werden und ward nicht geschrieben. Das Befinden mit Mutter und Mädchen übrigens ungemein wohl. Den 17. ward endlich geschrieben, es ist aber so warm, daß mir der Schweiß wie Tautropfen auf der Nase steht.

Der Kapellmeister Reichard ist seit 14 Tagen in Hamburg und bleibt noch 14 Tage da. Seine Frau ist sehr schwächlich und mit Krampf und Gicht beladen und daher etwas pipig, sonst aber ein sehr natürliches, gutes Ding, das auch brav singen kann. Von Kaufmann weiß ich nichts weiter, als daß er mal nach Darmstadt kam und allerhand närrisches Zeug tat und sagte und dann wieder von Darmstadt abging, und zwar einmal zu Pferde, wie er gekommen war, und das andermal in einer Kutsche, die ihm der Herzog von Weimar geschenkt hatte.

Sie wollten mir noch Collecteurs nennen, warum tun Sie das nicht?

Ihre Gevatterin, die in Darmstadt sterben wollte, ist itz gar frisch und freundlich, läßt Sie grüßen, sowie ihre Mutter und ihr Vater auch tausendmal. Grüßt's Pätchen.

Matthias Claudius

Das Kind heißt Anna Friederica Petrina. Denkt nur um des Himmels willen, die eine Frau Gevatterin hieß Prina – was war zu machen? Prina konnte mein Kind doch nicht getauft werden. Wir dachten also in corpore dem Dinge nach, und Doktor Mumsen, sonst auch Oncle Toby genannt, brachte endlich heraus, daß Prina kontrakt und korrupt sei und eigentlich Petrina heißen sollte, und so kam ich aus der Not und mein Kind auch.

Hinz hat 4 Dukaten ans Intelligenz-Comtoir von Ihretwegen bezahlt, und das Intelligenzcomtoir hat sie an das Adreßcomtoir in Hamburg traktiert, und so sind die richtig an mich gekommen. Dank dafür, weil Ihr's nicht anders wollt. Herder hat die Gelbsucht gehabt, ist aber wieder hergestellt. Ihr habt wohl Recht, daß es besser sei, bei gesunden Tagen an die Frau zu denken als auf dem Todbette, aber der Vorwurf trifft mich nicht, Freund Hamann, es ist meine Schuld gar nicht, daß ich sie noch in keine Witwenkasse eingekauft habe, sonst wäre ich gar nicht gar ungeneigt dazu. Schönborn, den Ihr vielleicht kennt, wenigstens kennen müsset, denn er ist ein feiner Kerl, geht von Algier, wo er bisher dänischer Konsulatssekretär gewesen ist, als Legationssekretär nach London und wird vermutlich über Wandsbeck gehen. –

Rebecca grüßt Euch noch einmal. Sie sitzt schon wieder neben mir. Sagt Kaufmann doch, wenn er zurückkommt, daß er auch über Wandsbeck gehe, und kommt mit. –

An Katharina Gräfin Stolberg

29. 8. 1780

Jacobi ist 3 Wochen hier gewesen, und ich kann das Gute, das Ihr Herr Bruder Ihnen von ihm geschrieben, mit gutem Gewissen bestätigen. Ich muß Ihrem Verlangen ein Genüge tun und noch etwas von ihm singen und sagen, sonst wäre es besser, daß Sie ihn selbst gesehen hätten. Er ist lebhaft und klug, kann zwar gute Einfälle haben, ist dagegen in Handel und Wandel und Geldangelegenheiten ein gar ungeschickter Mensch, daher denn auch seine Schwester, die überhaupt sehr liebenswürdig, doch nur nicht schön ist, seiner Ingnoranz und Tölpelei zu Hülfe kommt und in diesem Fach das Kommando führt. Einige Leser haben gemeint, er sei kalt; er ist aber nicht kalt, sondern er treibt, was ihm behagt, mit aller Gewalt und bekümmert sich dann um alles übrige ganz und gar nicht. Das sieht dann so aus, als wäre er nicht zu Hause, und er ist dann auch wirklich für das andre nicht zu Hause und kann u.a. gar gröblich gegen die Etikette und den Wohlstand unter Menschen verstoßen, doch macht er's auch gern wieder gut, wenn man's ihm vernünftig vorstellt. Bei dem allen ist er sehr lang, und das Hamburger Frauenzimmer hält ihn für eine der schönsten Mannspersonen.

An Gleim

Es ist mir auch Ihretwegen leid, daß Lessing gestorben ist, aber wegen eines Grabgesangs kann ich nichts zusagen. Ich kann über Lessing nicht anders sprechen, als ich vor dem Kaiser von Japan über ihn gesprochen habe, das ist, für und wider ihn zugleich, und ich weiß nicht, ob mir das in einem Grabgesang so recht geraten würde.

Nun Gott befohlen, lieber Gleim. Der erhalte Sie gesund und guten Mutes.

Ihr Matthias Claudius

An Herder

Wandsbeck, d. 16ten Mai 1781

Lieber Herder, Gott zum Gruß!

Diesen Morgen um 4 Uhr ging Frau Rebecca an ihre Arbeit, und um 5 Uhr war alles lange vorbei, und wir hatten – Gott sei Dank! – wieder ein großes dickes Mädchen. Das sind derer nun 5, und nach den Anzeigen der Kunst und dem Winken ab ilice wird's das nächste wohl wieder ein Mädchen, das wären derer denn 6. Nun, Gott sei gelobet! Mir ist's recht leicht nun. Die arme Frau Rebecca hat die letzten Wochen viel gelitten, das Kind konnte keinen Platz mehr in ihrem Leibe finden und bewegte sich so gewaltsam. Itzo liegt sie im Bette wie eine Braut und grüßt Euch freundlich und wünscht Euch auch Erlösung.

Unsere alten Kinder haben von dem kalten Nordwinde das Fieber 4 Wochen gehabt, sind aber itzo bis auf eins wieder hergestellt und wieder recht wohl. Frau Carolina hat uns durch den Jäger Nachrichten aus Darmstadt versprochen, sind aber keine gekommen.

Wir grüßen Euch herzlich und laden Euch ein auf alles, was wir haben. Macht doch diesen Sommer Ernst, an Euch ist ja die Reihe, sonst kommen wir wieder. Lebt wohl und Gott sei mit Euch. M. C.

An Herder

Ich wollte Euch nicht eher schreiben als mit dem neuen Büchel, muß aber doch Gewissens halber melden, daß Frau Rebecca den 8ten morgens um 6 Uhr nach einer sehr sauren Nacht, Gott sei Dank, glücklich von einem jungen Sohn, der sehr groß ist, entbunden worden und sich bis dato zu unserer aller Freude ziemlich wohl befindet. Seid fröhlich mit uns Fröhlichen! Das Gebären ist ein gefährlich Stück Arbeit, und ich bedaure die armen Weiber von Herzen.

Gott sei mit Euch allen, mit dem Büchel schreib ich mehr. M. C.

Fr. Rebecca grüßt herzlich und viel von ihrem Bette.

An Frau Rebecca

Breslau, 8. Sept. 1784

Ich bin gestern morgen um 8 Uhr gesund und wohl hier angekommen, mein liebes Herzel, und fehlt mir nichts, als daß mir gestern die Beine über die Knöchel vom langen Sitzen etwas angeschwollen waren, ist aber heute fast ganz wieder besser.

Am Sonntagmorgen frühe kamen wir an die Grenze von Schlesien und haben in dem ersten schlesischen Dorfe gefrühstückt. In Neustädtel fragte ich, ob B. Kottwitz auf Tschepplau sei, und der Mann wußte es nicht; ich wäre auch doch vorbeigesegelt. Ich bin auch durch einen herrenhutschen Ort Neusalz gekommen, wo, wie ich höre, Kaufmann itzt lebt, ich habe ihn aber nicht gesehen.

Sobald ich hier ankam, ging ich zu Löwe, der sich samt Buerde gewaltig wunderte; gesprochen habe ich schon mit Löwe, weiß aber noch nicht ganz, was werden wird. Doch das sollst Du erfahren, wenn ich zurückkomme, sowie ich alle Beschreibungen von dem und jenem bis auf die langen dunklen November-Abende verspare, wenn Du kein Zeitvertreib hast; dann sollst Du auf meinem Schoß sitzen, und ich will Dir erzählen die Länge und die Breite.

Morgen fahre ich mit dem Oberförster von Wedel nach seinem Gute, das nicht weit von der Stadt liegt, und von da über Scheidelwitz nach

Rogau. Aus Rogau will ich Dir wieder schreiben. Haugwitz ist die vorige Woche mit Frau und Kindern hier gewesen und den Mittwochen erst zurückgereist. Sein zwotes Mädchen soll ein rechter Engel sein.

Und nun, was machst Du, Rebecca? Wir haben Dich gestern abend hergewünscht, bist aber nicht gekommen. Bist Du noch mein liebes Weibel? Und denkst noch an mich? – Grüß Dich herzlich von mir und grüße Caroline und grüße Christiane und grüße Anna und grüße Gustgen und grüße Trinette und grüße Johannes und sei guten Mutes, will ja wieder kommen zu Dir und freue mich darauf recht von Herzen. Das Schwerste ist auch nun überstanden. Denn die Rückreise wird in zwei Abschnitten gemacht, und so ist alle Beschwerlichkeit nur halb, und ich kann in Wahrheit sagen, daß die 73 Meilen mir viel leichter geworden sind, als ich mir vorgestellt hatte. Ich logiere bei Bürde auf der Stube und bin hier recht wohl in der Hoffnung, daß ich bald wieder bei Dir logieren werde, Du mein einziger Engel, meine Frau, meine Rebecca. –

Wernern habe ich in Frankfurt verlassen, oder vielmehr: er hat mich verlassen. Denn er war so gut, solange bei mir zu bleiben, bis die Post abging. Wie ich ihn immer gern hab leiden mögen, so hat er mir auch auf dieser Reise wohl gefallen. Sein Cottbus habe ich auch von ferne gesehen; es scheint angenehm zu liegen. Er wird von Frankfurt aus geschrieben haben. Ich wollte

Dir noch von Neustädtel zwei Worte schreiben, aber die Leute waren dort alle zu Bette, und so mußte ich die Post nach Hamburg vorbeireiten lassen, ohne ihr etwas an Dich mitzugeben. In Schlesien haben sie keine Teekessel, sondern kochen das Teewasser in kleinen steinernen Krucken, welches närrisch aussieht. Sollte mir noch ein Teekessel aufstoßen, werde ich nicht ermangeln, Dir davon zu berichten. Sind die Blattern noch nicht zu Euch gekommen? Ich will Dir die Last zwar gern tragen helfen; aber doch wenn sie kommen, wollte ich mich nicht betrüben, dünkte mich. Nun ich küsse und umarme und drücke Dich fest an mein Herz, Rebecca. Gott sei mit Dir. Das Wetter ist wunderschön gewesen, und ich kann nicht genug sagen, was der Mond uns für Dienste getan hat. Gestern abend sind wir vor dem Tor in einem artigen Garten gewesen mit Weinalleen, da waren auch viele fein dams und demoiselles, aber Du warst nicht unter ihnen.

Nun lebe wohl, leb wohl und spendiere den lieben Mädchen von meinetwegen einen Coffee, adüs, lieb süß Herzel.

Dein M.

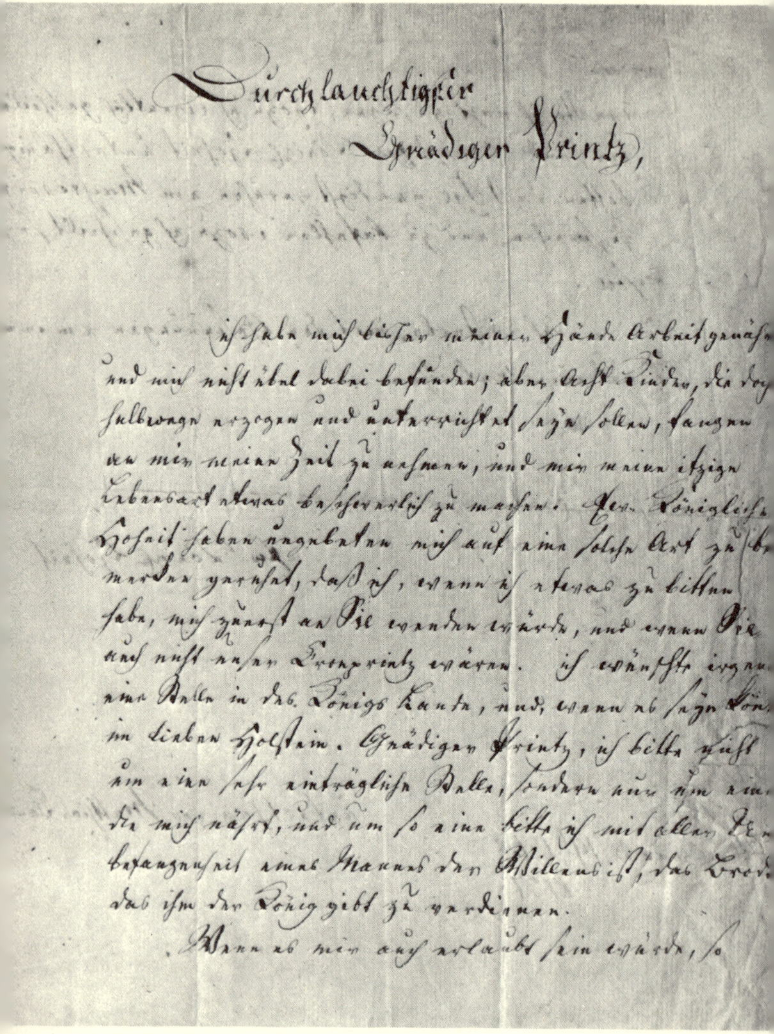

Durchlauchtigster
Gnädiger Printz,

ich habe mich bisher meiner Hände Arbeit genährt und mich nicht übel dabei befunden; aber acht Kinder, die doch halbwege erzogen und unterrichtet seyn sollen, fangen an mir meine Zeit zu nehmen, und mir meine itzige Erwerbart etwas beschwerlich zu machen. Ew. Königliche Hoheit haben ungebeten mich auf eine solche Art zu bemerken geruhet, daß ich, wann ich etwas zu bitten habe, mich zuerst an Sie wenden würde, und wenn Sie auch nicht unser Kronprintz wären. ich wünschte irgend eine Stelle in des Königs Lande, und, wenn es seyn könnte, im lieben Holstein. Gnädiger Printz, ich bitte nicht um eine sehr einträgliche Stelle, sondern nur um eine, die mich nährt, und um so eine bitte ich mit aller Unbefangenheit eines Mannes der willens ist, das Brod, das ihm der König gibt zu verdienen.

Wann es mir auch erlaubt seyn würde, so

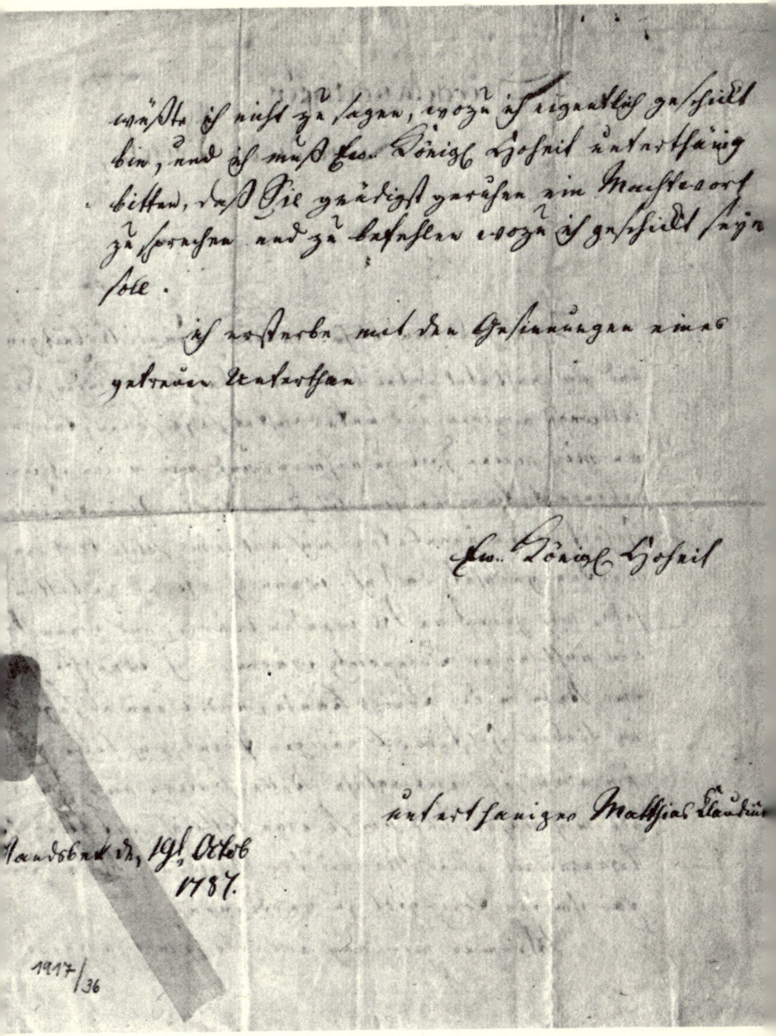
wüßte ich nicht zu sagen, wozu ich eigentlich geschickt
bin, und ich muß Ew. Königl. Hoheit unterthänig
bitten, daß Sie gnädigst geruhen ein Machtwort
zu sprechen und zu befehlen wozu ich geschickt seyn
solle.

ich ersterbe mit den Gesinnungen eines
getreuen Unterthan

Ew. Königl. Hoheit

unterthäniger Matthias Claudius

Wandsbek d. 19t. Octob
1787.

An den Kronprinzen

(späteren König Friedrich VI. von Dänemark)
Wandsbeck, den 19ten Oktob. 1787

Durchlauchtigster
Gnädiger Prinz,

ich habe mich bisher meiner Hände Arbeit genährt und mich nicht übel dabei befunden; aber acht Kinder, die doch halbwegs erzogen und unterrichtet sein wollen, fangen an, mir meine Zeit zu nehmen und mir meine itzige Lebensart etwas beschwerlich zu machen. Ew. Königliche Hoheit haben ungebeten mich auf eine solche Art zu bemerken geruhet, daß ich, wenn ich etwas zu bitten habe, mich zuerst an Sie wenden würde, und wenn Sie auch nicht unser Kronprinz wären. Ich wünschte irgend eine Stelle in des Königs Lande, und wenn es sein könnte, im lieben Holstein. Gnädiger Prinz, ich bitte nicht um eine sehr einträgliche Stelle, sondern nur um eine, die mich nährt, und um so eine bitte ich mit aller Unbefangenheit eines Mannes, der Willens ist, das Brot, das ihm der König gibt, zu verdienen.

Wenn es mir auch erlaubt sein würde, so wüßte ich nicht zu sagen, wozu ich eigentlich geschickt bin, und ich muß Ew. Königl. Hoheit untertänig bitten, daß Sie gnädigst geruhen, ein Machtwort zu sprechen und zu befehlen, wozu ich geschickt sein soll.

Ich ersterbe mit den Gesinnungen eines getreuen Untertan

Ew. Königl. Hoheit
untertäniger Matthias Claudius

An Frau Rebecca

Sonntagabend

Liebe Rebecca

Ich komme eben von einem schönen Gut zu Hause, das Bosee heißt und das ich kaufen will. Mein schönstes Gut habe ich schon, aber das Bosee wird doch kein übler Zierrat und Quast sein. Gerade gegen Bosee über liegt Jacobis Gut und heißt Westensee. Er hat aber wenig Holz, der arme Schelm, und wenn Du willst, sollen ihm jährl. 10 Fladen hinübergeschickt werden. Die Tante Lotte ist gestern eine Migräne gewesen, und die Tante Lene hat seit unserer Abreise an ihrem Flußfieber zu tun gehabt, so daß ich und Fritz haben allein genießen müssen, auch Angst mit, daß die Lene hier möchte liegen bleiben usw.

Morgen abend gehen wir nach Kiel und übermorgen nach Eutin, da, denke ich, bleiben wir den Mittwochen, und ich glaube auch den Donnerstag, so daß wir den Freitag erst bei Dir sein werden. Doch ist es nicht unmöglich den Donnerstag, aber ich glaube es nicht.

Leb wohl, Du meine liebe Seelen gold, Rebecca, ich bleibe Dir, was ich von Anfang war, als ich Kundschaft von Dir erhielt. Die arme, kranke Gräfin Julie grüßt freundlich wieder. Sie hat mich recht gedemütigt und erhoben. Ich hielt mich so still an meinem Geburtstag wie eine Maus, und siehe da, wider mein und aller Menschen Vermutung brach Sonnabend der Damm durch und Aufsätze und Musik, Gedichte, Prozessions von Manns- und Weibsleuten, Kränze und Tanz stürzten über mich armen Sünder. Es war alles charmant, nur Du hättest hier sein müssen, daß Du mir hättest helfen können, mich zu schämen. –

Addies, ich liebe Dich, Rebecca. M. C.

An Gleim

Wandsbeck, d. 28. Xbr. 92

Lieber Herr Canonicus,

wir haben Ihren schönen Hirschbraten erhalten und auf Ihre Gesundheit verzehrt, und wir danken Ihnen für Ihr Andenken viel freundlich. Frau Rebecca läßt Ihnen sagen, daß sie vor c.½ Jahr wieder einen frischen gesunden Knaben zur Welt gebracht hat, so daß außer ihr 3 Knaben und 6 Mädchen sind ohne Vater und Mutter, die, trotz der betrübten kriegerischen Zeiten und dem entsetzlichen stürmischen Wetter – Gottlob! –, alle ziemlich wohlauf und gesund leben und weben.

Daß Sie noch immer gesund und frisch sind und Ihren Freunden noch immer ein Büchlein nach dem andern schicken und schenken, ist uns zwar sehr lieb, wir werden es Ihnen aber schwerlich nachmachen. Sie sind im Alter noch jung, und wir werden in unserer Jugend schon alt; und wie Sie vor unsereinem schon ein berühmter Schriftsteller gewesen sind, so werden (Sie) nach unsereinem noch einer bleiben, und das müssen wir uns gefallen lassen und tun es auch gerne.

Einen großen gewaltigen Titel, wie Sie meinen, habe ich gar nicht. Ich heiße nichts mehr als ich bin, das ist Revisor bei der K. Species-Bank in Altona, wohne aber immer noch hier in Wandsbeck, da die Revisorgeschäfte nur quartaliter und jährlich einmal für allemal abzumachen sind. Lebt mein Pate noch? Grüßen Sie ihn doch, samt Vater und Mutter. Grüßen Sie auch Ihre Tante und Kusine und leben Sie wohl, und Gott sei mit Ihnen und gebe Ihnen ein fröhliches neues Jahr.

Ihr Claudius

An die Tochter Anna

Pyrmont, den 26. August 1793

Liebe Anna,

nachdem Mama vorigen Posttag an Christiane geschrieben hat, kommt nun die Reihe an Dich. Wir hatten vorigen Posttag keinen Brief von Euch, das Eure Schuld wohl nicht ist, da die Posten die Briefe so unregelmäßig bringen. Zweimal haben wir bis itzo nur noch Briefe von Euch. Es ist besser, daß Ihr die Briefe auf die Hannoversche Post an der hohen Brücke gebt; welche Tage? könnt Ihr im Kalender sehen. Die Post, die grade auf Hannover geht, bringt die Briefe am schnellsten hierher.

Mir gedeiht der Brunnen Gottlob ziemlich gut; Mama hat erst seit 3 Tagen angefangen, und von ihr läßt sich noch nicht viel sagen. Morgen wird sie auch baden. Gott gebe, daß es Ihr wohl tue. Gestern abend haben wir wieder eine Promenade um den schönen Königsplatz gemacht und haben an den schönsten Stellen Euch herzlich hergewünscht. Ihr würdet große Augen gemacht haben, denn es ist sehr schön, in die Täler hinabzusehen und in die Berge umher. Wir hatten uns so müde gegangen, daß wir den Abend zu Hause blieben und Feuerwerk Feuerwerk und Ball Ball sein ließen und lieber zu Bette gingen. Heute haben wir die sogenannte Erdfalle besehen, das sind drei große Vertiefungen, wo die Erde eingesunken ist und in der

Tiefe Wasser steht. Mama, die in ihren Journalen alles treu vermerkt, wird Euch, wenn wir wiederkommen, alles umständlich erzählen. Vorgestern haben wir eine Glashütte und ein Kloster besehen. So viel auch hier zu besehen ist, so verlangt doch die Mama und mich von Herzen zu Hause. Ein Drittel der Zeit ist Gottlob vorbei, die zwei Drittel werden ja auch alle werden. Wie geht es mit Johannes seinem Violoncello und mit dem Latein? Mama hat dieser Tage Zwirn-Strümpfe für Euch 4 Großen gekauft und will nun noch für die Kleinen kaufen. Grüß mir den Fritz und Ernst und sorgt für sie, auch grüße Rebecca und Trinette und Gustgen und Christiane und Caroline und meinen Hans, und sei Du freundlich mit ihnen, und Gott gebe, daß wir Euch alle gesund und wohl wiederfinden. Wenn das Heu gemäht wird, soll die Dreyersch und Lisbeth heuen, und Ihr sollt nicht heuen. Die Menschen kann ich bis itzo nicht sagen, aber die Fliegen scheinen hier klüger als bei uns; sie setzen sich grade ins Gesicht und fast immer auf die Nase und, wenn man eine Hand rührt, sie zu fangen, sind sie fort, fliegen auch oft wieder aus der Hand, wenn man eine ertappt hat.

An das Söhnlein Fritz

d. 7. Sept.

Lieber Fritz,

vorige Woche ist in Hannover Markt gewesen, und ich habe Hr. Wehrs gebeten, daß er auf diesem Markte eine schöne Peitsche für meinen Fritz kaufte. Morgen abend werden wir sehen, was er gekauft hat, und Mittwoch abend sollst Du es sehen. Bis so lange mußt Du Dich mit der alten behelfen. Hier sind die Knaben so dumm und haben gar keine Peitschen, reiten auch gar nicht, sondern gehen immer zu Fuß. Addies, lieber Fritz, und Donnerstagmorgen mußt Du so gut sein, in unser Bett zu kommen und eine halbe Stunde in meinem Arm zu liegen.

Addies Dein M. C.

An die Kinder

Lüneburg, d. 1. August

Liebe Kinder,

ich war heute wie im Schlaf, als wir Euch verließen, und ich wachte auch nicht (eher) auf, als wie in Neugamme nach 2 Tassen Tee.

Mama und ich grüßen und küssen Euch noch einmal. Ihr seid unser Reichtum und unsere Freude. –

100 Schritte von Wandsbeck ward das Pferd rechter Hand kollericht, und wir wären bald

wieder eingekehrt. Es gewöhnte sich aber nach und nach an den kleinen Wagen. 20 Schritte weiter war der Schwengel ab, der nicht angebunden war, und wir stiegen zum erstenmal aus. Klock 11 in Bubberg, wo der Herrenmeister wohnt, Klock 13 in Bergedorf. Klock 2 Neugamme und ward Tee getrunken. Klock 3 auf dem Zollenspieker, und eben war das Fähr vom Lande gestoßen, daher wir anderthalb Stunden warten mußten, und gegen 4 Uhr kamen wir erst wieder zum Fahren. Der Postillion, der uns fahren sollte, sah aus wie ein versoffener Hund und Spitzbube, und uns wurde halb bange. Dazu hatte er 4 Pferde, davon eines den Krampf am rechten Vorderfuß hatte, so daß der Huf immer aufwärts gekehrt und der Kopf bei jedem Schritt fast die Erde berührte, das andere 100 Jahre alt und das dritte blind war, das vierte war gesund und vernünftig. In Mühlen spannte er das krampfbeladene und 100-jährige ab und fuhr uns mit dem blinden und gesunden weiter. Und von nun an verstand er sich ganz anders. Die Versoffenheit verlor sich und die Spitzbubenheit auch, und er wurde ein gescheiter und guter Flegel und fuhr ganz excellent, so daß wir bald nach 8 Uhr glückl. hier in Lüneburg ankamen. Wir logieren 2 hohe Treppen hoch, und Mama war von der Luft beim Fahren so im Kopf beschwert, daß sie, als wir die 2 Treppen heraufgestiegen waren, fast ohnmächtig ins Zimmer fiel. Indes erholte sie sich Gottlob! bald wieder, und wir aßen abends und wollen itzo eben zu Bett gehen, damit wir morgen früh nach 4 Uhr zum Weiterreisen parat sein können.

Mama grüßt Euch alle nach der Reihe herzlich und ich desgleichen. Caroline, Mama hat 12 Pfund Johannisbeeren zum Einkochen bei der Heitmann bestellt, wenn unser dummer Streich gelingt, so koche 24 Pfund ein und 12 Pfund Kirschen. Nun gute Nacht Ihr Alle mit Namen, grüßt Euch Alle von uns.

Ich habe Gottes Engel über Euch herbei gebeten, verjagt den nicht selbst.

adde C. C. A. A. T. H. R. F. Ätsch

An Miller

Wandsbeck, d. 15. März 1797

Lieber Miller,

großen Dank für Ihren Brief. Freilich direkte haben wir von Ihnen lange nichts, doch ab und zu hat uns manichmal dieser oder jener, den wir gefragt haben, gesagt, daß Sie noch leben und wohlauf und vergnügt wären, und damit haben wir uns abfinden lassen müssen. Daß Sie hier nicht gar vergessen sind, kann ich übrigens versichern und hat uns unter anderm Ihre Silhouette an Sie erinnert, wenn auch sonst nichts erinnert hätte. Vorigen Herbst sonderlich haben wir oft an Sie und an alle Schwaben gedacht und uns geschämt, daß wir hier so in Ruhe und Frieden sitzen. Ich wollte wohl, daß Sie den »einen einzigen Abend lang« Ihr Herz ausschütten könnten, über den 2ten und 3ten Abend wollten wir wohl zu Recht kommen, und ich hätte wohl etwas dagegen auszuschütten, das sich in einen Brief nicht wohl schütten läßt. Klopstock lebt noch und ist noch sehr heiter und munter. Er ist von seiner vorigen Meinung sehr zurückgekommen. Er soll noch diese Woche Ihren Gruß haben. Voß ist vor 5–6 Wochen schlecht krank gewesen, 8 Tage lang ohne alle Hoffnung, nun aber wieder genesen. Es tut mir leid, daß ich in allen Stücken seiner Meinung nicht sein kann, weil dergleichen doch, wenn nicht kalt macht, doch der alten Wärme schadet und es höchst unangenehm ist, in Freundschaft rückwärts zu gehen. Ich plauderte noch gerne etwas länger mit Ihnen, aber ich feiere heute meine silberne Hochzeit, und da gibt es allerhand zu tun. Meine Frau Rebecca ist von den vielen Kindern schwach und brüchig geworden, sonst aber noch die alte liebenswürdige Rebecca. Sie grüßt Sie und Ihre Frau herzlich, und Ihr sollt einmal herkommen. Wir haben vorigen Sommer eine Tochter von 20 Jahren verloren und können diesen Verlust noch nicht verschmerzen. Sie war uns sehr lieb und wir freuen uns darauf, sie wiederzusehen.

Sobald ein Reisender durchgeht, sollen Sie den 6. Teil haben. Es ist des Portos auf der Post nicht wert.

In der Erbschaftsangelegenheit erfolgen hiebei die Scheine vom Prediger und eine Vollmacht an den Herrn Mülberger, dem Sie unseren Dank bestmöglichst bringen werden. Man kann nicht weiter als bis Frankfurt frankieren, und Sie lassen sich die Ausgaben von da bis Ulm von der Erbschaft wiedergeben. Nun danke ich Ihnen noch einmal, lieber Miller. Leben Sie wohl und grüßen sich und die Ihrigen vielmal.

Gott sei mit Ihnen und bewahre Sie und Ihr Vaterland vor neuen Kriegszügen und Unglauben.

M. Claudius

Noch einmal freundliche Grüße

An Perthes

14. Mai 1797

Lieber Herr Perthes,

es ist uns angenehm, daß Sie glücklich und wohl angekommen sind und sich wohlauf befinden und an uns denken. Caroline hat Ihre Briefe aus Braunschweig und Leipzig gern erhalten und gelesen und dankt Ihnen verbindlich dafür. Sie würde auch gerne antworten, sie macht sich aber, da der Eltern Einwilligung noch nicht gegeben ist, ein halbes Gewissen daraus, ihrem Herzen freien Lauf zu lassen, und so will sie lieber gar nicht schreiben und die Antwort bis auf Ihre Rückkunft aufheben. Ich kann nicht anders als ihr das sehr gut heißen, und ich denke, es werde Ihnen im Grunde auch nicht unlieb sein, daß sie

Friedrich Perthes, 1772–1843

so strenge und scrupolös in Erfüllung ihrer Pflichten ist und sich um ihretwillen etwas abschlagen kann, was sie gerne täte. Viel Unheil und Unangenehmes in dieser Welt kommt daher, daß man das nicht kann und nicht tut. Sie grüßt Sie übrigens herzlich und wünschet Sie gesund und wohl zurück.

Leben Sie wohl, lieber Herr Perthes, Ihre Sache ist in guten Händen. Frau und Kinder sagen Ihnen einen guten Abend und wünschen eine gute Rückreise.

Gott sei mit Ihnen M. Claudius

Die Jacobis grüßen viel freundlich. Wenn Sie jemand aus Berlin sehen, erkundigen Sie sich doch, wo der Kapellmeister Schulz lebt und lassen es mit einfließen, wenn Sie etwa wiederschreiben, wie eine gewisse Person wünschet.

An Herder

Wandsbeck, den 4. Juli 1797

Liebe Herders!

Unsere Carolina, das Patchen der Frau Carolina, ist mit dem Buchhändler Perthes in Hamburg versprochen und soll bald Hochzeit machen, und das mußtet Ihr doch wissen. Er, der Perthes, ist ein junger, gutmütiger und gewandter Mann, und wir haben, menschlichem Ansehen nach, alles Gute zu erwarten. Sprecht auch Euren Segen dazu.

Meine Frau Rebecca, die Euch herzlich grüßt, ist immer noch brüchig und erschöpft. Ich brächte oder schickte sie gerne dies Jahr wieder nach Pyrmont, wo sie sich voriges Jahr so sichtbarlich erholte, aber es gibt dies Jahr ohnedies genug auszugeben, und ich werde es müssen bleiben lassen.

Für die Büchlein, die Ihr von Zeit zu Zeit geschickt habt, danken wir vielmal; vieles darin und sonderlich im letzten hat uns sehr gefallen, und was in uns nicht paßt, das lassen wir stehen.

Mit Eurem Herkommen sieht es nun wohl

weitläuftig aus. Der Weg wird zwar nicht immer länger, aber man wird älter, und die Reiselust mit vielen andern Lusten vergeht einem mehr und mehr. Indes, wenn der Mercurius dem Wilhelm (Herders Sohn) hold ist und er, wie das nicht selten der Fall ist, Kompagnon eines großen Comtoirs werden sollte, so müßtet Ihr doch eins wagen und einen Hamburger Kaufmann in seiner Herrlichkeit besehen. Sie sind, sonderlich seit den letzten 5–6 Jahren, schier wie die Kaufleute zu Tyrus und Sidon.

Schreibt mir doch ehrlich und gerade heraus, wie es mit Max seinem Examen hergegangen ist. Und so befehle ich Euch Gott. Frau Rebecca grüßt Euch noch einmal herzlich, so die Braut und alle Kinder und ich auch. Lebt wohl und bleibt uns gewogen.

M. Claudius

Von dem Wilhelm kann ich nichts sagen. Wir bitten ihn wohl, aber er kommt nicht. Wir haben ihn nun seit seinem Bruder nicht gesehen.

Ich wollte Euch schon mit dem Landsmann schreiben, aber er kam nicht wieder. Itzo ist noch eine neue Briefursache hinzugekommen.

Liebes, mein allerliebstes Bettchen,

ich wollte Dir gestern abend 11 Uhr, als wir von Herrn Niemeyer zu Hause kamen, auch gute Nacht sagen, aber – hätte ich Dir schreiben können, so hätte ichs nicht gelassen, alles zu versuchen – aber da es doch eine gute Nacht war, die ich Dir ohne Schreiben eben auch wünschte und allerhand dem Schreiben im Wege war, so ließ ichs gut sein, war aber doch noch bis nach 12 außer Bette und sah den schönen Mondschein auf der Elbe an. Es trifft sich gar zu gut, daß die Nächte itzt gerade so helle sind; ich würde sonst mehr um Euch sorgen.

Wir sind recht fleißig, und ich hoffe, daß bis Sonnabend ein gut Stück abgetan sein soll, sind aber auch täglich zehn Stunden, macht in 5½ Tagen 55 Stunden, die wir sonst nur in ca. drei Wochen hatten.

Nun guten Morgen, liebe alte Rebecca, übermorgen, wills Gott, sehe ich Dich wieder. Es ist doch närrisch, da wir am Ende gern beisammen sind, daß wir eine Meile weit auseinander sein müssen und ich in Altona für mich addieren muß und Du in Wandsbeck für Dich Würste machst. Spart nur eine Wurst bis Sonnabend für mich auf. Grüße Gustgen und die Trinette und die Rebecca und den Fritz und den Ernst und den Franz und Dich selbst herzlich und aber herzlich von mir und noch einmal herzlich.

Dein alter Liebhaber M. C.

Wandsbeck, d. 12 Sept. 1799.

Lieber Johannes,

Du hast den Wunsch: deine itzige Laufbahn als Kaufmann wieder aufzugeben, und zum Studieren zurückzukehren. Gegen und bey einer solchen Veränderung ist nun aber manches zu bemerken und zu bedenken, das ich als Vater dir sagen und zu bedenken geben muß.

1) Du weißt, daß es nicht meine Absicht gewesen ist daß Du Kaufmann würdest, sondern es ist dein eigener freier Wille und Entschluß gewesen, den Du nun wieder ändern willst. Ein solches Wanken in seinen Entschließung ist überhaupt sehr bedenklich, und da die Gründe deiner vorigen Entschließung nicht gegründet und fest gewesen seyn müssen; so können die Gründe deiner itzigen es vielleicht auch nicht seyn. und [illegible]

und bestimmen dich vielleicht, ohne daß du es selbst weißt, diese oder jene Unannehmlichkeiten der itzigen Lage, die du in der andern eben wohl und vielleicht zweifach wiederfindest, u.s.w. Auch macht es

2/ eine Art Übelstand vor den Leuten, wenn du, nachdem du einmahl auf eine gute Art das väterliche Hauß verlaßen hast, auf den alten Fleck zurückkehrest.

3/ ich habe dir schon immer gesagt, daß die Kosten deines Studierens mir schwer fallen würden, und dich deswegen oft angefodert dich so zu perfectioniren, daß du auf der Universität, durch Unterricht an andern, dir und mir zu helfen kommen könntest. Diese Schwierigkeiten der Kosten treten itzo wieder ein und zwar stärker als vorher, da du durch das kaufmännische Intermezzo von dem Unterricht-

geben - können weiter entfernt worden bist als
vorher. Und wenn du nun auch ausstudirt hast, so bist
du darum noch nicht geborgen. Auf deinem Zegen-
gange brauchst du von uns, es gar viel nicht, und
kannst, wenn du fortfährst deine Sachen treu
und fleißig zu thun, auf gewisse Weise als ver-
sorgt angesehen werden. Und dies alles ist

4) desto wichtiger auf den Fall, der doch nicht unmög-
lich ist, daß der liebe Gott mich bald von der
Welt nähme.

5) ist die Güte deiner Station ein Grund sie nicht
zu verlassen. Du hast es in allem Betracht
so gut getroffen, wie es wenige treffen,
hast einen sichern braven Principal, gute Leu-
te auf dem Comptoir, freundliche Begegnung
im Hause et cet. et cet.

6) ist die Sache, wenn sie einmahl aufgegeben ist, nicht
zu redressiren. Auch wird es mir

7/ fest steht, Herrn Weiße darüber den Antrag zu thun, da die Sache den Schein der Unverständlichkeit und Undankbarkeit für seine Gutherzigkeit und Freundschaft hat.

Indessen und bey dem allen, wenn du würklich an der Kaufmannschaft keine Freude und nicht ganz Lust und dein Herz etwas besseres und edleres begehrt, und sonderlich wenn du einen ernstlichen Trieb hättest als Theologe gutes in der Welt zu stiften, als dazu itzo die rechte Zeit ist; so will ich dich keineswegs zwingen, sondern gerne die Hände bieten so viel ich kann.

Nun prüfe, überlege und bitte Gott, daß er dich das beste wählen lehre.

Auf allen Fall aber mußt du deines Berufes sicher seyn. ich zweifle gar nicht, daß du den Vorsatz habest, fleißig zu seyn und dich keine Mühe verdrießen zu lassen, aber man kann über die Beharrlichkeit nicht gewiß werden, als durch Probe und Erfahrung. und es ist vernünftig und räthlich, daß du diese Probe machest, ehe du das Gute, das du hast, aus den Händen gibst. Mache also diese Probe an dem Latein, das für itzo ein Hauptstück für dich ist, und versuche dich daran in deinen Freystunden. ich will dir die nöthigen Bücher und Anleitung geben. Dein treuer Vater M. G

An den Sohn Johannes

Wandsbeck, d. 12. Sept. 1799

Lieber Johannes,

Du hast den Wunsch, deine jetzige Laufbahn als Kaufmann aufzugeben und zum Studium zurückzukehren. Gegen und bei einer solchen Veränderung ist nun aber manches zu bemerken und zu bedenken, das ich als Vater Dir sagen und zu bedenken geben muß.

1. Du weißt, daß es nicht meine Absicht gewesen ist, daß Du Kaufmann würdest, sondern es ist Dein eigner freier Wille und Entschluß gewesen, den Du nun wieder ändern willst. Ein solches Wanken in seiner Entschließung ist überhaupt etwas bedenklich und, da die Gründe Deiner vorigen Entschließung nicht gegründet und fest gewesen sein müssen, so können die Gründe Deiner itzigen es vielleicht auch nicht sein, und es veranlassen und bestimmen Dich vielleicht, ohne daß Du es selbst weißt, diese oder jene Unannehmlichkeiten Deiner itzigen Lage, die Du in der anderen wohl und vielleicht zwiefach wiederfindest usw. Auch macht es

2. eine Art Übelstand vor den Leuten, wenn Du, nachdem Du einmal auf gute Art das väterliche Haus verlassen hast, auf den alten Fleck zurückkehrst.

3. Ich habe Dir schon immer gesagt, daß die Kosten Deines Studiums mir schwer fallen würden und Dich deswegen oft aufgefordert, Dich

so zu perfectionieren, daß Du auf der Universität durch Unterricht an andere Dir und mir zu Hilfe kommen könntest. Diese Schwierigkeiten der Kosten treten itzo wieder ein, und zwar stärker als vorher, da Du durch das kaufmännische Intermezzo von dem Unterrichtgeben-Können weiter entfernt worden bist als vorher; und wenn Du nun auch ausstudiert hast, so bist Du darum noch nicht geborgen. Auf Deinem itzigen Gange brauchst Du von uns gar nicht so viel und kannst, wenn Du fortfährst, Deine Sachen treu und fleißig zu tun, auf gewisse Weise als versorgt angesehen werden. Und dies alles ist

4. desto wichtiger auf den Fall, der doch nicht unmöglich ist, daß der liebe Gott mich bald von der Welt nehme.

5. ist die Güte Deiner Station ein Grund, sie nicht zu verlassen. Du hast es in allem Betracht so gut getroffen, wie es wenige treffen, hast einen sicheren, braven Prinzipal, gute Leute auf dem Comtoir, freundliche Begegnung im Hause et cet. et cet.

6. ist die Sache, wenn sie einmal aufgegeben, nicht zu redressieren. Auch wird es mir

7. hart sein, Herrn Heise darüber den Antrag zu tun, da die Sache den Schein der Unerkenntlichkeit und Undankbarkeit für seine Vielgütigkeit und Freundschaft hat.

Indessen und bei dem allen, wenn Du wirklich an der Kaufmannschaft keine Freude und nicht genug hast und Dein Herz etwas Besseres und Edleres begehrt und sonderlich, wenn Du einen ernstlichen Trieb hättest, als Theologe Gutes in der Welt zu schaffen, als dazu itzo die rechte Zeit ist, so will ich Dich keineswegs zwingen, sondern gern die Hände bieten, soviel ich kann. Nun prüfe, überlege und bitte Gott, daß er Dich das Beste wählen läßt. Auf alle Fälle aber mußt Du Deines Ernstes sicher sein. Ich zweifle gar nicht, daß Du den Vorsatz habest, fleißig zu sein und Dich keine Mühe verdrießen zu lassen; aber man kann über die Beharrlichkeit nicht gewiß werden als durch Probe und Erfahrung, und es ist vernünftig und rätlich, daß Du diese Probe machtest, ehe Du das Gute, das Du hast, aus den Händen gibst. Mache also die Probe an dem Latein, das für itzo eine Hauptsache für Dich ist und versuche Dich darin in Deinen Freistunden. Ich will Dir die nötigen Bücher und Anleitung geben.

Dein treuer Vater M. C.

An Graf Schimmelmann

Wandsbeck, d. 27. November 1800

Gnädiger, lieber Herr Graf,

ich habe mich lange gesträubt, Ihnen diesen Brief zu schreiben. Es scheint, als sei der Mensch verpflichtet à son aise zu sein und als habe er sich zu schämen, wenn er sagen soll, daß er es nicht ist, und ich hätte bei den hohen Preisen aller Lebensbedürfnisse diesen Brief schon lange schreiben sollen, aber ich habe mich gesträubt und lieber übersetzt und dies und das versucht und hoffte, die teure Zeit werde indes aufhören. Aber sie hört nicht auf, und es muß endlich heraus, daß ich für mein Hausvolk nicht auskomm und das so weniger, da meine Knaben allgemach so heranwachsen, daß der älteste auf Ostern außer Hause gehalten werden soll.

Einige meiner Freunde haben gemeint, daß ich unter solchen Umständen unsern Kronprinzen um eine Gratifikation bitten solle. Aber es ist überhaupt ein eigen Ding um das Bitten. Dazu hat der Kronprinz mir schon ungebeten und aus eigner Bewegung eine kleine Pension zugelegt, und es ist schwer, einem willigen Geber neue Zumutungen zu machen. Aber es ist noch eine andre Ursache, die mir das Bitten um eine Gratifikation unmöglich macht. Ich habe nämlich die Überzeugung, daß zwar nicht alle Könige und Fürsten, aber die Würde, die sie tragen, göttlich sei, und daß man nicht allein den gütigen und gelinden, sondern auch den wunderlichen gehorchen müsse, und daß überhaupt Gehorsam und Unterwerfung unter die bestehende Ordnung in der Welt mit allen ihren Mängeln besser als raisonnement und Trotz und sowohl für den einzelnen als für das Allgemeine bei weitem das geringere Übel sei, und so bin ich bei dem Ausbruch der neuen Weisheit, des Alles-selbst-seins und des Alles-selbst-könnens und in der größten Brunst dieser Weisheit und

Ernst Graf Schimmelmann

der allgemeinen Verachtung der bestehenden Ordnung der Dinge ein eifriger Anhänger und Verteidiger des Positiven und der Könige und Fürsten gewesen pp.

Wie könnte ich denn nun um eine Gratifikation bitten? Jeg skyder ikke ihjel for Penge, sagte ein Norrmann, als er in dem Zuge gegen Peter

III. vor 30–40 Jahren auf gegebene Ordre einen Kameraden, der im Desertieren begriffen war, erschossen hatte und Saint Germain ihn mit einigen Dukaten dafür belohnen wollte.

Es bleibt mir also nichts übrig als zu bitten, daß mir etwas neue Geschäfte, da ich für die, (die) ich als Revisor habe, reichlich saliert werde, gegeben werden möchten, und darum bitte ich denn untertänigst, wenn etwa dergleichen, denen ich gewachsen wäre, außer den Lotto-Geschäften in Altona für mich ausgefunden werden könnten. –

Ew. Excellence haben mir einmal die Erlaubnis gegeben, mich in vorkommenden Fällen an Sie zu wenden, und so will ich mich nicht weiter darüber entschuldigen.

Ich und meine Frau Rebecca empfehlen uns Ihnen und der Frau Gräfin, und ich habe die Ehre pp. Claudius

Nächsten Sonntag soll unsre neue Kirche eingeweiht werden, und ich nehme mir die Freiheit, den Text von der Musik, die zu dieser Feierlichkeit komponiert wird, beizulegen.

An die Tochter Anna

Wandsbeck, den 5. Xbr. 1800

Liebe Anna!

Das wenigste ist doch, daß Dir von unserer Musik berichtet wird, und weil es sich mit den Berichten der andern in die Länge ziehen möchte, will ich gleich Hand anlegen und neben der Musik das andre um und drum zugleich mitnehmen. Also, nachdem Schwenke in 14 Tagen die Musik komponiert und den Donnerstag den Platz zur Musik besehen und einige Stühle neben der Orgel hatte wegbrechen lassen, kam der Generalsuperintendent den Sonnabend an. Es waren dreierlei Billets ausgegeben: 1. für die, welche Sitze in den Stühlen hatten, 2. für die, welche nur stehen konnten, und 3. am Altar. Dergleichen Billets waren in alle ca. 1000 ausgeteilt und, wenn die alle in der Kirche waren, sollte die große Tür für die Hamburger geöffnet werden, bis alles voll sei. Wir hatten große Platznot; denn einmal hatten wir für Papa, Mama, drei Mamsells, Hans und Fritz sieben Billets nötig und M. Rudolphi, Perthes, Besser, die Madame Schwenke, die Heisens und M. Grand wollten alle durch uns in die Kirche und kamen durch uns aus glücklich hinein, bis auf M. Rudolphi, die am Ende von Schimmelmann mit in ihren Stuhl genommen ward. Um 8 Uhr sonntags versammelten sich alle Wandsbecker, Männer und Weiber, auf dem Schloß, und wir nahmen unsre Gäste mit hin; und um 9 Uhr ging der Zug an, die Männer unter Vortretung der Gräfin, der Gerstenberg, der Christine und 18 Husaren, die den Abend vorher schon gekommen waren, flankierten zu beiden Seiten des Zuges, daß sich kein Fremder anschließe, und vor den Kirchtüren. Das Wetter war trokken, sonst wären wir alle naß geworden. Als der ganze Zug in der Kirche angekommen und placiert war und das Geräusch und Getöse des Niedersitzens und Drängens sich etwas verloren hatte, fing die Musik ohne vorgängiges Wort oder Laut an und so ganz zu Ende und durch. Dann trat der G.-S. vor den Altar und predigte und weihte die Kirche ein, dann machte die Musik das Hallelujah von Händel, und unser Pastor predigte von der Kanzel; darauf ward noch getauft und ein Paar kopuliert pp. Es sollte auch noch ein Chor aus der Schöpfung von Haydn gemacht werden und das Tedeum mit Pauken und Trompeten gesungen werden. Aus beiden aber ward nichts, weil die Musiker nicht so lange Zeit hatten. Aus der Kirche ging's ohne Zug, und wie jeder wollte. Des Mittags war groß Diner beim Grafen, dabei auch der Musikdirektor und ich eingeladen waren. Da ich aber selber viele Gäste hatte und der Musikdirektor lieber bei uns bleiben wollte, so ließen wir das Diner, das überaus brillant gewesen sein soll, im Stich und behalfen uns mit dem, was unsere Magd gekocht hatte, und waren desto vergnügter dabei. Caroline ärgerte sich indes in Hamburg, daß sie nicht in die Kirche kommen konnte, weil sie den Knaben nicht so lange allein lassen wollte, wie Du Dich in Eutin ärgertest, weil Du und Max nicht Wagen und Pferde etc. hattest, und ich mich hier ärgerte, daß ich nicht Amme, Pferde und Wagen etc. aufstellen konnte.

Den meisten Leuten hat die Rede des G.-S. besser gefallen als die Musik, und sie war auch wirklich gar nicht übel. Doch die Musik war auch nicht übel, sonderlich der erste Chor. Aber sie tat nicht so viel Effekts, als man erwartet hätte, und dazu trug manches bei. Die Stimmen waren erst den Sonnabend fertig geworden, und so hatte die Musik nicht probiert werden können. Das hätte aber am Ende nicht so viel getan; aber ich glaube, sie stand zu hoch und der Lärm in der Kirche war zu laut, und die Hauptsache war, daß der Platz nicht erlaubte, daß sie so nah und dicht nebeneinander war, als sie sein mußte, sondern daß die Musiker in einer langen Reihe stehen mußten, die eine Seite von der andern nichts hören konnte. Bei alledem war es doch eine schöne Musik und tat guten Effekt, obgleich sie in unserer Stube, wo sie nach Tisch wieder aufgeführt ward und Püllichau und die kleine Grand mitsangen, mir besser als in der Kirche gefiel. Gelegentlich sollst Du auch mehr davon sehen und hören, liebe Anna, lieber Max.

Nun noch von Nelson und Klopstock und Nölting, doch dies bleibt nur unter Freundes Augen; denn es war alles nicht böse gemeint, und ist schon genug darüber gespottet und gelacht worden, daß nicht mehr soll und Not ist.

Als Nelson und Lord und Lady Hamilton und Brekeil und Dumvurier bei Klopstock in guter Andacht sitzen und Madame Hamilton allerlei Stellungen von Antiken und aus Mythologie macht und Reden hält und dazu singt, welches alles sie, sagt man, vortrefflich machen soll, tritt Nölting mit einmal in die Stube in Pantoffeln in einem alten schmutzigen Casequin mit einer großen Bibel unter dem Arm und mit Tinte und Feder in der Hand und sagt in gebrochenem Englisch zu Nelson: daß er, Nölting, es nicht helfen könnte und daß er, Nelson, in diese Bibel seinen Namen hineinschreiben müsse. Nelson schreibt auch gleich hinein, und alle andern, die ein solches Intermezzo nicht vermutet hatten und nicht recht begriffen, stehen stillschweigend und sehen zu. Sobald der Name geschrieben ist, umarmt Nölting den Nelson und bedankt sich tausendmal und küßt ihm den Stummel des abgeschossenen Armes und erklärt seine übergroße Liebe und Achtung für den Mann, der sich um Europa so verdient gemacht hätte usw. Dies alles geschieht aber doch mit einer solchen Art, daß der Nelson ganz gerührt ward und der Lady Hamilton, sagt Klopstock selbst, die Tränen in den Augen gestanden sind. Darauf geht Nölting mit der Bibel und Feder und Tinte und Pantoffeln wieder heraus, und nun, sagt das bösliche Publikum, läßt er den Namen für Geld sehen und hilft mit dem Gelde einer verarmten Familie auf. Wie gesagt, Du sollst, den langen Papa ausgenommen, diese Geschichte nicht gemein machen. Sie ist zwar gemein genug, aber es verdrießt mich, Hand damit anzulegen.

Mama ist ziemlich wohl diese Tage. Sie grüßt Euch viel. Die Meiers grüßen auch vielmals. Die Stellen in der neuen Kirche sind sehr teuer verkauft, bis 500 Reichstaler ein Stuhl. Mama hat unten in der Kirche zwei Stellen und ich oben an der Orgel einen Stuhl, so daß Du nach diesem hier hoch oder tief sitzen kannst. Der Graf von Ahrensburg ist heute gestorben. Gott sei mit Dir, liebe Anna und lieber Max, M. C.

An die Tochter Anna

Wandsbeck, d. 15. Dezember 1801

Liebe Anna!

Vorigen Sonntag vor acht Tagen war Nikolaustag; der bringt sonst wohl was, uns aber hat er was genommen, nämlich einen Waschkorb voll Wäsche, der eben gewaschen und gemangelt war, ist den Abend in unrechte Hände gekommen. Er stand in der großen Stube, die Tür war offen und Licht in der Leuchte auf der Diele und wir in der Kinderstube zwischen 8–9 Uhr bei Tische, da hatten sie ein Fenster eingeschlagen und offen gemacht und so die Wäsche herausgeholt. Wir oder vielmehr das Mädchen kam darüber zu, als sie eben wieder zum Fenster hinaussprangen. Wir liefen wohl alle gleich heraus und allenthalben herum, aber umsonst, und Mama kam verdrießlich zurück. Verschiedene weiße Kleider, Bettücher pp. und unser bestes Tischzeug ist zum Henker. Laßt Euch warnen und verlaßt Euch nicht auf den Riegel gegen die Haustür.

An Katharina Gräfin Stolberg

30. 10. 1802

Sie sagen, liebe Gräfin, ich soll Ihnen über Katholizismus und Protestantismus schreiben. Was ich darüber weiß, habe ich Ihnen ja gesagt; was soll ich denn noch schreiben? Genießen und nutzen Sie den Eindruck, den fromme Katholiken auf Sie machen, soviel Sie immer können. Wenn einige Dinge Ihnen, wie Sie schreiben, im Wege stehen, so lassen Sie solche stehn. Warum sollen Sie von Dingen überzeugt sein, davon Sie sich nicht überzeugen können? Und wenn Sie meinen, daß die Katholiken manche Dinge haben, die gut sind und die wir Protestanten nicht annehmen, wer wehrt Ihnen, diese Dinge, wenn Sie davon überzeugt sind, als Protestantin anzunehmen? Überhaupt ist Ihr Brief und die Gesinnungen und Vorsätze, die Sie darin äußern, so vernünftig, daß ich Ihnen keine vernünftigern raten kann, und wenn ich Ihnen einmal auf irgend eine Frage antworte, was ich, so gut ich kann, gern tun will, so mögen Sie meine Meinung und meinen Brief gerne sehen lassen, liebe Gräfin, denn ich habe mit meiner Meinung kein Hehl (dies darauf, daß niemand meine Briefe sehen soll).

An die Tochter Anna

Wandsbeck, den 26. November 1802

Liebe Anna!

Gestern sind drei bis vier englische Posten und so alle Eure Briefe auf einmal angekommen, und wir haben die unangenehmen und angenehmen Nachrichten von Bernhard zugleich erhalten. Wir haben aber, muß ich sagen, nichts gutes erwartet, Caroline hat von Tod geträumt und Mama: daß nicht allein Bernhard, sondern auch Du tot seist und der Max untröstlich, und hat das so lebhaft geträumt und im Schlaf dabei geweint, daß sie Rückenschmerzen gekriegt hat. Nun hatte ich schon zu Bernhard keinen guten Mut, und diese Träume verbesserten das nicht. Gottlob, daß wir bis dahin falsch geahndet und geträumt haben. Aber auf allen Fall nimm Dich zusammen. Du weißt, daß ich über den Matthias und Christiane mich tief ins Herz hinein gegrämt habe; aber ich weiß nun, daß ich Unrecht getan habe und daß man sich nicht so grämen soll. Die paar Tage, wo man getrennt ist, laufen bald hin. Das merke Dir auch, liebe Anna, und tröste Dich damit, wenn es noch schief gehen sollte. Auch das muß Dich trösten, daß Du in all dem Leid nicht hier bist und Max bei Dir hast. Also feste und gründe Dein Herz mehr und mehr.

An den Sohn Fritz

Wandsbeck, den 11. Mai 1803

Lieber Fritz,

wir gratulieren zur überstandenen Angst und zum zwölften Platz unter den Herren Tertianern. Wir hoffen, daß Du Fleiß tun werdest, bald unter die Herren Sekundaner und so weiter zu kommen, und Mama und ich bitten darum. Unsere Kuh hat aus Mangel an Fütterung verkauft werden müssen. Denn es wächst kein Gras, weil die Wurzeln im Winter erfroren sind. – Wir haben Johannes seinen Geburtstag gefeiert und ihm viel Glück und Gutes gewünscht und wollen den Deinigen feiern und Dir viel Glück und Gutes wünschen. Gott erfülle unsere Wünsche und gebe Euch, was er allein und kein Mensch Euch geben kann. Adde, Ihr lieben Knaben.

Dein treuer Vater M. C.

Friedrich M. J. Claudius, 1789–1862

An den Sohn Fritz

Wandsbeck, den 5. August 1803

Lieber Fritz!

Über die politischen Angelegenheiten sind wir noch in derselben Sorge und Ungewißheit und wissen nicht von einem Tag zum andern, was aus uns werden soll. Unsere vier Soldaten Einquartierung haben wir noch und behalten sie auch noch wohl vor der Hand. Dienstag war Caroline ihr Hochzeitstag, und Mama und ich brachten ihnen des Morgens einen Kuchen und Kranz und fuhren dann wieder heraus. Den Abend kamen Braut und Bräutigam samt den Kindern heraus und blieben die Nacht hier, aßen auch mit Kalbsbraten im Mondschein unter den Linden. Wenn Du Ernst antwortest, so vermahne ihn recht ernstlich und umständlich zum Fleiß, es hilft besser vom Kameraden als vom Vater. – Vor allen Zugängen von Wandsbeck stehen zwei Schildwachen. Dankt Ihr Gott, daß Ihr dort so ruhig und sicher lebt. Wir lebten dermalen gern in Naumburg oder sonst in der Gegend, wo kein Krieg zu besorgen ist. Lebt wohl und seid fleißig. Ich befehle Euch in Gottes Hand, lieber Fritz und lieber Johannes!

Euer treuer Vater M. Claudius

An den Kronprinzen von Dänemark

Dezember 1803

G(nädiger) C(ron-) Pr(inz),

in dieser angenehmen heiligen Christ-Zeit, wo alle Väter und Kinder nach hergebrachter Sitte durch Geschenke und Gaben erfreuen und erfreut werden, komme ich zu Ew. K. H., mir auch einen heiligen Christ untertänig auszubitten.

Friedrich Kronprinz von Dänemark

Mein ältester Sohn Johannes hat nämlich seine Schuljahre auf der berühmten Fürstenschule zu Pforta in Sachsen, wo er eine Freistelle erhalten hatte, geendigt und soll nächsten Ostern die Universität beziehen. Nun gäbe ich ihm wohl gerne die Kosten dazu her, aber ich kann sie nicht geben, denn seine acht Geschwister lassen bei den dermaligen dreifach höheren Preisen aller Lebensbedürfnisse nichts für ihn übrig. Meine untertänigste Bitte wäre also: ob Ew. K. H. so gnädig sein wollten, während seiner Universitäts-Jahre Vaterstelle bei ihm zu vertreten oder, weil ich außer ihm noch drei Söhne habe, die studieren wollen und ich also noch dreimal mit derselben Bitte würde wiederkommen müssen: ob Ew. K. H. geruhen wollten, die Wohltat durch meine Hände gehen zu lassen und mir bis solange meine jährliche Einnahme zu verbessern. Ich werde mein bestes tun, daß die Knaben solcher Wohltat nicht ganz unwert seien, darf auch dies von dem ältesten bis itzo hoffen und lege das Zeugnis des Vorstehers jener Schule über ihn im Originale bei.

Möge Ew. K. H. reichlich widerfahren, was ich und jeder gute Untertan für ihren C.Pr. und seine Gemahlin von Gott erbitten.

Ew. K. H. et cet.

An Karoline Herder

Wandsbeck, den 1. Febr. 1804

Friede dem Entschlafenen! –

Ihren Schmerz haben wir geteilt, liebe Frau Herder, und Ihren Verlust. Ich hätte ihn in dieser Welt gerne noch einmal gesehen und gesprochen. Es sind nun über 30 Jahre, daß ich ihn zuerst sahe und lieb gewann. Ich hätte ihn gerne noch einmal gesprochen. Friede dem Entschlafenen! Er kommt nicht wieder zu uns, aber wir kommen zu ihm. Und das ist der Trost, mit dem Sie sich trösten müssen. Es gibt keinen andern, und ich denke, es braucht auch keines andern, wenn der erste Choc vorüber ist, dem man sein Recht lassen muß.

Gott walte über Sie und Ihre Kinder. Grüßen Sie alle herzlich von uns, sonderlich den Wilhelm, den wir sehr bedauert haben, daß er sein liebes artiges Fräuchen so bald hat verlieren müssen. Meine Frau Rebecca kränkelt noch immer, doch fange ich an zu hoffen, daß sie den kritischen Zeitpunkt überstehen und – will's Gott – noch einmal wieder gesund werden solle. Ich sähe sie auch ungern vor mir hingehen. Gottes Wille geschehe, der ist und bleibt immer der beste. Sie grüßt Sie und bedauert Sie herzlich und aberherzlich.

Gott sei mit Ihnen, liebe Frau Herder, und wenn Sie uns einmal wieder schreiben, schreiben Sie uns doch etwas von Herders letztem Segen und Stunden.

Wir können nicht, aber wenn wir Ihnen und den Ihrigen dienen könnten, wir täten es gerne.

Matthias Claudius

An die Tochter Anna

Wandsbeck, den 23. März 1804

Willkommen im Bett, liebe Anna. Ich danke Gott, daß Du da liegst und Dein Kind im Arm hast, Gott lasse es gedeihen und zu deiner Freude wachsen und groß werden und bringe Dich bald wieder außer Bette. Wir hören von Max, daß Du Gottlob keinen Widerwillen gegen Essen und Trinken hast. Eine Wöchnerin ist freilich kein Ernteknecht; aber laß Dich nur nicht zu knapp halten, Du weißt, daß ich aus Vorsicht und Weisheit Mama bei den ersten Wochen fast habe verhungern und verkommen lassen und daß sie die letzten, als ichs besser bedachte, daß die Mutter für sich *haben* und fürs Kind *hergeben* müsse und daß aus nichts nichts werde, besser bestanden hat; oft etwas vorgeworfen, aber nicht zuviel auf einmal, das ist ein löblich Ding, das auch Hr. Max loben wird.

Wenn Eutin nicht so weit weg wäre, machten Mama und ich wohl einen Wochenbesuch bei der lieben kleinen Frau Wöchnerin; aber da fehlt wieder die Kutsche mit den sechs Pferden, an die Deine Mutter nicht glaubt und Du vermutlich auch nicht, die aber, trotz Eures Unglaubens, doch noch wahr werden und die nötigen Reisen versehen werden.

Nun liebe Anni, addie! von mir und Mama, die heute wieder Kopfschmerzen hat und im Bett liegt, und allen Kindern. Küsse die neue Enkelin in unserm Namen. Ich befehle Dich und sie und Euch alle Gott.

Dein treuer Vater M. C.

An die Tochter Anna

Wandsbeck, den 5. Februar 1806

Meine liebe Anna!

Die Angst um Caroline ist denn wieder abgetan. Ihr Kinder haltet uns Alten immer warm. Hat man Euch nicht lieb, so lohnt es nicht der Mühe, Kinder zu haben, und hat man Euch lieb, so gibt es fortan zu ängstigen und zu sorgen. Nun, wir sind hier einmal im Lande der Angst und Sorge, und es ist doch eine Erleichterung und Wohlgefühl, wie Socrates sagte, wenn die Kette gelöst wird. Caroline befindet sich mit ihrem neugeborenen derben Knaben bis dato über die Maßen wohl. Ich habe des Gr. Stolbergs Stelle bei der Taufe vertreten, und Besser Maxens seine. Ich weiß es nicht, ob der Knabe einen doppelten oder gar keinen Bart haben werde, aber die Stellvertreter hatten an dem

Tage mit ihren Bärten große Not. Mein Barbier blieb aus, und ich mußte den Bart mit nach Hamburg nehmen, wo sich am Ende noch auf einer Barbierstube ein Bartler-Geselle aus Berlin für 2 Sch. über ihn erbarmte. Besser war zwar von Natur in Hamburg, hatte aber doch, als wir hinkamen, einen langen Bart, und meinte, als Perthes ihn dessen erinnerte, daß Max gewiß auch mit Bart erschienen wäre und er also nicht anders sein dürfe.

In Hamburg haben sich mehrere Personen aus Not und Armut aus der 2. und 3. Etage totgestürzt. Auch ist neulich ein Tischlergeselle schrecklich ermordet und sein Körper nackt ins Fleeth geworfen worden. Die Täter sind aber schon ertappt, der eine hat die Frechheit gehabt, den blutigen Rock des Ermordeten an einen Juden zu verkaufen und in der Weste und dem Hemd desselben herauszugehen und selbst in den Prater zu kommen. Ein anderer Mörder, der sein Urteil schon erhalten, ist noch frecher und satanischer; er flucht und teufelt ohne Scheu und Scham und bedauert, daß er den Vogt in Barmbeck, der ihn arretiert hat, nicht vorher kaltmachen kann, und in der Gesinnung soll er künftigen Montag gehenkt werden. Wenn ihm sein Herz noch möchte gewandelt werden; aber es ist heute schon Mittwochen.

Gott weiß, daß ich Dir lieber von sublimen großen Taten und Gesinnungen erzählte; aber außer dem Leben der Heiligen von Tersteegen sind die hierzulande selten anzutreffen, und den

Zeitungen zufolge scheinen sie bei Euch auch nicht überflüssig vorzukommen. Der Fehler steckt wohl zum Teil darin, daß wir immer die Besserung von anderen erwarten, statt daß ein jeder bei sich anfangen sollte.

Dein M. C.

An Auguste Gräfin Bernstorff

1807

Wir wollen Ihnen nicht im Wege sein, Sie sollen ungestört und ungehindert weinen. Tränen ziemen einer Mutter, die ihrem Kinde in ein anderes Land nachsieht, und sind überhaupt ein schönes Angebinde auf die Reise. Auch die Reisenden selbst, wenn sie sich umsehen können, sehen sie vermutlich nicht ungerne, wiewohl aus einem sehr verschiedenen Gesichtspunkt. Denn in dem andern Lande fallen die Dinge gar anders in die Augen. Was dann aber für Rat? Selig sind, die dem Lande des Scheins und der Täuschung glücklich entronnen sind und auf festem Grund und Boden stehen; Gott helfe uns und fördere unsern Weg zu unseren vorangegangenen Kindern!

M. Cl.

Damit tröstete ich mich über meinen Matthias und habe keinen andern Rath, mich daran zu halten, weiß Ihnen auch keinen andern für Ihren kleinen Carl vorzuschlagen, so herzlich gern ich es auch tun möchte. Lassen Sie uns denn, liebe B., diesen Stab freudig in die Hand nehmen und unseren lieben Knaben getrost entgegengehen; Gott sei gedankt, daß wir den Stab haben und daran glauben.

Rebecca Claudius

An eine Freundin in Hamburg

Wandsbeck, d. 24. April 1808

Liebe betrübte Fanny!

Wir endesunterschriebenen Nachbarn wissen aus Erfahrung, wie Ihnen zu Mute ist, und haben treues Mitleid mit Ihnen; Sie wissen auch, daß unter solchen Umständen alle Trostgründe aus dieser Welt kümmerlicher Behelf sind, und wollen Sie auch damit nicht trösten. In Sachen, wo es Ernst gilt, gibt es keinen andern Trost als in der Religion, deren Wert und Kraft man vorher schon kennt oder bei solcher Gelegenheit kennenlernt. Wenn uns von guter Hand gesagt wird, daß kein Haar von unserm Haupte fällt ohne den Willen des Vaters, so kann man fest vertrauen, auch wo man ihn nicht versteht und bei seinen Wegen zu verlieren scheint. Und Ihr kleiner Fritz ist nicht verloren, er ist nur wie ein Vöglein über die Mauer in einen andern Garten geflogen, und da sollen Sie ihn wieder haben. So gut er auch in Ihren Händen war, so ist er nun in bessern, und er hat die lange, gefährliche Reise nicht zu machen, von der man schwerlich mit der Unschuld zurückkömmt, mit der Ihr Fritz heimgezogen ist. Gönnen Sie ihm das und entbehren Sie seiner gern eine Zeitlang dafür. Als unsere Kinder starben, weinten wir auch um sie, und doch nähmen wir sie, wenn es uns freigestellt würde, nicht wieder zurück und denken lieber daran, zu ihnen zu gehen. So wird es Ihnen auch werden, wenn der erste Schmerz überstanden ist. Und das wünschen wir Ihnen, denn man befindet sich wohl dabei, wenn man die Augen nicht bloß auf diese Welt richtet.

An den Schwiegersohn Max Jacobi

Wandsbeck, d. 20. Juni 1810

Lieber Max
Gott sei Dank für die gute Botschaft!!!

Wills Gott, kommt morgen wieder gute! Und dann wollen wir uns hinsetzen und ruhig verdauen und genießen. Die Schwestern brummen, daß es ein Mädchen ist, Mama freut sich, daß es kein Knabe und also nicht konskriptionsfähig ist, und ich bekümmere mich nicht um Knabe noch Mädchen und bin zufrieden und bin froh, daß etwas Gesundes, Lebendiges da und meine Anna ihre Bürde glücklich los ist. Vorgestern, als der Brief eben angekommen, am Markttage war der Kollege aus Altona mit Kind und Kücken bei uns, und wir haben der Wöchnerin Gesundheit und weiteres Wohlbefinden getrunken, und ich trinke sie noch fortan, immer noch fortan, in allem, was flüssig ist, denn der Wein ist hiesigen Landes so teuer und so schlecht, daß ich mich darin um Gut und Gesundheit trinken würde.

Matthias Claudius

An die Tochter Caroline

W., d. 14. Juli 1810

Madame Caroline Perthes,
geborene Claudius,
itzo in der weiten Welt!

Willkommen in Rudolfstadt und an der Swarze und wohl bekomme das Gastgebot des Harzes und der Gegend um Pforta und Jena! Macht die Augen recht groß und das Herz recht weit, daß die Hülle und die Fülle einfahre und Ihr Euch lange zu zehren habt und uns, wenn Ihr wiederkommt, abteilen könnt.

Durch Sorgen darfst Du Dich nicht stören lassen, denn hier geht es bis dato exzellent und wird, wills Gott, ferner so gehen. Clemens marschiert im Garten auf und ab, und ihm gefällt es hier so wohl, daß er immer schreit, wenn er ins Bett soll, sonst ist er gegen uns alle sehr gnädig, auch sogar gegen mich. Wir haben Beckmanns Kinderwagen geborgt, und darin läßt er sich gar zu gerne herumkutschieren; ich habe ihn eben gefragt, ob er etwas an Mama zu bestellen hätte, er hat aber nichts befohlen.

Die Leonore ist auch sehr wohl bis auf dato, sieht krell und heiter aus den Augen, und uns dünkt, sie sei auch etwas völliger und fester geworden. Beim Ankleiden schreit sie freilich noch (doch scheint es mir nicht so gewaltig als am Anfang). Wenn sie nicht in der Wiege ist, spaziert Kathrine oder Guste oder Trinette oder Rebecca oder Großmama mit ihr im Garten, oder sie geht im Haus von Arm zu Arm, mein Arm ausgenommen. Ich fragte eben Kathrine, ob sie etwas zu bestellen hätte an ihre Madam, sie meinte aber nein, wir alle wüßten ja alles. Nur Leonore schickt ihrer Mutter einen Kuß. Grüße Goethe, wenn er von Karlsbad zurück und wieder in Weimar wäre ...

An die Tochter Caroline

W., d. 28. Juli 1810

Immer wie bisher, liebe Caroline. Mama bläuet Wäsche, und so muß ich schreiben. Immer wie bisher. Die Eleonore gedeiht. Muß wohl von der frischen Luft sein, denn sie ist immer im Garten und will in der Stube nicht sein. Der junge H. Clemens empfiehlt sich auch bestens und würde sich, wenn Du ihn und sein wackeres Gesicht sehen könntest, noch besser als bestens empfehlen. Er ist ein großer Freund von Coffee, auch ohne Zucker; sei aber unbesorgt, er kriegt nicht viel und hätte gern mehr. Daß Ihr Euch so in Fröhlichkeit und Freude herumwälzt, lasen wir gern. Wälzt Euch und behaltet alles, daß Ihr bei der Rückkehr erzählen könnt. Morgen ist die halbe Reisezeit zu Ende, und wir denken schon ans Wiederkommen. Ihr werdet ja wohl über Wandsbeck nach Hamburg zurückfahren, sonst müßt Ihr doch gleich wieder von Hamburg nach W. reisen. Denn wir liefern die Kinder an Euch nicht anders ab als in Wandsbeck.

Vor ein paar Tagen war Friederike Leisching hier für ein paar Stunden. Sie ging im Garten auf und ab, saß auch in der Stube, sprach auch dies und das; aber das alte Lied und Leid ist immer noch im Gange.

Mama und alle Kinder grüßen auch herzlich.

Ich befehle Euch Gott. Dein tr. V. M. C.

An die Tochter Anna

Wandsbeck, d. 12. Xbr. 1810

Liebe Anna,

daß Otto Runge gestorben ist, wirst Du aus den Zeitungen gesehen haben. Er hat sehr gelitten, aber meisterlich, das muß man ihm lassen, und Caroline hat ihm beigestanden, auch meisterlich, das muß man ihr lassen. Sie ist den langen Weg des Tages mehr als einmal gelaufen, in Regen und Wind, bei Tage und im Dunkeln. Er verlangte sie immer, und keiner und keine konnte es ihm recht machen als sie. Dafür hat er ihr aber auch Dank gewußt und manches von seinem Gemütszustand und seinen Ideen und Empfindungen ihr erzählt, das ihr Freude gemacht hat und einem jeden Freude machen muß, weil alles bei ihm ohne Affektion und so ganz natürlich war. Er ist bis auf die letzte Minute, kleine Krampf-Paroxismen mit Fieber abgerechnet, bei voller Besinnung gewesen und hat noch die letzte $^{1}/_{4}$ Stunde mit Bruder, Frau, Perthes, Caroline pp., die alle um sein Bett stunden, frei und heiter gesprochen. Der Doktor Lappenberg hat auch gemeint: er habe viel Menschen leiden und sterben sehen, aber so noch keinen, und hat, wie Caroline sagt, geweint, daß er geschluchzt hat. Einen Traum, den er Caroline erzählt hat, muß ich Dir noch erzählen. Ihm habe gedünkt, daß sich eine große Hand ihm über und auf den Kopf gelegt habe; »ick wüß, Caroline, dat det den leeven Gott sin Hand waar, denn my waar so woll daby to Mood. Don sagd ick: lat liggen, Vadder! und he leed se ock liggen, Caroline.« Die Frau ist 2 Tage nach seinem Tode von einem Knaben entbunden, von dem er immer gesprochen und den er noch so gerne sehen wollte. Ich möchte wohl gerne einmal einen vollendeten Christen sterben sehen. Im Adreßblatt steht eine griechische Inschrift auf ihn, vermutlich von dem Doktor Julius.

An Graf Schimmelmann

Wandsbeck, d. 7. Xbr. 1811

Gnädiger, lieber Herr Graf.

Sie haben der Zeit viel zu tun; ich bitte nur um einige Augenblicke und will mich kurz fassen.

Wir hören, daß in Wandsbeck ein Königlicher Zoll angelegt werden soll, und bei der Gelegenheit könnte ich vielleicht mein Haus anbringen. Ich will gerne verkaufen und muß verkaufen, weil ich, sonderlich bei den dermaligen Abgaben, zu teuer wohne, weil ich 2 Söhne auf der Universität und 1 auf der Schule in Sachsen habe, die mich aus dem Hause studieren, und weil Wandsbeck über kurz oder lang ausgetauscht werden möchte und ich eine natürliche Aversion gegen die Conscription habe. Ein besseres Locale könnte der Zoll schwerlich hier im Ort finden. – Mein Gehöfte liegt voran am Eingange des Orts, an der großen Straße zwischen Hamburg und Lübeck, ist 175 Fuß breit und 500 lang bis an die erste Allee des gräflichen Parks; das Haus mit den 2 daran hängenden Nebenhäusern ist grundgemauert, das Haus sehr fest, hat 100 Fuß Breite, und an jeder Seite einige und 30 Fuß frei, für Ein- und Ausfahrt, u.s.w.

Wir empfehlen uns Ihnen und der Frau Gräfin Charlotte, und ich habe die Ehre.

Matthias Claudius

An den Schwiegersohn Max Jacobi

d. 16. Mai 1812

Lieber Max,

gestern haben wir Ihren Brief erhalten, und ich schreibe auch, weil heute Ihr Hochzeitstag ist, gleich heute wieder und ernenne Sie zu meinem Feldmarschall mit plein pouvoir, Ihre Offiziere zu avancieren und regalieren, wie Sie es nötig finden und selbst wollen. Ihre Befehle für N. sowie alle übrigen sollen z. Z. erfüllt werden. Frau Rebecca kann sich über den Erfolg nicht genug wundern und freuen und Ihre Mühwaltung und Tätigkeit nicht hoch genug preisen und loben und will Sie, wenn es noch etwas über den Feldmarschall gibt, hiemit dazu ernannt haben. Sie triumphiert auch gewaltig, daß sie den ersten Einfall zur Pränumeration gehabt hat. Ich wollte nicht daran, weil ich nach meinem Tode eine neue Ausgabe der sämtlichen Werke zu ihrem Besten angekündigt haben wollte und weil ich das Gelingen durch eine vorläufige Pränumeration nicht stören oder schwächen möchte. Es wäre auch nicht dazu gekommen, wenn Sie durch Ihren Vorschlag nicht Anlaß gegeben hätten. Hiesigen Ortes und Landes ist es indes nicht gar sehr gelungen, und wir Norddeutschen sind nur Schächer gegen die Rheinländer und Schwaben, doch davon kommt ein großer Teil auf den General, den wir als unseren Übermann erkennen und wieder zu dienen höchst beflissen sein werden. Danken Sie doch auch in unserem Namen allen und jeden, welche die Güte gehabt haben und haben wollten, sehr verbindlich. Gerne habe ich den Verfasser der Alemannischen Lieder (Johann Peter Hebel) darunter gefunden, der uns durch seine Lieder vor vielen, ich möchte fast sagen, vor allen Poeten obligiert hat. Machen Sie ihm und wem Sie sonst wollen, ein kleines Douceur und behalten von den 300 fl., die Sie noch schikken wollen, 100 fl. zu dem Behuf und zu etwaigen Unkosten zurück. Noch einmal: die Sache ist über unsere Erwartung ausgefallen, ich fürchte nur, daß vielen Pränumeranten die Zugabe zu ernsthaft sein möge. Die Spirits gehen einem aus, und dann wird man immer ernsthafter, wie man älter wird. Die eigentlichen Freunde des Boten sollen nicht zu klagen haben. Ihres Vaters Schrift könnte ihm vielleicht bei einigen das Spiel verderben. Wäre das nicht, so hätte ich darüber gern gar geschwiegen und geduldig hergehalten. So habe ich getan, was ich der Sache wegen tun mußte. Doch ist es so eingerichtet, daß, wo der Ruf in den Wald nicht gehört ist, mein Ruf nicht als Gegenruf, sondern als ein freier, von selbst entstandener Laut in die Ohren fällt.

Über das Nicht-nach-Wandsbeck-kommen unseres lieben Max und unserer lieben Anna und des kleinen Häufleins mag ich nicht sprechen. Wir erkennen Sie vollkommen unschuldig und wir sind auch unschuldig, daß wir uns umsonst gefreut haben. Und so wird der liebe Gott uns noch ein Jahr leben lassen oder den gedachten Stern noch aufgehen lassen, den wir zwar nicht berechnen, aber mit dem Herzen erwarten können.

Ich hätte, dünkt mich, noch viel zu schreiben, aber in dem ersten Hörri weiß ichs nicht gleich zu sagen. Leben Sie wohl, lieber Max, Gott sei mit Ihnen!

Ihr Matthias Claudius

An Graf Stolberg

Wandsbeck, den 13. März 1813

Gnädiger lieber Graf,

Ihre gute Botschaft ist früher gekommen, als wir erwartet hatten; aber ich hätte Sie bald mit Undank belohnen müssen. Ich bin nämlich diese Zeit in Gefahr gewesen, meine Rebecca zu verlieren. Der böse Rheumatismus, der hier und in Hamburg fast von Haus zu Haus geht, hatte sie auch ergriffen und ging nach drei- bis vierwöchigen beschwerlichen und schmerzlichen Leiden in eine Pleuresie über, die so heftig ward, daß ich und sie selbst auf den Tod gefaßt waren. Indes haben 3 Aderlässe und 3 spanische Fliegen und eine Menge Mixturen, 8 Igel und der Inflammation endlich Einhalt getan, so daß wir itzo Gott für ihre Genesung danken können und danken. Ja, lieber Graf, ich hätte die Rebecca ungerne verloren, und ich freue mich nicht wenig, daß sie übermorgen unsern 41. Hochzeitstag noch mitfeiern wird. – So matt und schwach sie auch noch ist, so hat sie doch an der glücklichen Entbindung der Julie herzlichen Anteil genommen und grüßt die junge Wöchnerin und Mutter und Vater und Mann viel, viel usw.

Wo die Söhne sind, fragen Sie. Der zweite ist Sekretär in Reinbeck, der dritte in Kiel, der vierte in Schulpforte, und der erste ist diese Tage durch Christian Bernstorffs Güte zum Prediger in Sahms, auf einem Gute seines Bruders, im Lauenburgischen ernannt worden und wird nächste Ostern schon antreten, da der vorige Prediger translociert ist und Ostern abgeht.

Von politischen Dingen wäre freilich dermalen aus hiesiger Gegend auch manches zu schreiben; aber man schreibt nicht gerne dergleichen und wartet lieber ruhig ab, was der Himmel beschieden hat. Er hat sich nicht unbezeugt gelassen. – Nochmal viele Grüße von allen an alle! Leben Sie wohl und erleben Sie Freude an den Enkeln, wie Sie bisher an den Kindern erlebt haben. Gott sei mit Ihnen, lieber Graf, liebe Gräfin Sophie, liebe Julie, lieber Xaver!

Matthias Claudius

Friedrich Leopold Graf Stolberg

An die Tochter Anna

Wandsbeck, den letzten Mai 1813

Liebe Anna,

wir sind seit 3 Wochen durch fürchterliche Bombardements und andere Ereignisse, die uns fremd und ungewohnt sind, erschreckt und mürbe gemacht worden, sind aber übrigens gesund und wohlauf bis dato und vertrauen auf Gott und unsere Unschuld. Das Reisen und Auswandern ist hier übrigens sehr Mode geworden. Feinde und Freunde sind ausgewandert, Caroline mit ihren Kindern hat uns auf 14 Tage besucht und ist nun wieder weitergegangen. Wir wanderten auch gerne dem Kriegsgelüste aus dem Wege; aber es scheint, der liebe Gott wolle uns prüfen und unter seine gewaltige Hand beugen lehren.

M. C.

An den Sohn Franz

Kiel, d. 18. Novbr. 1813

Lieber Franz,

lebst Du noch? Und bist Du noch gesund, und wohl? Es sind Monate, daß wir von Dir nichts gesehen noch gehört haben, und Du kannst denken, wie wir bei den Nachrichten von Durchmärschen, Scharmützeln und

Schlachten in Deiner Nähe an Dich gedacht und um Dich gesorgt haben. Wir haben uns freilich auch wieder mit allerlei beruhigt und getröstet; aber der Trost wollte doch oft, und sonderlich bei Mama, nicht recht haften und zu Grund gehen. Lebst Du noch, lieber Franz, und steht Pforta noch? Wir hoffen zu Gott – ja, schreibe doch, so bald es möglich ist, und erzähle uns ein langes und breites von allem. Nun die Dinge vorüber sind, darf man wohl davon schreiben. Ich will Dir auch von uns ein langes und breites erzählen. Gesund sind wir samt und sonders und während der ganzen Emigration gewesen. Vor ca. 3 Monaten sprach man sehr laut von einer nahen Belagerung Hamburgs, und weil es dicht um eine belagerte Stadt nicht gut hausen ist, setzten wir, Mama, Rebecca und ich (Auguste war bei Caroline in Aschow, einem Jagdhause, das nach Altenhoff gehört, und Trinette bei einer Madame Liborius in Plön) uns auf den Wagen und fuhren nach Emkendorf. Da ein alter Mann zu rechter Zeit essen und schlafen muß, so wollten wir nicht auf dem Hofe bleiben und wurden bei dem Prediger Struck in Westensee, eine gute ¼ Meile von Emkendorf, einquartiert. Hier sind wir 5 Wochen gewesen, mit dem Quartier und den Wirtsleuten sehr zufrieden, fuhren wöchentlich zweimal nach Emkendorf und gefielen uns wohl. Von hier gings nach Lütjenburg und blieben hier auch 5 Wochen. Indes war Caroline nach Kiel gezogen, ärztlicher Hilfe bei der Entbindung nahezusein, und da sie dabei den Mann nicht hätte, so mußte sie doch die Mutter haben – und so zogen wir von Lütjenburg nach Kiel, wo wir nun 14 Tage sind, bei der Witwe Koch in der Schloßgasse. Bis Caroline entbunden ist, bleiben wir hier, und dann, wenn Hamburg nicht belagert wird oder die Belagerung beendet ist, gehen wir in Gottes Namen wieder zu Hause. Uns verlangt sehr danach, denn die Emigration kostet und hat außerdem manche Beschwerlichkeiten.

Vom Westensee aus machten wir eine Tour zu Caroline in Aschow und, weil wir einmal so nahe waren, nach Schleswig, Kolstern, Onkel Peters Schwiegersohn und den Onkel selbst in Tolckschuby, eine Stunde von Schleswig, zu besuchen. Wir sehen ihn höchstwahrscheinlich in dieser Welt nicht wieder. Er hat vor drei Jahren einen Schlag gehabt und ist kümmerlich, indes fuhr er uns doch selbst zurück nach Aschow. Der Onkel Christian in Lütjenburg ist fast noch kümmerlicher als er, und ich, obwohl der älteste der 3 Brüder, bin, Gott sei Dank, noch jünger als beide. Doch bin ich nicht jung, und Du wirst Dich Ostern über das alte schrumpfliche Gesicht und die schweren Beine wundern. Mama hält sich noch gut, so viel sie auch gekränkelt hat. Sie grüßt Dich, und Du sollst bald schreiben.

Mary und Hicker und die alte Margret halten unser Haus offen. Einige Stunden nach unserer Abreise vom Hause sind 4000 Franzosen in

Wandsbeck eingerückt, und unser Haus ist mit 40 Mann bequartiert worden. Sie sind aber nur die Nacht geblieben und haben sich gut aufgeführt. Seitdem ist es bis itz in Wandsbeck ruhig gewesen, und wenn man alles vorher wüßte, wären wir bis itz dort geblieben. Itz aber scheint es ernst werden zu wollen oder besser: ernst wird es. Der arme Johannes ist mitten im Gewühl des Krieges. Bis dato ist er noch glücklich hindurchgekommen bis auf die Requisition; er hatte einen General, einen Kapitän etc., in allem 15 Mann und 24 Pferde, Einquartierung. Das übrige kannst Du Dir denken. Gott bewahre sie persönlich, häuslich sind sie vor der Hand ruiniert. Und das sind wir alle.

Und so befehle ich Dich in Gottes Hand und uns! Dein tr. M. Claudius

An die Tochter Caroline

Lübeck, d. 21. Januar 1814

Aus der Zeitung werdet Ihr wissen, daß W. in alliierten Händen ist. Fritz ist seit dem 2. Xbr. da und hält Haus, hat die Kuh verkauft. Im Keller sieht es schlimm aus, wie vor der Schöpfung, schreibt er: wüst und leer. Sonst ist nichts beschädigt als Stakette und Gitter usw. – bis dato.

Leb wohl, liebe Caroline.

Ich befehle Dich und Euch alle in Gottes Hand. M. C.

An die Tochter Caroline

Lübeck, d. 24. Januar 1814

Liebe, liebe Caroline,

nicht um den Entschlafenen – er ist in Ruhe und in besseren Händen als in Deinen und Gustgen ihren, und wir wissen, welcher Unruhe und Gefahr und Mühe des Lebens er entgangen ist. Es könnte doch sein, daß er unter Dornen gefallen wäre. Nicht um den Entschlafenen – aber Ihr, die Ihr in Tränen seid, Perthes, der ihn kaum sah, und Du und Gustgen, die Ihr an ihn gewöhnt und immer mit und um ihn wart, Ihr dauert uns in der Seele. Doch hebt die Augen auf! Gott gab Dir den holden Knaben, daß Du ihn eine Zeitlang in Deinen Armen hättest und Dich an ihm freutest, und er nahm ihn wieder zu sich, daß er bewahret wäre vor der Welt und ihren Dornen. Er kommt nicht wieder zu Dir, doch Du kommst zu ihm, wo er in besserer Gesellschaft in Gottes Garten spielt. – Und hat Gott nicht Macht, zu tun mit den Seinigen, was er will, und wolltest Du scheel (sehen), da er so gütig ist?

Liebe Caroline, als Christiane und der kleine Matthias starben, habe ich auch bitterlich geweint; doch als die ersten bitteren Stunden vorüber waren, ward es heller um mich, und in Wahrheit: ich wünschte sie nicht wieder zurück. Alle Trübsal, wenn sie da ist, dünkt sie uns nicht Freude, sondern Traurigkeit zu sein; doch wenn sie mit Ergebung getragen ist, wirket sie Reue, die niemand gereut.

Wäre es nicht geraten, daß Ihr hierher kommt und Du das Haus und den Ort verließest, wo Du den ganzen bitteren Schmerz ausgehalten hast? Kommt hierher, und wir wollen an Euch tun, was wir können, und Mama bedarf einer mündlichen Mitteilung, denn ihr Herz ist sehr voll von Bernhard und seiner Mutter.

Wir befehlen Dich und Euch alle in Gottes Hand.

Dein treuer Vater Matthias Claudius

An die Tochter Anna

Wandsbeck, d. 8. Juni 1814

Liebe Anna,

da sind wir wieder in Wandsbeck, gottlob, wenn wir nur frisch und gesund wären. Aber durch ¾ Jahre Unruhe und Sorge gespannt gewesen, fallen wir nun zusammen, sonderlich Mama, die von ihrer Pleuresis vom März vorigen Jahres und von einer ähnlichen im letzten März in der Brust etwas Fehl nachbehalten hat. Ich wäre wohl in Lübeck geblieben, bis es hier von fremden Truppen frei gewesen wäre; aber Mama hatte so starkes Heimweh und war so verkrampft und verzagt, daß ich den Einfluß der Heimat versuchen mußte. Dazu kam, daß Fritz hier nicht wegkonnte, bis wir in seine

Stelle träten, und er, der Advokatei wegen, nach Lübeck kommen mußte. Sie haben ihn zum Prokurator gemacht, er hat auch schon etwas zu tun, und wir sind deswegen außer Sorgen. Er hat viele Freunde und weiß sie zu nehmen. Hier hat er sich um Haus und Hof unsterblich gemacht, hat uns den Garten bis auf die Einfassung und alle Bäume gerettet und gewiß über 100 Taler gespart, die wir ohne ihn hätten ausgeben müssen. Du wunderst Dich, daß 120 Mann ihn nicht selbst aufgefressen haben. Aber wo so viele Leute eingelegt werden, die werden aus den Magazins gehalten, und das Haus gibt nur Nachtlager, Salz, Holz zum Kochen pp. Unser Garten grünt und blüht, und das Haus war freilich ein Schweinestall, aber doch nicht ruiniert, und Mama hat es so lange gewaschen und gekämmt, daß wir wieder darin bequem wohnen. Für itz bewohnen wir nur die eine Hälfte, und die andere bewohnt ein Prinz aus Moskau, der hier einquartiert ist. Trinette ist in Lübeck geblieben bei Geibels, ordentlich engagiert und ist bis dato überaus glücklich. Guste ist itzo bei uns, geht aber zu der Mama Gabe. Rebecca bleibt bis weiter bei uns. Nun etwas von den Perthes-Leuten: Als die Sachen sich zu Ende neigten, wollte Perthes gern näher bei Hamburg sein und Caroline nicht wieder von ihm getrennt sein; sie zogen also mit Sack und Pack von Kiel nach Blankenese, und Auguste zog mit ihnen. Und als die letzten Franzosen abgezogen waren, zogen sie in ihr altes Quartier am Jungfernstieg, den 31. Mai. Sie wollten um 11 Uhr dort eintreffen, und Mama ließ ein paar Kuchen backen, und wir wollten um neun hereinfahren und sie mit einem Tee empfangen. Das Wetter war aber kalt und stürmisch, und Mama war unpäßlich, so daß wir den Tee und Kuchen allein fahren lassen mußten. Perthes hat eine Partie Bücher wiedergekriegt und Caroline von ihren Sachen mehr vorgefunden, als sie erwartet hatte. Was die Caroline Heise in Gewahrsam genommen hatte, war natürlich alles da. Beinahe ist der Laden wieder im Gange, aber Perthes hat ein saures Leben vor sich, wenn es am glücklichsten geht ...

An den Sohn Ernst

Oktober 1814

Lieber Ernst,

seit meinem ersten Brief hier ist nichts Neues vorgefallen, das merkwürdig ist und das Schreiben verdiente, als die Feier des 26. Oktobers. Also der 26. kam immer näher, und ich konnte ihn meines Pelzes wegen kaum abwarten und hatte Sorge, ihn bis dahin zu verstecken und vor Augen zu sichern, welches denn nach manchen Projekten in einem Koffer auf dem Boden bewerkstelligt ward, den ich mit einem Schloß versehen und Betten und allerlei Lumpen etc. bedecken ließ und ruhig war. Den Montag kam die Frau B. und die andere Frau aus Bremen und Agnes aus Lübeck zurück und siehe da, es war ein weiterer Mann auf dem Wagen, und es war der Procurator Fritz. Den Dienstag gingen Fritz und Rebecca nach Hamburg, um noch allerlei Geschenke einzuhandeln. Bis sie wiederkamen, war indes der Johannes mit seinen zwei neu erkauften holsteinschen Pferden angekommen und vor ihm noch Auguste, mit ihren und Madame Gabes Geschenken beladen. Summa, es sammelten sich so viele Körbchen und Päckchen rund umher, daß ich wohl merkte, das Ding werde morgen brillanter werden als je. Ich ging zu Bette, und die Brüder und Schwestern aßen und tranken Tee und schwatzten bis 12 Uhr. Am anderen Morgen 7½ Uhr kam ich heraus und siehe, Caroline mit den Kindern Luise und Mathilde war schon da. Sie hatten erst nach 9 Uhr kommen wollen; ich hatte gemeint, der große Tisch solle hereingebracht und darauf die Verehrung gestellt werden, damit sie Platz hätte; das aber hatten die Kinder anders arrangiert. Der große Tisch war zwar da, aber bloß mit Tee, Kaffee, Kuchen usw. in einem Kreis von Blumen und Grünigkeiten, und vor dem Kanapee war ein anderer Tisch gestellt, auf dem die Geschenke lagen; der Geschenke aber waren so viel oder der Tisch so klein, denn es lag fast auf- und übereinander, daß man nicht klug daraus werden konnte und ich noch eigentlich nicht klug daraus bin, um genau Rechenschaft geben zu können – doch muß ich versuchen: Unter dem

Tisch standen ein Stuhl mit einem Scheffel Buchweizen und einem Beutel Hafergrütze von Johannes, auf dem Tisch lagen noch von ihm eine Henne, die des Mittags zur Suppe diente, und eine Ente, die noch dienen soll. Ich gehe weiter um den Tisch von Westen nach Osten. Nach der Ente kam dann ein Päckchen mit sauber genähten Negligee-Mützen von Trinette, dann Kleinigkeiten von Carolines Kindern, dann kamen Eure Geschenke. Auguste wußte nämlich, daß Mama sich seit langem ein graues seidenes Kleid gewünscht hatte, und so hatte sie das Seidenzeug gekauft von Eurem übermachten Gelde und noch 2 Kruken Selterswasser; auf diesen Geschenken lagen Eure Briefe an Mama. Neben den 2 Kruken Selterswasser standen 2 Bouteillen Wein von Madame Gabe, ich weiß noch diese Stunde nicht, welcherlei Art, dann ein Paar rauhe Schuhe von Fritz, dann eine goldene Tasse mit einem R. von Rebecca, dann eine goldene Tuchnadel und Dimitti zu einem Kleid von Auguste, dann ein allerliebstes, sauberes Körbchen mit Zuckerbrot für Mama von Madame Gabe usw. usw. Als alles in Ordnung war, ward Frau Rebecca hereingerufen. Was die für Augen machte und wie sie sonderlich auf das graue Seidenzeug hinblickte, kann ich nicht sagen, das mögt Ihr denken. – Ich hatte meinen Pelz heruntergeholt aus dem Koffer und in ein großes Laken eingeschlagen ans Fenster gehängt, mit der Überschrift: »Noch ein verdecktes Gericht für Frau Rebecca.« Sie hatte das Laken bald ins Auge gefaßt und ging, den Kern zu suchen und war umso mehr erstaunt, da sie dergleichen nicht auf 100 Meilen vermutete. Dann kam Fritz mit einer Zeichnung eines blauen Kanapees, von Krükow (unserm einquartierten russischen Offizier) gezeichnet, mit der Unterschrift: »Das Original, das noch nicht existiert, soll am Ende künftiger Woche erscheinen« – unterschrieben von allen Kindern. Noch hatten Trine, Auguste, Rebecca Peccotee und Zucker beschert – usw.

M. C.

An die Tochter Caroline

den 11. Xbr. 1814

Liebe, liebe Line und lieber Perthes,

ich danke und danke, komme aber doch auf keinen grünen Zweig. Denn wenn ich meine, daß ich mir den Kopf aus den Gewässern der Generosität trocken gemacht habe, so schüttet Ihr wieder einen Plöner See über Nase und Ohren, darin man am Ende still und ruhig liegen bleibt, weil doch an kein Herauskommen zu denken ist. Das Kanapee ist ja ganz vollständig und vortrefflich, was sollen wir dazu sagen. Ich will mich oft darauf legen und an Euch denken und Gutes für Euch von Gott erbitten.

Adde, adde M. C.

Asmus omnia ſua SECUM portans,

oder

Sämmtliche Werke

des

Wandsbecker Bothen,

VI. Theil.

Beym Verfaßer, und in Commißion bey
Friedr. Perthes & C. in Hamburg.

Claudius

Titelseite der Originalausgabe,
der Namenszug stammt vermutlich
von der Hand Rebeckas.

Bernstorff, Auguste Gräfin (geb. Stolberg). Ihr Mann, Andreas Petrus Graf Bernstorff, stößt in seinem politischen Kampf um die Befreiung des Bauernstandes auf heftige konservative Gegnerschaft, läßt sich jedoch nicht abbringen von seinem Ziel, die Aufhebung der Leibeigenschaft durchzusetzen. Seine Frau ist lebhaft beteiligt an seinen Bestrebungen. Sie ist mit allen Claudiern eng befreundet, wird Patin der vierten Tochter, die nach ihr Auguste heißt. Wie Gräfin Bernstorff, so haben auch Fürstin Amalie Gallitzin und Julie Gräfin Reventlow viel übrig für die Claudiusfamilie. Es ist unverkennbar, daß über die privaten Beziehungen hinaus die öffentlichen Angelegenheiten in diesen Verbindungen eine erhebliche Rolle spielen. Claudius ist kein Pfahlbürger, sondern ein bewußter und aktiver homo politicus, der sich nicht selten publizistisch in die Diskussion einmengt.

Friedrich, Kronprinz von Dänemark. Als »Erkenntlichkeit für das Vergnügen, das auch ihm Asmus gewährt« hat, setzt er Claudius 1785 ein jährliches Honorar von 200 Talern aus. Die adligen Freunde in Holstein und am Hofe werden am Entschluß zu dieser Zuwendung mitgewirkt haben. Claudius dediziert dem Kronprinzen und späteren König die eine oder andere poetische Dankesgabe und setzt sich damit sogar der Unterstellung der Gefälligkeitsdichtung aus.

Gerstenberg, Heinrich Wilhelm v. Zeitweilig Claudius' bewundertes Vorbild als Meister des anakreontischen Stils in der Teutschen Gesellschaft. Mit den »Tändeleyen«, seiner ersten Publikation, versucht Claudius, der Kunstfertigkeit Gerstenbergs nachzueifern. Aber das imitatorische Sprachspiel befremdet ihn alsbald, und er entwickelt zusehends seinen eigenen, unverwechselbaren Ausdruck. Claudius hat Gerstenberg, dem »Rittmeister«, mancherlei Hilfe zu danken. Musikliebe, dies häufige Thema ihrer Briefe, verbindet die Freunde zeitlebens.

Gleim, Johann Wilhelm Ludwig. Einer der repräsentativen, von jüngeren Poeten allseits verehrten Lyriker der Anakreontik, die unter Berufung auf den griechischen Dichter Anakreon (6. Jahrhundert vor Christus) Überlieferung und Rokokogeist verschmolzen haben. Gleim hat die »Kriegslieder eines preußischen Grenadiers« gedichtet. Als väterlicher Freund hilft er gelegentlich diskret bei Claudius aus, nachdem Herder ihn ersucht, etwas zu tun für die »lauterste Familie unter der Sonne«. Jahr für Jahr schickt der »Patriarch« einen Rehbock nach Wandsbeck. Nach einem Besuch im Botenhaus findet Rebecka in ihrem Stammbuch diese Verse von Gleim:

O Du liebe, kleine Hütte!
Ein guter Engel brachte Dich
Der Unschuld auf der Liebe Bitte,
Die Unschuld nahm Dich, freute sich

In Dir des Palasts kleinste Sünden
Bei offener und verschlossener Tür
Nach starkem Suchen nicht zu finden,
Und – wohnt seitdem in Dir!

Hamann, Johann Georg. Der einsame Königsberger Philosoph, der Gegner der Kant'schen Erkenntnistheorie, der »Magus des Nordens«, für den »Poesie die Muttersprache der Welt« ist, der aber selber in seinen von der Bilderwelt der Mystik und der Kabbala erfüllten Schriften die verhüllende Redeweise der offenbarenden bevorzugt – dieser tiefsinnige und gedankenreiche Widersacher des Rationalismus fühlt sich von seinem »Gegensatz«, von der scheinbaren Einfalt des Dichters aus Wandsbeck, überaus angezogen. Er sieht in Claudius einen Geistesverwandten, einen Kommilitonen. Als Hamann eine Tochter bekommt, macht er Claudius zum Gevatter. Den Verleger der Wandsbecker Zeitung, Johann Joachim Bode, weist er auf die Besonderheit seines Redakteurs hin: »Wach auf, der Du schläfst, und höre, wer Dein Freund und Bote Claudius ist!« Den ersten Band der »Sämtlichen Werke« von Claudius, den »Asmum«, erhält Hamann gerade zur Mittagsstunde, »fing ihn mit dem ersten Bissen zu lesen an und war mit dem letzten Glase fertig«. Zuvor krank, steht er nun – durch Lektüre genesen – vom Tische auf. Claudius, der Hamanns Bücher liebt und lobt, gesteht dem Freund, seine Briefe seien »dunkel« und »nicht zu fassen«. In der Antwort wird ihm die Entscheidung überlassen, ob des Philosophen »Schalkshand« oder des Poeten »Tauben-Auge« schuld daran sei.

Herder, Johann Gottfried. Von Kants Philosophie beeinflußter, später die Wende von der Aufklärung zum »Sturm und Drang« vollziehender, bedeutender und angesehener Schriftsteller und Theologe. Nach einer Anstellung als Konsistorialrat in Bückeburg wird er zum Generalsuperintendenten in Weimar berufen, wo sich die Freundschaft mit Goethe vertieft und nachhaltig auswirkt. Herders Schriften zur Sprach- und Geschichtsphilosophie, zur Literatur- und Kunstgeschichte sind von Anfang an renommiert. In seine Sammlung »Stimmen der Völker in Liedern« nimmt er Gedichte von Claudius auf. Die beiden sind einander von Herzen zugetan. Nach der ersten Begegnung nennt Herder den neuen Freund »das größte Genie«, das er in Hamburg gefunden. Er preist den »sonderbaren Geist« und dieses Herz, das »wie Steinkohlen glüht – still, stark und dampficht«. Von Claudius' Schriften – »einzelne fliegende Blätter« – findet er, sie seien »ohne Gelehrsamkeit und fast ohne Inhalt, aber für gewisse Silbersaiten des Herzens, die so selten gerührt werden«. Herder hat den gleichermaßen geliebten wie verehrten Kollegen gefördert wie kein anderer. Daß die Kontakte im Lauf der Jahre spröder werden, hängt mit den unterschiedlichen Entwicklungen zusammen: »Wandsbeck« und

»Weimar«, das sind zwei Welten. Ungebrochen dagegen bleibt das Verhältnis von Herders Frau Karoline zu Claudius und seiner Familie. »Er ist noch ganz der Alte«, schreibt sie, »voll Einfalt und unbestochener Wahrheit und steht fest wie eine eingewurzelte Eiche.«

Jacobi, Wiegand Maximilian (Max). Er ist Arzt und heiratet Anna, der Claudius wegen gemeinsamer Präferenzen im musikalischen Geschmack unter seinen sechs Töchtern eine leise Vorliebe zuteil werden läßt. Der Vater, Hofkammerrat Friedrich Heinrich Jacobi, der »Philosoph von Pempelfort«, ist ein mäzenatisch gesonnener, ebenso wohlhabender wie gebildeter, ebenso angenehmer wie anregender Kaufmann, der seinen Landsitz Pempelfort für gelehrte Symposien zur Verfügung stellt. Friedrich Heinrich Jacobi schickt – gegen nobles Entgelt – seine beiden älteren Söhne zur Erziehung ins Wandsbecker Botenhaus, um auf diese Weise Claudius zugleich eine Unterstützung zukommen zu lassen. Die Frömmigkeit des Matthias Claudius, so formuliert Jacobi, ist »so alt wie das Christentum selber«, ist also nicht nur eine seiner Richtungen, sondern mehr und ursprünglich.

Lavater, Johann Kaspar. Diakon in Zürich. Man nennt ihn den »Magus des Südens«. Er ist der Begründer der Physiognomik. Mit fast allen prominenten Vertretern der »Gelehrtenrepublik« befindet er sich in regem Austausch. Er bittet auch Claudius um seine Silhouette und andere Beiträge für die physiognomischen Studien, durch die er »Menschenkenntnis und Menschenliebe« fördern zu können hofft. Claudius, welcher der Lehre, nach der die Natur »jedwedem Menschen seine Kundschaft an die Nase gehängt hätte«, nicht über den Weg traut, wird in Lavaters »Fragmenten« so charakterisiert: »Genie des Wahrheitssinns! Genie des Herzens – Armut und Zufriedenheit! Demut und unerkäufliche Ruhe und Festigkeit des Sinnes – und in der Form und den Zügen des Profils die Abgeschliffenheit, Unangespanntheit eines freien Naturempfindens.«

Miller, Johann Martin. Zusammen mit den Dichterkollegen Voß und Hölty schließt er in Göttingen in einer Vollmondnacht den Hainbund, von Freiheit und Tugend, von Gott und Vaterland schwärmend und einander ewige Freundschaft schwörend. Obwohl die Hainbündler Autoren des Wandsbecker Boten sind und dieser ihrem Musenalmanach Beiträge liefert, fühlt Claudius sich mit dem Deutschtum der Göttinger durch nichts verbunden. Sie kennen und bedauern seine Reserve. Gleichwohl rühmt Miller Claudius in seinem als Zeitdokument aufschlußreichen »Roman« überschwenglich: »Man glaubt, wenn er spricht, die Wahrheit und die Liebe selbst zu hören. Herzlichkeit, Zutraulichkeit und Güte begleiten alle seine Reden. Man muß ihn lieben; wenn man vor ihm steht, möchte man ihm in die Arme sinken und ihm alles sagen, was man für ihn fühlt. Das Herze wird in seiner Gegenwart offen ... Man sollte zu ihm ziehen, wie man zu den Weisen Griechenlands zog, um echte Lebensweisheit zu lernen.«

MOSER, Friedrich Karl Freiherr v. Hessen-Darmstädtischer Staatsminister und Präsident. Er hat den Ruf des »ersten politischen Schriftstellers«. Vom Pietismus geprägt, schreibt er religiöse Lieder. Er hängt aufklärerischen pädagogisch-politischen Ideen französischer und englischer Provenienz an. Als er durch Vermittlung Herders Claudius nach Darmstadt ruft, soll der Bote als Oberlandcommissarius dazu beitragen, vor allem die Bauern gegen geistigen und wirtschaftlichen Notstand zu unterstützen. Ein Vehikel zur Erreichung dieses Ziels ist die »Hessen-Darmstädtische privilegierte Land-Zeitung«, deren Redakteur Claudius wird und in der er seine vorwiegend ländliche Leserschaft als »Invalide Görgel« anspricht. Claudius bewundert den reformerischen Impetus seines Präsidenten, mag sich jedoch von der Hurtigkeit nicht anstecken lassen, sieht nüchtern dem Zusammenbruch entgegen und kehrt nach Jahresfrist nach Wandsbeck zurück. Moser will die Skrupel seines norddeutschen Geheimen Kanzleisekretärs nicht wahrhaben, beschreibt ihn als einen Müßiggänger, der nichts tun mochte als Vögel singen hören, Klavier spielen und spazierengehen. Später wird er, ein Opfer von Intrigen, gestürzt. Eine Anklageschrift gegen Moser enthält die Bemerkung: »Es war der bekannte Claudius, ein ehrlicher Mann, der eben deswegen wieder wegging und sich's zur Ehre seines Herzens machte, lieber jährlich 800 Gulden zu entbehren, als solche durch Windbeutel zu verdienen.«

PERTHES, Friedrich. Schwiegersohn von Claudius. Einflußreicher Verleger mit dem Talent, ein Freund seiner hervorragenden Autoren und ein Vermittler heterogener Geister zu sein. In der Napoleonischen Ära leitet Perthes in Hamburg den Widerstand, muß nach Niederlagen das Land und Hab und Gut verlassen, kann aber später in Gotha seinen Verlag neu aufbauen und profilieren. Der Tod seiner Frau Caroline mit 47 Jahren beschattet sein Leben jahrelang. Die Briefe der beiden bekunden eine seltene Verbundenheit und sind bis heute ein reizvoller und ergreifender Lesestoff.

SCHIMMELMANN, Ernst Graf. Ihm gehören das Gut und das Dorf Wandsbeck, um deren Gedeihen und Kultivierung er und seine Frau energisch bemüht sind. Auf seine Initiative geht die Umwandlung des »Wandsbecker Boten« von einem üblen Klatschblatt zu einer originellen Volkszeitung mit einem »Feuilleton« zurück. Schimmelmann hilft dem Hause Claudius vielfältig, er ist Pate des Sohnes Ernst. Seine Frau

Charlotte vermacht der Familie Claudius die hinter dem Dichterhaus gelegene Wiese, die Schauplatz großer und kleiner, aber immer fulminanter Feste werden soll.

STOLBERG, Friedrich Leopold Graf, genannt Fritz. Sohn des Oberhofmeisters Christian Günther Stolberg, Bruder von Katharina, Christian und Auguste, die mit Bernstorff verheiratet ist. Neben seiner politischen Arbeit in der fürstbischöflichen Regierung in Eutin widmet er sich kundig dem Studium der Antike. Er verfaßt die »Vaterländischen Gedichte«. Fritz Stolberg ist ein unruhiger, suchender Geist. Nach »langer Prüfung« wechselt er zur katholischen Kirche über, weil er in ihr stärkeren Widerstand gegen die ihn mit Besorgnis erfüllenden emanzipatorischen Tendenzen der Epoche zu erkennen meint. Die Freunde, namentlich Voß und Jacobi, mißbilligen diesen Schritt, trennen sich von ihm, verspotten ihn. Nur wenige, unter ihnen Claudius, äußern Respekt vor der Konversion. Stolberg berichtet: »Sowohl Claudius und Rebecka als auch Klopstock erzeigten mir alle herzliche Liebe, doch mit dem Unterschiede, daß Klopstock mich ausdrücklich vorher gebeten hatte, die Religionsänderung nicht zu erwähnen, was denn auch geschah – daß ihrer hingegen von Claudius und Rebecka in aller Ehre, wiewohl nicht ohne einigen Schmerz wegen der Trennung, mit vieler Liebe erwähnt ward.«

STOLBERG, Katharina Gräfin. Sie ist wohl die beständigste Freundin des Claudius-Hauses. Mit Rebecka duzt sie sich. Claudius ist ihr vertrauter Ratgeber. Katharina Stolberg spielt im religiösen und kulturellen Leben Holsteins eine einflußreiche Rolle. Nach schweren und langen Zweifeln konvertiert sie, wie ihr Bruder Fritz, zum Katholizismus, erhält aber auch hier nicht die Erfüllung ihrer anspruchsvollen Erwartungen. Die Claudier stehen Katharina Stolberg in ihren schwierigen Entscheidungen und Enttäuschungen zur Seite und sind, über viele Jahre hin, in intensivem Gespräch und Briefwechsel mit ihr.

VOSS, Johann Heinrich. Mitbegründer des Göttinger Hainbundes. Homer-Übersetzer. Seine Frau Ernestine ist die Schwester Heinrich Christian Boies, der den Musen-Almanach herausgibt, dessen Redaktion er später Voß überträgt. Da die Vossens eine Zeitlang in Wandsbeck wohnen, bahnt sich eine sehr innige Verbindung an. Doch je entschiedener sich Voss aufklärerischen Devisen verschreibt, desto distanzierter verhält sich Claudius. Schon 1789 meint Voss, jetzt Rektor in Eutin: »Claudius stirbt der Welt und seinen Freunden ab, und seine erzwungene Lustigkeit wirkt unangenehm.« Mit dem Abbau früherer Freundschaft geht freilich bei Claudius der Aufbau neuer Hand in Hand. Skeptisch gegenüber dem Zeitgeist, unempfindlich gegenüber modischen Strömungen, ist Claudius für viele eine Vertrauensfigur, ein Mensch, der den Mut hat, in sehr turbulenten Jahrzehnten er selber zu sein.

Wieland, Christoph Martin. Die Grazie und der Esprit, die geist- und gefühlvolle Schriftstellerei des überaus produktiven »Sängers der Aufklärung« sind Claudius, dem nach damaligen Begriffen Untalentierten, fremd oder verdächtig. Er wittert in Wieland den Widerpart, er mißtraut seinen Romanen und Verserzählungen, vor allem aber der von ihm herausgegebenen Zeitschrift »Teutscher Merkur«, dem gelesensten literarischen Periodicum der klassischen Epoche. Die wiederholten Einladungen zur Mitarbeit beantwortet er abschlägig. Wielands Interesse an Claudius aber bleibt unbeirrt. Ohne ihm den erklärten Vorbehalt nachzutragen, nennt er den dritten Teil des Wandsbecker Boten eines jener Bücher, die man – statt sie zu rezensieren – liest und immer wieder liest, »so oft man sich recht viel zu gut tun will«.

15.8.1740 Matthias Claudius in Reinfeld bei Lübeck geboren. Vater: Matthias Claudius (1703–73), Pastor. Mutter: Maria Claudius, geb. Lorck, gestorben 1780. Geschwister: 1. Christian Karl, Kantor in Plön (1731–1801), 2. Barthold Nikolaus (1732–58), 3. Josias (1739–60), 4. Friedrich Karl (1743–51), 5. Dorothea Christine, Frau des Pastors Christian August Müller (1744–66), 6. Lorenz (1745–51), 7. Peter, Landwirt (1747–1820), 8. Lucia Magdalena (1748–1751), 9. Christian Detlev, Arzt in Lütjenburg (1750–1822).

Um 1755 Auf der Lateinschule in Plön.

1759–62 Studium in Jena, zuerst Theologie, dann Rechts-und Staatswissenschaften. Juris utriusque Baccalaureus. Erste literarische Versuche.

1762–64 Ohne Arbeit und kränklich in Reinfeld.

1764–65 Sekretär bei einem Grafen Holstein in Kopenhagen.

1765–68 Ohne Arbeit in Reinfeld.

1768–70 Redakteur an den »Adreßcomptoirnachrichten« in Hamburg. Das Blatt erschien zweimal wöchentlich mit lokalen und kommerziellen Berichten.

1771–75 Redakteur des »Wandsbecker Boten« in Wandsbeck bei Hamburg. Herausgeber: Joh. Joachim Bode.

1772 15. März Hochzeit mit Anna Rebecka Behn, Tochter des Zimmermanns J. F. Behn und seiner Frau Ilsabe, geb. Martens. Rebecka wurde am 26.10.1754 in Barmbeck geboren, sie starb am 26.7.1832 in Wandsbeck. Die Kinder:
1. Matthias (am 30.9.1722 geboren und gestorben),
2. Maria *Caroline* Elisabeth (1774–1821), verheiratet mit dem Buchhändler und Verleger Friedrich Perthes in Hamburg,
3. *Christiane* Maria Auguste (1775–96),
4. *Anna* Friederike Petrine (1777–1856), verheiratet mit dem Arzt Wiegand Maximilian Jacobi,
5. *Auguste* Ernestine Wilhelmine (1779–1856), unverheiratet,
6. Johanna Katharina *Henriette* (1781–1863), unverheiratet,
7. *Johannes* (1783–1859), Pastor in Sahms, verheiratet mit Wilhelmine Marschner,
8. Caroline *Rebecka* (1784–1835), verheiratet mit Pastor Jacob A. D. Schröder in Wandsbeck,
9. *Matthias* Heinrich (1786–88),
10. *Friedrich* Matthias Jacobus (1789–1862), Senator und Bürgermeister in Lübeck, verheiratet mit Wilhelmine Momme,
11. Augustinus *Ernst* Carl (1792–1854), Pastor in Blekendorf, verheiratet mit Wilhelmine Stavenhagen,

12. Carl Peter *Franziskus* (1794– 1866), Pastor in Segeberg, unverheiratet.

1776–77 Oberlandcommissarius, Geheimer Kanzleisekretär in Darmstadt. Dort auch Redakteur der »Hessen-Darmst. priv. Landzeitung«.

1777 Rückkehr nach Wandsbeck.

1784 Reise nach Schlesien.

1788 Claudius wird durch Vermittlung des dänischen Kronprinzen 1. Revisor an der schlesw. holst. Bank in Altona.

1797 Silberhochzeit.

1813–14 Franzosenzeit mit Flucht nach Westensee, Kiel, Lübeck.

21.1.1815 In Hamburg gestorben, am 25. in Wandsbeck begraben.

Hinweise

Die vollständigste, zuverlässigste unter den greifbaren Ausgaben des Œuvres von Matthias Claudius stammt von Bruno Adler alias Urban Roedl: erschienen 1924 im Utopia-Verlag in Weimar, 1966 neu gedruckt in der J. G. Cotta'schen Buchhandlung in Stuttgart.
Urban Roedl ist auch der Autor der Biographie »Matthias Claudius. Sein Weg und seine Welt«, zuerst bei Kurt Wolff in Berlin 1934, dann bei Rowohlt ohne Jahresangabe und 1969 im Friedrich Wittig-Verlag in Hamburg herausgekommen. Die wichtigsten früheren Lebensgeschichten schrieben Wilhelm Herbst (Gotha 1857) und Wolfgang Stammler (Halle 1915).
»Briefe an Freunde« (1938, 1965) und »An die Seinen« (1940) wurden von Hans Jessen und Ernst Schröder im Eckart-Verlag in Berlin ediert. Hans Jürgen Schultz besorgte die Briefsammlung »Die Erde ist doch schön« (Eckart-Verlag, Witten und Berlin 1957).

Bildnachweis

Bei der Beschaffung des Bildmaterials hat das Bildarchiv des Museums für Hamburgische Geschichte den Verlag freundlicherweise unterstützt. Es stellte nicht nur die farbige Abbildung des Claudius-Porträts von Friederike Leisching zur Verfügung, sondern auch die Abbildungen auf den Seiten 8, 11, 23, 34 und 35, 137, 148, 157, 193, 229, 240 und 241, 253, 265, 275, 277, 295. Fotographiert wurden die Originalvorlagen durch Foto-Studio Fischer-Daber, Hamburg. Das Bild auf Seite 42 ist im Besitz des Staatsarchivs der Hansestadt Hamburg. Das auf Seite 148 faksimilierte Gedicht »Christiane« wurde einem Exemplar der Erstausgabe von Teil VI der »Sämmtlichen Werke des Wandsbecker Bothen« aus der Bibliothek von Hans Jürgen Schultz entnommen. Das Titelblatt dieses Exemplars diente als Vorlage für das Faksimile auf Seite 307.

Verzeichnis der Gedichte und Prosastücke

Inhalt

CIP-Kurztitelaufnahme der Deutschen Bibliothek

Claudius, Matthias:
Es gibt was Bessres in der Welt : e. Matthias-
Claudius-Buch / von Hans Jürgen Schultz. – 1. Aufl.,
(1. – 10. Tsd.). – Stuttgart : Kreuz Verlag, 1983.
ISBN 3-7831-0709-1
NE: Schultz, Hans Jürgen [Hrsg.]

1. Auflage (1.–10. Tausend)

Gestaltung: Hans Hug
Umschlagbild: Gemälde von Friederike Leisching,
Museum für Hamburgische Geschichte, Bildarchiv
Satz: Typobauer, Scharnhausen
Druck und buchbinderische Verarbeitung:
W. Röck, Weinsberg
ISBN 3-7831-0709-1